록의 영혼

밥 딜런

유아사 마나부_지음 김수희_옮김

AK

지은이_**유아사 마나부**湯浅学

1957년 가나가와 현 요코하마 출생.
1982년에 '환상의 명반 해방 동맹'을 결성. 이젠 절판된 음반의 개성 넘치는 가요곡을 소개하며 복각도 하고 있다.
음악평론가로서, 장르를 불문하고 깊은 음악 세계를 다양한 잡지와 라이너 노츠에 집필하고 있다.
저서—『음악이 내려오다音楽が降りてくる』, 『음악을 맞이하다音楽を迎えにゆく』, 『일본 록&팝스 앨범 명반 1979~1989日本ロック&ポップス・アルバム名鑑1979~1989』, 『아날로그 미스터리 투어 세계의 비틀즈 1962~1966アナログ・ミステリー・ツアー 世界のビートルズ 1962-1966』, 『음산音山』 등

옮긴이_**김수희**

고려대학교 문과대학 일어일문학과 문학사, 동 대학교 대학원 일어일문학과 석사학위 취득. 일본 도쿄대학 대학원 일본어일본문화 석사, 동 대학 대학원 일본어일본문화 박사학위 취득.
번역서에 오에 겐자부로 『조용한 생활』, 무라카미 하루키 『세계의 끝과 하드보일드 원더랜드』, 나카지마 다케시 『이와나미 서점 창업주 이와나미 시게오』, 시미즈 이쿠타로 『논문 잘 쓰는 법』, 강상중 『강상중과 함께 읽는 나쓰메 소세키』, 사카이 준코 『책이 너무 많아』 등. 저서에 『일본 문학 속의 여성』, 『겐지모노가타리 문화론』, 『일본문화사전』 등 다수.
현재 한양여자대학교 일본어통번역과 교수로 재직 중.

머리말

만약 이 사람이 없었다면, 이 사람의 노래를 듣지 않았다면, 지금의 나는 이러한 생활이나 활동을 하지 않았을 거라고 밝히는 사람들이 세계적으로 다수 존재한다.

이 사람의 노래를 듣고 자기도 노래해볼 마음을 굳혔다거나 직접 노래를 만들어 다른 사람들에게 들려줄 결심을 했다는 사람들도 이루 다 헤아릴 수 없다.

바로 이 사람, 밥 딜런Bob Dylan.

미국을 중심으로 한 록의 역사 속에서 그 이름은 굵직한 족적을 남기고 있다. 미국뿐 아니라 전 세계적으로도 딜런은 비틀즈The Beatles, 롤링 스톤즈The Rolling Stones, 엘비스 프레슬리Elvis Presley와 어깨를 견줄 만한 중요인물이다. 그것은 정설이다.

그러나 딜런은 이런 거창한 이름들처럼 수많은 히트곡을 세상에 쏟아냈던 것은 아니다. 그들처럼 엄청난 앨범 수익을 올리고 있지도 않다.

밥 딜런의 대표곡은 무엇일까.

최대 히트곡은 〈구르는 돌처럼Like a Rolling Stone〉이다. 2분에서 기껏해야 4분 정도가 팝의 '일반적인 길이'였던 1965년의 일이다. 이 곡은 무려 6분에 이른다. 심지어 러브송도 아니었다. 특정한 스토리를 가진 발라드도 아니었다. 인생에서 실패한 자에게 "기분이 어때?How does it feel?" 라고 묻는 얄궂은 노래다. 개구리를 밟아버린 듯한 목소리 같다는 사람도 있었다. 혹은 매미가 울고 있는 것 같은 노래라고 야유를 보내는 이도 있었다. 하지만 이 곡은 지금도 여전히 사랑받고 있으며 1960년대 미국 록 음악의 랭킹 순위에서 종종 최상위권을 차지하는 작품이다.

포크의 귀공자, 포크 록의 시조, 록 음악계 최고의 시인, 방탕아, 제멋대로인 꼰대 양반, 음악에 목숨을 건 가수, 70세가 넘은 나이에도 지금까지 매년 100회 이상의 무대를 거뜬히 소화해내고 있는 퍼포머.

"이런 인물이 달리 또 있을까", "이 사람을 대신할 만한 이가 과연 있을까"라고 묻는다면 "없다"라고 답할 수밖에 없다. 또한 밥 딜런에게는 항상 수수께끼, 불가사의라는 수식어가 따라다니고 있다.

밥 딜런은 수많은 사람들이 극찬해 마지않는 위대한 음악가이며 그의 많은 작품들을 손쉽게 들을 수 있는 상태다. 하지만 비틀즈의 음악은 들어봤어도 밥 딜런에 대해서는 그 이름밖에 알지 못하는 사람들이 많다. 이런 모순과 왜곡에 대해 조금이라도 바로잡을 수 있기를 소망한다.

목차

BOB DYLAN

1. 이 책의 하드커버 사양은 초판 한정입니다. 추후에는 소프트커버로 변경되어 이와나미시리즈로 발매됨을 알려드립니다.

2. 주요 인명은 본문 중 처음 등장할 시에 원어명을 병기하였습니다.
   *인명
   예) 빌리 홀리데이Billie Holiday, 에릭 클랩튼Eric Claton

3. 본문 하단의 각주는 모두 역자의 주석이며, 그 외의 것은 저자의 주석입니다.

4. 앨범 제목은 겹화살괄호(《 》), 노래 제목은 홑화살괄호(〈 〉), 서적 제목은 겹낫표(『 』), 영화 및 방송 프로그램 제목은 홑낫표(「 」)로 표시하였습니다.
   *앨범 제목
   예) 《자유분방한 밥 딜런The Freewheelin' Bob Dylan》,
   《블론드 온 블론드Blonde on Blonde》
   *노래 제목
   예) 〈구르는 돌처럼Like a Rolling Stone〉, 〈전쟁의 귀재들Masters of War〉
   *서적 제목
   예) 『바운드 포 글로리Bound for Glory』, 『타란툴라Tarantula』
   *영화 및 방송 프로그램 제목
   예) 「노 디렉션 홈: 밥 딜런No Direction Home: Bob Dylan」,
   「돌아보지 마라Dont Look Back」

제 1 장
우디에게 바치는 노래

Song to Woody

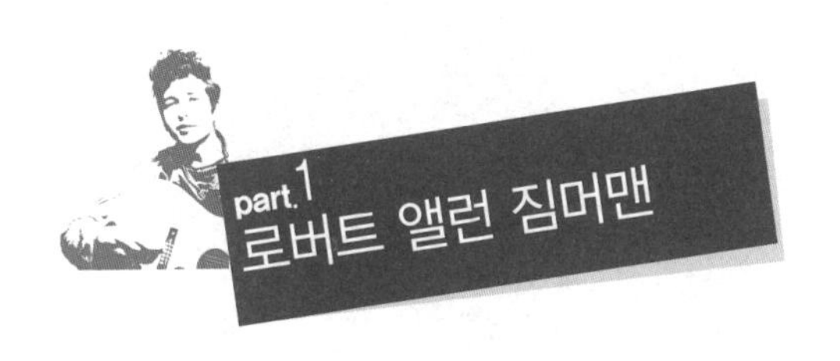

음악과의 만남

훗날 자신을 '밥 딜런'이라 부르는 사내, 로버트 앨런 짐머맨Robert Allen Zimmerman은 일본군이 진주만을 폭격하기 반년하고도 십수 일 전인 1941년 5월 24일, 미합중국 미네소타 주 덜루스Duluth에서 태어났다.

부모는 모두 유태인이었다. 아버지 에이브러햄Abraham Zimmerman은, 러시아 제국의 탄압을 피해 흑해 연안의 항구도시 오데사Odessa[1]에서 미국으로 건너온 조부 지그맨 짐머맨Zigman Zimmerman과 조모 안나 짐머맨 사이에서 태어났다. 어머니 비어트리스 스톤Beatrice Stone, 통칭 '비티Beatty'는 리투아니아에서 미국으로 이주한 조부 벤자민과 조모 리파 에델스타인 사이에서 태

1 우크라이나 남부에 있는 주

어났다.

밥(로버트의 애칭)이 태어난 고향 덜루스는 미 북부에 넓게 자리 잡은 5대호 중 하나인 슈피리어 호의 바람이 직접 밀어닥치는 도시다. 아버지 에이브러햄은 이 도시에 있는 스탠다드 석유 회사Standard Oil Company에 근무하고 있었는데, 밥이 채 다섯 살도 되기 전, 병에 걸려 퇴직할 수밖에 없게 되었다. 동생 데이비드가 태어난 지 얼마 되지 않았을 무렵이었다.

일가는 친척의 도움을 받아 어머니 비티의 친족들이 살고 있고 아버지 에이브러햄의 두 형제가 사업을 하고 있던 미네소타 주 히빙Hibbing으로 이주했다. 철강업으로 번성하는 중이었고 주민들끼리 서로 얼굴을 알고 지내던 자그마한 지방도시다. 에이브러햄은 형제들이 경영하는 전파상에서 일하기 시작했다.

밥이 사람들 앞에서 노래하게 된 계기는 일가의 새로운 생활이 이제 막 시작된 바로 그 무렵이었던 것 같다. 가족들이나 친척들이 모였을 때 동요가 아니라 라디오에서 흐르는 성인 취향의 노래를 당당하게 소화해내서 주위 사람들을 기쁘게 했다고 한다.

다큐멘터리 영화 「노 디렉션 홈: 밥 딜런No Direction Home: Bob Dylan」(2005년, 마틴 스콜세지 감독) 안에서 밥은 "열 살 때(기억의 오류로 실은 일곱 살 때) 이사 온 집에 기타와 (SP판) 레코드플레이어가 달린 라디오가 있었다"고 말하고 있다. 플레이어 턴테이블에는 이전 거주자가 놓고 간 한 장의 레코드가 놓여 있었다. 그 레코드에 수록된 〈해안으로부터 너무 멀리 표류하고 있군요Drifting Too Far From The Shore〉를 들었을 때 받았던 충격은, "곡을 듣고 전혀 다른 사람이 된 것 같은 기분이 들었다. 진정한 부모는 따로 있는데, 엉뚱한 부모 밑에서 태어나 버렸다는 생각도 들었다"라고 표현할 정도로 심각했다. 그리하여 바야흐로 음악에 눈 뜬 밥은 열 살 무렵 어머니의 날, 자신이 만든 시를 선사할 정도로 시 창작에도 재능을 보이기 시작했다.

밥의 부모가 자녀들의 음악적 소양을 심어주기 위해 피아노를 집에 들여놓았던 것은 밥이 열두 살 때의 일이었다. 그러나 개인 레슨을 위해 선생님까지 집으로 모셨지만 정작 레슨을 받은 사람은 동생 데이비드뿐이었다. 밥의 경우 "내 맘대로 치게 내버려둬!"라며 레슨을 극구 거부했기 때문이다. 하지만 밥은 어느 사이엔가 독학으로 연주법을 터득한다.

라디오 소년

자기만의 방식으로 피아노를 치게 되었을 무렵, 밥은 행크 윌리엄스Hank Williams[1], 행크 스노Hank Snow[2], 조니 레이Johnnie Ray를 좋아하게 되었다. 라디오에서 들려오는 그들의 음악에 몰입했다. 당시 한참 인기를 끌던 페리 코모Perry Como나 패티 페이지Patti Page가 아니라, 보통 사람들과는 다른 향취를 풍기며 독특한 역동성을 지닌 가수들에게 이끌렸다. 밥은 그들의 노랫소리를 라디오로부터 자신의 가슴속으로 스며들게 했다.

라디오에 대한 밥의 열성은 대단했다. 한밤중인 2시나 3시까지 라디오에 심취해 있다가, 이윽고 리틀록Little Rock[3], 시카고, 루이지애나에서 발송되는 방송까지 듣게 된다. 심야방송을 통해 머디 워터즈Muddy Waters[4]나 존 리 후커John Lee Hooker[5], 지미 리드Jimmy Reed[6], 하울린 울프Howlin Wolf[7] 등 흑인들이 노래하는 블루

1 컨트리 앤드 웨스턴 음악의 대표적인 인물
2 미국의 컨트리 음악 싱어송라이터
3 아칸소 주의 대표 도시
4 시카고 블루스의 거장
5 블루스 가수이자 기타리스트. 델타 블루스와 컨트리 블루스 발전에 기여함
6 시카고 블루스의 계보를 이은 거장
7 시카고 블루스의 계보를 이은 가수이자 작곡가

스 세계에 푹 빠졌다. 들으면 들을수록 더더욱 듣고 싶다는 마음이 간절했다.

> "어린 시절, 음악에 강한 영향을 받았다. 영향을 받았던 것은 오로지 음악뿐이었다. 음악만이 진실이었다. 그 무렵 음악과 만나지 못했다면 지금 어떻게 되었을지 모르겠다."

훗날 밥은 이렇게 말하고 있다.

밴드 결성

히빙 거리에는 흑인 음악 레코드를 파는 가게가 없었다. 하지만 집에 있던 기타로 라디오에서 들었던 곡을 흉내 내기 시작했으며 고등학교에서는 친구들과 음악에 대해 이야기를 나누게 되었다. 하지만 자신과 비슷한 취향을 가지고 음악을 듣는 친구는 좀처럼 발견되지 않았다. 가까스로 찾아낸 사람이 존 버클린이었다.

버클린은 기타를 칠 수 있었다. 테이프레코더도 가지고 있었다. 밥과 버클린은 라디오에서 들었던 곡에 자신들의 아이디어를 믹스해서 직접 곡을 만들었다. 밥이 피아노를 치면서 노래했고 버클린은 기타를 쳤다. 하지만 아직은 그냥 애들 장난 같은 수준이었다. 버클린의 이야기에 따르면 그런 잼세션Jam session[1]에서 밥이 최초로 만든 곡은 여배우 브리짓 바르도Brigitte Bardot를 노래한 것이었다고 한다.

1950년대 중반, 밥은 오토바이를 타기 시작했으며 이전보다 더더욱 시끄러운 음악, 로큰롤을 좋아하게 되었다. 말론 브란도, 제임스 딘의 영화도 열심히 보았다. 특히 「이유 없는 반항Rebel Without A Cause」에서 제임스 딘이 연기한 짐 스타크에 공감했다. 나아가 엘비스 프레슬리 음악에 격하게 매료되었으며 텔리비전에서 리틀 리차드Little Richard[2]를 발견한 순간 즉시 좋아하는 음악가 리스트에 추가했다. 피아노를 연주하기보다는 때려 부수면서 열창하는 리차드의 스타일을 자기 집 피아노로 흉내내기도 했다. 헤어스타일도 리차드처럼 머리 꼭대기를 잔뜩 부풀어 오르게 하는 화려한 스타일로 바꾸었다.

그리고 자기와 마찬가지로 흑인 음악에 푹 빠져 있던 랠리 키건을 알게 되어 생애 첫 밴드 '조커즈JOKER'S'를 결성한다. 이

1 재즈 연주자들이 모여서 악보 없이 하는 즉흥적인 연주
2 미국의 싱어송라이터, 피아니스트, 로큰롤 가수

리틀 리차드

밴드는 유행하는 곡에 하모니를 넣어 노래하는 코러스 그룹이었다. 여자애들의 반응도 나쁘지 않아서 트윈 시티즈(미니애폴리스Minneapolis와 세인트폴Saint Paul, 두 도시를 합쳐 부를 때의 애칭)의 텔레비전 방송국 아마추어 쇼 프로그램에까지 출연했다.

밥의 또 다른 얼굴

1956년 여름, '조커즈'는 78 회전 다이렉트 컷 레코드[1]를 만든다. 비용은 5달러. 밥은 피아노를 연주하며 다른 두 사람과 함께 노래를 불렀다. 생애 첫 리코딩이다. 진 빈센트Gene Vincent의 〈비밥어 룰라Be-bop-a-lula〉, 더 펭귄즈The Penguins의 〈땅 위의 천사Earth Angel〉 등이 수록되었다. '조커즈'는 58년 봄, 키건이 불의의 사고를 당할 때까지 존속했다.

'조커즈' 활동과 병행해서 밥은 빌 마리낙, 래리 팻보, 척 나일라 등 세 친구들과 드럼, 베이스, 기타, 피아노로 구성한 '더 섀도우 블래스터즈The Shadow Blasters'를 결성한다. 물론 밥은 리더 격으로 피아노와 보컬을 담당했다. 마침내 리틀 리차드 스

1 레코드 제작에서 통상 행해지는 오리지널 테이프에 대한 녹음, 편집 등의 프로세스를 거치지 않고 녹음한 음곡 등을 그 자리에서 믹스다운해서 만든 레코드

타일의 밴드 활동을 할 수 있게 되었다.

1957년 '더 섀도우 블래스터즈'는 고등학교 강당에서 개최된 학생예능대회에 참가했다. 핑크색 셔츠에 선글라스, 머리 꼭대기를 잔뜩 부풀린 헤어스타일의 밥은 선 자세 그대로 피아노를 쳤다. 단, 무대는 결코 성공적이라고 말할 수 없었다. 학생들은 밴드 '더 섀도우 블래스터즈'를 비웃었다. 어깨가 축 처진 리틀 리차드 같은 꼴을 한 밥을 교사들은 얼굴을 찌푸린 채 끝까지 지켜봐 주었다.

'더 섀도우 블래스터즈'는 그 후 주니어 칼리지 축제에도 출연했지만 결국 그것이 마지막 활동이었다. 하지만 학생들은 일상과는 또 다른 '로버트 짐머맨'의 모습을 발견했고 그때까지와는 다른 시선으로 밥을 바라보게 되었다.

걸프렌드

음악에 대한 정열은 자연스럽게 '팝 스타가 되겠다'는 욕망을 불러일으켰다. 밥은 일렉트릭 기타를 사서 코드 워크를 연습했다. 부친을 설득해서 핑크색 포드 자동차 컨버터블을 손에 넣었고, 심지어 대형 오토바이 할리 데이비슨Harley-Davidson까지 소유하게 되었다. 경망스러운 자들이 으레 그렇듯 오토바이 때문에 종종 자잘한 사고를 일으켰다. 하지만 자기 몸에 아무 일도 없다는 것을 확인하면, 표정 변화 하나 없이 태연스럽게 그 자리에서 다시 오토바이를 타고 유유히 사라졌다고 한다. 친구들을 비웃거나 허세를 부렸고 거짓말을 하는 경우도 많았다. 성급하고 침착하지 못한 젊은이였다.

그런 밥에게도 걸프렌드가 생긴다. 핀란드 이민자로 '에코 스타 헬스트롬'이란 이름의 금발머리 미소녀였다. 에코는 가죽 자켓에 청바지 차림의 복장을 하고 있었다. 그 시절 소녀로는 거의 찾아보기 어려운 반항적 복장이었다. 사귀자마자 에코 역시 밥과 똑같이 라디오 프로그램 팬으로 블루스를 좋아한다는 사실을 알게 있었다. 밥의 주변에는 블루스를 공통의 화제로 삼을 수 있는 사람이 달리 없었다.

고등학교 시절 친구들 중에는 "주위 사람들이 신기해할 정도로 밥은 여자애들에게 인기가 많았다"고 증언하는 사람들이 적지 않다. 걸프렌드는 에코 외에도 존재했다. 다큐멘터리 영화 「노 디렉션 홈: 밥 딜런No Direction Home: Bob Dylan」 안에서 밥은 "사랑 덕분에 내 안의 시인이 눈을 떴다"고 말하고 있다.

광란의 무대

그 무렵 새로운 밴드 '더 골든 코드The Golden Chords'가 태어난다. 드럼과 기타, 그리고 밥의 피아노로 구성된 트리오였다. 밥은 '더 섀도우 블래스터즈' 시절과는 사뭇 달라져 있었다. 피아노나 기타로 즉흥 연주가 가능해졌고 더욱 파워풀하게 피아노를 치고 노래도 할 수 있게 되었다.

1958년 2월 10일 히빙 고등학교 교장 주최로 열린 교내 집회 당일, 마술과 합창 등에 이어 '더 골든 코드'가 무대에 오른다. 밥은 날뛰면서 피아노를 쳤고 노래도 불렀다. 이번에는 강력한 드럼과 기타가 함께했다. 괴성을 지르며 〈로큰롤 이즈 히어 투 스테이Rock'n'Roll Is Here To Stay!!〉를 부르다가 피아노 페달을 너무 세게 밟아 부러져 버렸다.

이 무슨 광란이란 말인가. 격노한 교장 선생님은 반사적으로 밥의 마이크를 뽑고 서둘러 막을 내렸다. 밥의 목소리가 울리고 있던 〈로큰롤 이즈 히어 투 스테이Rock'n'Roll Is Here To Stay!!〉는 돌연 중단되었고 학생들은 밥의 행동에 폭소를 금치 못했다. 그러나 밥을 웃음거리로만 치부해버렸던 것은 아니다. 이것은 하나의 동조의 표출로도 파악할 수 있었다.

그날 교내 집회에는 야간부도 있었다. 밥은 다시 무대에 올라 이번에는 혼자 노래를 불렀다. 리틀 리차드의 곡을 부르던 도중 “내게는 걸프렌드가 있다. 에코라는 이름의 여자 아이다”라고 고백하는 가사를 끼워 넣었다. 교장 선생님은 다시금 밥의 마이크를 뽑아버렸다.

‘더 골든 코드’는 그 후 몇 번에 걸쳐 무대에 올랐다. 1958년 3월 1일에는 현지 디스크 자키가 히트곡을 틀면서 분위기를 고조시키는 파티에 초대받아 막간의 연주를 하게 되었다. 그날 밴드에게는 보수도 건네졌다. 밥의 입장에서는 난생처음 음악을 통해 현금을 쥐게 되는 순간이었다. 덜루스가 속해 있는 미네소타 북부는 폴카(보헤미아에서 시작된 전통적인 민속무곡)가 사랑받던 지역이다. 노동자들은 술집에서 폴카를 즐겼다. 밥을 비롯한 친구들은 현지에서 인기 텔레비전 프로그램 「폴카 아워Polka hour」에도 출연했다.

순조로운 듯했던 ‘더 골든 코드’였지만, 밥 이외의 나머지 두 멤버는 라이브를 해나가면서 엘비스 프레슬리 풍의 좀 더 대중적인 음악을 원하게 되었다. ‘더 골든 코드’는 자연소멸의 방향으로 향한다. 고등학교 시절 마지막 해, 밴드는 해체되었고 에코와의 교제도 불화가 심해져 밥은 혼자 밤거리를 배회하는 일이 많아진다. 날이면 날마다 고뇌하며 방황하는 동안, 음악으로 홀로 서야겠다는 생각이 점차 명확해져 갔다.

불안한 시대 속에서

당시 미국 사회는 이른바 냉전 체제하에 있었다. 언제 소련에서 핵미사일이 날아올지 몰랐다. 버튼 한 방으로 미국 시민들 모두 눈 깜짝할 사이에 사라져 버릴지도 모를 일이었다. 그런 불안감에 초조해하는 사람들이 늘고 있었다. 자칫하면 온 세계가 불바다로 변할지도 모른다는 어른들의 공포심은 아이들에게도 영향을 끼쳤다. 소년 소녀들도 어느 날 갑자기 먹구름이 대폭발을 일으켜 모두 죽게 될지 모른다는 불안감을 느끼며 살아가고 있었다.

그러한 사회정세 가운데 유행하는 음악이라 한다면, 몽환적인 기분을 자아내는 달콤한 곡, 어두운 현실을 잊게 해주는 평탄한 러브송이 중심이었다. 그에 비해 로큰롤은 잠재적 사회불안에 대해 젊은 세대들이 발하고자 하는 '이의 제기'를 담아내는 그릇이었으며 그 반영이기도 했다. 이런 새로운 음악은 기성세대에 의해 형성된 질서에 대한 반문과 반항심을 드러내고 있었다. 밥은 동세대 대부분의 젊은이들과 마찬가지로 로

버디 홀리

큰롤에서 새로운 가능성을 느끼고 있었다.

밥은 독서도 좋아했다.

"자주 시를 썼다. 시인이 되면 먹고 살 길이 막막해지기 때문에 근심스러웠다"

라고 어머니 비티는 회상하고 있다. 밥이 '밥 딜런'이라는 별명, 예명, 펜네임을 머릿속에 떠올리게 된 시기는 고등학교 시절이 끝나갈 무렵일 거라고 걸프렌드 에코는 증언하고 있다. 밥이 어느 날 흥분해서 딜런 토마스 시집을 보여주며 말했다는 것이다.

"앞으로 내 이름을 어떻게 해야 할지 알았어!"

버디에게서 이어지는 릴레이

1959년 1월 9일, 히빙 고등학교에서 정기적인 학생예능대회가 열려 밥은 다시금 무대에 올랐다. 이때의 밴드는 종래와는 다른 편성으로 기타, 베이스에 여성 코러스 세 사람과 밥으로 구성되어 있었다. 밴드 이름은 '엘스톤 건과 더 록 바퍼스 Elston Gunn and the rock Boppers(엘스톤 건은 밥의 무대 이름)'였다. 거의 아무런 리허설 없이 즉흥적으로 연주하는 밴드였다. 밥은 똑같은 과정을 반복하며 곡을 가다듬는 작업에 싫증을 내기 시작했을지도 모른다. 이 밴드는 이 날에만 노래하고 끝이었다.

그 3주일 후였던 1월 30일, 덜루스에 있는 '주방위군 무기고National Guard Armoury'에서 밥은 버디 홀리Buddy Holly[1], 링크 레이Link Wray[2], 빅 바퍼Big Bopper 등의 콘서트를 본다. 버디 홀리는 로큰롤의 개혁자였다. 텍사스류 리듬 앤드 블루스 감각을 백인이 부르는 컨트리/로큰롤에 도입하여 인기를 끌었다. 밥은 객석 맨 앞자리에서 버디 홀리를 잡아먹을 듯이 뚫어져라 응시했다. 그리고 그때 '홀리와 눈이 딱 마주쳤다'고 생각했다.

버디 홀리로부터 밥 딜런에게로. 거슬러 올라가 생각해보면 그것은 암묵적인 릴레이였던 게 아닐까 싶은 생각도 드는 역사적 순간이다. 그 나흘 후인 1959년 2월 3일, 버디 홀리는 리치 발렌스Ritchie Valens[3], 빅 바퍼와 함께 비행기 사고로 갑자기 세상을 떠난다. 22살의 젊은 나이였다.

1 로큰롤 가수로 짧은 기간 동안 강렬한 명곡들을 남기고 비운의 비행기 추락 사고로 세상을 떠남

2 전설적인 기타리스트

3 영화 「라밤바」의 모델

영화 「노 디렉션 홈: 밥 딜런No Direction Home: Bob Dylan」의 사운드트랙 음반(더 부틀렉 시리즈THE BOOTLEG SERIES 제7집)에는 그 해 밥이 친구인 존 버클린과 함께 자택에서 녹음했던 자작곡 〈웬 아이 갓 트러블스When I Got Troubles〉가 수록되어 있다. 그것은 10대의 밥이 가지고 있던 로큰롤의 생생한 모습을 전해주고 있다. 그리고 6월 밥은 고등학교를 졸업한다. 졸업 기념 앨범 사진 아래 첨부된 '장래의 꿈'이라는 코멘트 란에는

"리틀 리차드의 동료가 되는 것"

이라고 적혀 있었다.

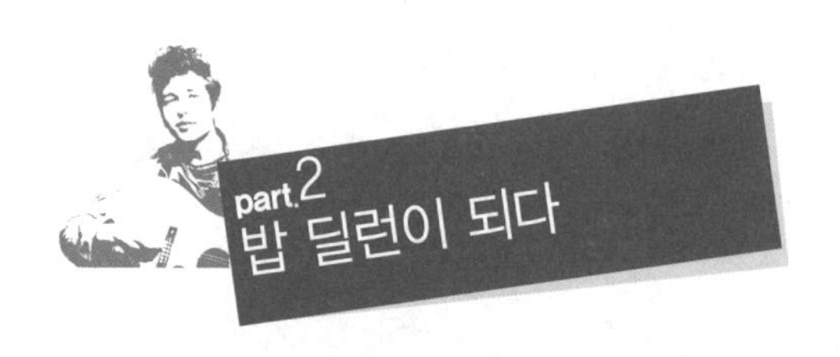

포크와의 만남

고등학교 졸업 직후였던 1959년 여름, 밥은 덜루스 서쪽으로 약 400킬로미터에 위치한 노스다코타 주 파고Fargo로 가서, 보비 비Bobby Vee[1]의 백밴드 '섀도우스Shadows'의 피아니스트 오디션을 보고 이에 채용된다. 보비 비는 급히 세상을 떠난 버디 홀리의 빈자리를 채우며 이제 막 인기몰이를 시작하고 있었다. C키라면 어떻게든 해볼 수 있다고 말한 밥은 몇 번에 걸쳐 파고에서 라이브 연주를 해보았다. 그러나 결국 정식 멤버로는 채용되지 못했다. 이때 밥은 자기 이름을 '엘스톤 건Elston Gunn'이라고 부르고 있었다.

1959년 9월 밥은 미네소타 대학에 진학한다. 마음속으로는

1 미국 가수. 데뷔곡 〈수지 베이비*Suzie Baby*〉

음악가가 될 결심을 굳히고 있었지만, 음악가가 되기 전 대학부터 가라는 부모 말을 차마 뿌리치지 못했다. 못마땅했지만 부모 말에 따랐다. 그러나 결국 대학생활에 위화감을 느낀 밥은 입학 후 얼마 되지 않아 캠퍼스에 인접한 미니애폴리스의 급진적 지역인 딩키타운Dinkytown에서 많은 시간을 보내게 되었다.

비트족[1]인 체하는 사람, 진짜 시인, 좌익 급진파, 실력 있는 백인 블루스맨 등. 그곳에는 밥에게 있어서 미지의 존재들이 차고 넘쳤다. 여전히 로큰롤 패션을 하고 있던 밥은 자신이 딩키타운의 트랜드보다 한참 뒤처져 있다고 느꼈다. 미니애폴리스 주변 학생들 대부분이 즐겨 듣거나 연주하고 있었던 것은 포크송이었다.

미국 각지의 전승가들을, 원래의 형태를 지켜가면서도 독자적인 해석을 바탕으로 새롭게 노래한다. 이 무렵 포크송을 부르거나 듣는 사람들은 미국 전역에 남아 있는 '현지의 노래'를 학술조사적인 활동으로 연구했다. 마운틴 뮤직, 노동가, 농민가 등을 현지에서 직접 녹음하고 채집한 존 로맥스John A. Lomax, 앨런 로맥스Alan Lomax[2] 부자의 작업은 포크 애호가들의 교과서가 되었다.

---

1 1950년대 미국 젊은이들 사이에 유행한 풍조로, 전형적인 비트족 영화는 제임스 딘의 「이유 없는 반항」

2 아버지의 작업을 이어받아 포크 음악을 집대성한 민속학자

킹스톤 트리오Kingston Trio[1]나 브라더스 포The Brothers Four[2]처럼 단정한 포크송으로 팝 차트에서 인기를 모으던 포크 그룹도 있었지만, 꾸준히 미국 전역에 노래의 씨앗을 뿌리며 여행을 낙으로 살아가는 자들도 있었다. 전승된 노래를 부를 경우 제각각 독자적인 해석을 가미하거나 오래된 멜로디에 새로운 가사를 담아내는 것이 중시되었다. 가사에는 시사적인 내용이 농밀한 경우도 적지 않았다. 이렇듯 그때그때 토픽이 될 만한 내용을 아우르는 시사성에 매력을 느끼는 사람들이 많았다. 훗날 랩에도 통용되는 기동력을 찾아볼 수도 있다.

당시 포크송은 팝스POPs에 대항하는 돌파구 기능도 하고 있었다. 냉전하에 있던 미국 정부의 대응에 대한 비판이 노래에 담기는 경우도 있었고, 혹은 노래가 노동조합이나 사상적 정치 활동에 호응하는 경우도 있었다. 리버럴한 정치적 자세, 비트족인 척하는 보헤미안의 지향과도 일맥상통하는 측면이 존재했다. 유행의 이유는 무엇보다도 주로 어쿠스틱 기타를 직접 치면서 노래하는 연주 스타일 때문이었다. 시작은 더할 나위 없이 용이하여 누구든 접하기 쉬웠으나 잘 치려고 한다면 그 깊이는 미국의 역사만큼이나 한도 끝도 없이 깊었다. 이렇

1 1950~60년대 포크와 팝 뮤직 그룹에서 활약한 그룹

2 서정적 멜로디로 큰 인기를 얻었던 포크송 4인조 남성 보컬

듯 탐구심을 자극하는 존재방식도 지식욕이 충만한 연주자들이나 청중 모두를 증가시키는 요인이 되었다. 어제의 청중이 내일의 가수가 된다는 친화성이 존재했던 것이다. 열린 음악의 존재방식에 대해 '참신하다'고 느끼는 사람들도 많았다.

해방감을 피부로 느끼며 잭 케루악Jack Kerouac[1]의 『길 위에서 On the Road』[2]를 읽고 느낄 수 있는 스릴을 갈구하는 마음, 그것은 그 당시의 밥에게도 있었을 것이다. 포크는 그러한 마음과 맞닿아 있었다. 관념적이었지만 부모 세대의 사고방식과는 완전히 달랐으며, 한편으로는 고풍스러운 인간상이 반영되어 소박한 마음, 인간의 원형 비슷한 것을 느끼게 해주었다. 포크송의 세계는 기존 인류의 지혜와 지식이 몇 겹으로 중첩된 신화적 세계라고 말할 수 있었다.

하지만 그렇기 때문에 더더욱 황폐한 현실을 비판적으로 포착하는 사람에게는 복음처럼 느껴졌다. 단순히 이상을 부르짖는 것에 그치지 않고, 200년 이상 이전부터 인간들이 끊임없이 노래해왔던 생명력이나 생활의 근간이 되는 것, 그 넉넉하고 신비스러운 울림을 가진 시정詩情과 드라마를 현실과 견주어가며 새롭게 고쳐 쓴다. 포크 뮤직을 노래하고 만들고 듣고

1 미국 비트 제너레이션의 대표적 작가
2 비트문학의 대표작이자 현대 미국 문학의 고전

탐색해간다는 것은 진취적인 기개를 자극하는 것이었다. 결코 '최첨단' 취향이라 말할 수 없을지도 모르겠으나 지적이었고(때로는 자칫 속물스러워 보일 수도 있고), 동시에 친근하고 신선한 행동이었다.

포크를 노래하다

딩키타운에서 지내게 되면서 밥은 즉시 히빙 시절부터 사용하던 일렉트릭 기타를 팔아치우고 그 돈으로 어쿠스틱 기타, 마틴 00-17을 구입한다. 레코드 가게에서 흑인 포크 가수 오데타Odetta의 앨범을 발견하고 시청실에서 숨을 죽이고 듣는다. 힘이 넘치는 기타 연주와 보컬에 큰 감명을 받았다.

오데타의 스타일은 영가나 노동가 전통을 느끼게 해주는 깊이를 지니고 있었다. 기타는 햄머링 온[1] 기법을 다용하는 독자적인 것이었다. 예를 들어 카터패밀리The Carter Family[2]나 더 위버스The WEAVERS[3] 같은 '전형적인 포크'와 차별되는 보다 농밀한

1 줄을 누르고 피킹한 상태에서 곧바로 같은 줄의 보다 높은 프렛의 줄을 다른 손가락으로 세게 내려치는 테크닉

2 미국 컨트리, 포크 역사의 전설적인 그룹으로 컨트리 뮤직의 아버지인 지미 로저스와 함께 컨트리 뮤직의 어머니로 불림

3 1948년 결성된 4인조 그룹으로 밥 딜런의 멘토이자 인권운동가였으며 미국 포크 뮤직의 아이콘이었던 피트 시거*Pete Seeger*도 참가

것이었다. 그런 오데타에게 매료되었다는 사실은 밥이 가수로서 무엇을 지향했는지 상상하게 해준다는 점에서 매우 흥미로운 대목이다.

밥은 고등학교 시절 이미 포크 붐의 하나의 계기가 된 흑인 블루스맨 레드벨리Leadbelly[1]의 레코드를 듣고 있었다. 그만큼 포크에 대한 흥미는 상당했다고 한다. 미니애폴리스로 이주한 후 그 흥미가 바야흐로 본격화되었다고 말할 수 있을지도 모른다.

비트족을 연상케 하는 시 창작이나 낭독도 왕성했지만, 밥의 흥미는 어디까지나 노래를 부르는 데 있었다. 그러던 중 항공공학을 배우고 있던 존 코너와 알게 되어 함께 노래를 부르게 되었다. 코너가 가지고 있던 레코드에서 '더 뉴 로스트 시티 램블러즈The New Lost City Ramblers[2]'나 존 제이콥 닐스John Jacob Niles[3], 데이브 반 롱크Dave Van Ronk[4], 페기 시거Peggy Seeger[5] 등을 알게 되며 점차 새로운 곡들을 배워갔다. 컨트리 블루스를 듣거나 미니애폴리스 주변을 방문한 포크 연구가들로부터 노래를 배우

1 미국의 블루스 가수, 작사가, 작곡가, 기타 연주자

2 1958년 결성된 남성 3인으로 구성된 밴드

3 무반주 민요에 능했던 포크 음악 가수이자 작곡가

4 뉴욕 그리니치 빌리지를 무대로 한 포크송 가수의 이야기를 다룬 영화 「인사이드 르윈*Inside Llewyn Davis*」에 영감을 준 인물로 알려짐. 밥 딜런은 자서전에서 "그는 그리니치 빌리지의 왕이고 지배자였다"고 표현하고 있음

5 모던 포크의 대부로 불리는 피트 시거의 이복 여동생이자 영국 포크의 아이콘 이완 맥콜의 부인

는 경우도 있었다. 하지만 포크 레코드는 미니애폴리스에서는 그다지 대중적이지 않아 애써 찾아가며 듣는다는 것은 상당히 고생스러운 일이었다.

밥 딜런이라는 이름

1959년 10월경 밥은 커피하우스(아티스트 지향의 보헤미안들이 모여 있던 곳. 밤마다 시 낭독이나 라이브 등이 행해지고 있었다)인 '텐 어클락 스칼라Ten O'Clock Scholar'라는 가게에서 노래를 부를 수 있게 해달라고 부탁했다. 그때 가게 주인이 이름을 묻자 '밥 딜런'이란 이름을 댔다고 한다.

그 이름은 이미 미니애폴리스로 옮기기 전부터 머릿속에 담아두고 있었다고 생각된다. 1960년 무렵에는 이미 딩키타운 절친한 친구들 사이에서 '바비 딜런'이라는 이름으로 불리고 있었던 것 같다. 친구들은 밥의 생애나 본명을 알고 있었지만 보헤미안 문화에 푹 젖어 있었고 서로의 해방감이나 활동욕구를 존중하는 것이 암묵적인 룰이었기 때문에 지극히 개인적인 문제를 굳이 파헤치려는 사람은 없었다. 때문에 그 무렵 "왜 딜런이지?"라고 묻는 사람은 아무도 없었다. 밥은 이름에 대해『자서전Chronicles: Vol.One』에 이렇게 적고 있다.

"로버트 앨런이란 이름은 스코틀랜드 왕 이름 같은 느낌이 들어 마음에 들었다. 나의 아이덴티티의 거의 모든 것들이 이 이름 안에 존재했다. 그때 잡지『다운비트Downbeat』에서 '데이비드 앨런'이라는 서부 해안의 색소폰 연주자의 이야기를 읽고 갑자기 당혹스러워졌다. 혹시 이 사람은 애당초 'Allen'이었던 철자를 'Allyn'으로 변경한 게 아닐까 하는 생각이 들었기 때문이다. 이유는 알 수 있을 것 같았다. 'Allyn' 쪽이 훨씬 이국적이고 뭔가 신비스러울 것 같다. 나 역시 이 방향으로 가자고 마음을 굳혔다."

걸프렌드 에코가 증언하고 있는 것처럼 밥이 딜런 토마스Dylan Thomas의 시를 읽고 영향을 받았던 것은 분명한 듯하다. 딜런 토마스(1914-1953)는 영국 웨일즈 출신의 시인이다. '시 창작에 있어서 그의 기법은 지극히 독특한 것이었으며, 그가 사용한 비유 · 상징은 여러 가지 해석을 가능하게 한다.'(『딜런 토마스 전 시집全詩集』 고쿠분샤国文社) '탑 안의 귀가 듣는다', '런던의 어느 아이의 소사燒死에 대한 애도를 거부하는 시', '달리고 있는 무덤처럼' 등 훗날 밥의 노래를 연상시키는 작품들을 남기고 있다.

일단은 '로버트 앨런Robert Allyn'이란 이름으로 마음을 굳힌 밥이었지만, 딜런 토마스의 시를 접하자 갑자기 생각이 바뀌기 시작한다. 『자서전』에서는 이어서 이렇게 적혀 있다.

> "그런 와중에 우연히 딜런 토마스의 시를 발견했다. 딜런과 앨런은 소리가 비슷하다. 로버트 딜런. 로버트 앨런… 좀처럼 결정하기 어려웠다——'D' 음이 더 강했지만 로버트 딜런은 딱 봐도 느낌으로도 로버트 앨런보다 별로였다. 평소에 사람들은 나를 로버트나 보비라고 불렀는데, 보비 딜런 쪽은 느낌이 너무 밝은 것 같았다. 게다가 이미 보비 대런Bobby Darin[1], 보비 비Bobby Vee, 보비 라이델Bobby Rydell[2], 보비 닐리Bobby Neely 등 보비라는 이름이 너무 많았다. 밥 딜런은 밥 앨런보다 보기에도 더 나아 보이고 귀로 들을 때도 좋을 것 같았다. 트윈 시티에서 맨 처음 누군가 내 이름을 물었을 때, 나는 거의 본능적으로 너무나 자연스럽게 '밥 딜런'이라고 말하고 있었다."

---

1 이탈리아계 미국인 가수, 대표작 〈드림 러버*Dream Lover*〉 등

2 미국의 아이돌 스타이자 로큰롤 가수. 〈볼라레*Volare*〉 등 밀리언셀러

우디 거스리

로버트 앨런 짐머맨이 바야흐로 밥 딜런이 되는 순간이었다.

우디 거스리_Woody Guthrie

대학 기숙사 생활에 적응하지 못한 상태인 데다가 유대인 학생들 친목 단체 활동도 싫어했던 밥은 얼마 지나지 않아 기숙사를 벗어나 딩키타운 중심부의 약국 위층을 빌리게 된다. 집이라기보다는 창고였다.

'텐 어클락 스칼라', 바스티유 등 근처 커피하우스 외에 인근 도시 세인트폴의 퍼플 어니언Purple Onion, 피자 파라Pizza Parlor에서도 노래하기 시작한다. 하지만 보수는 매우 미미한 수준이었다. 보헤미안 친구들 사이에서 밥은 호감을 얻고 있었기 때문에 밥을 챙겨주는 사람, 방을 제공해주는 사람 등 협력자는 적지 않았다. 하지만 그 반면 꾀죄죄하고 도무지 정체를 알 수 없는 사람이라고 밥을 경멸하는 학생들도 있었다.

밥은 음악에 굶주려 있었다. 포크송의 깊이에 푹 빠져 더더욱 몰입해가는 것이 더할 나위 없이 즐거웠다. 그러던 어느 날 밥은 바스티유에서 알게 된 여성, 프로 캐스트너로부터 우디 거스리 음악을 들어본 적 있느냐는 질문을 받는다. 하지만 밥이 알고 있던 우디는 소니 테리Sonny Terry[1]나 시스코 휴스턴Cisco Houston[2] 등과 함께 공연하고 있을 때의 모습뿐이었다.

프로 캐스트너의 오빠는 우디의 레코드를 가지고 있었다. 78 회전 SP음반[3] 12장 앞뒤로 수록된 세트였다. 충격적이었다. "대지를 뒤흔드는 듯한" 음악이라고 생각했다. 밥은 우디 거스리에게 압도되었다.

> "거스리는 사물을 정확히 파악하고 있었다. 깊은 감정이 넘쳐흘렀고 힘찼으며 리듬이 살아 있었다. 진지하고 강렬했으며 그 목소리는 칼처럼 날카로웠다. 우디 거스리는 그때까지 들었던 다른 그 어떤 가수들과도 달랐다"

밥은 우디 거스리를 통해 깨우침을 얻었다. "이것이야말로 내가 해야 할 일이다"라고 생각했다. 우디의 노래와 곡은 어떤 카테고리에도 완전히 담아낼 수 없는 것이라고 느꼈다.

---

1 가수이자 블루스 하모니카 연주자

2 미국 전역을 돌며 구전 민요들을 채보하여 '모던 포크의 시대'로 가는 가교를 놓은 인물 중 한 사람

3 표준시간 음반, 아날로그 음원 저장 장치인 축음기 음반의 일종. LP레코드 이전 형식

"인간성의 여러 가지 측면들이 포함되어 있었으며 평범한 노래는 단 한 곡도 없었다. 우디 거스리는 주위의 모든 것들을 철저히 비판했다. 이때 나는 직감적으로 느꼈다. 진실을 포착했고 마침내 다다른 항구의 바다 깊숙이 무거운 닻이 내려진 것 같은 감각이었다."

우디 거스리(1912-1967)는 오클라호마 출신의 간판 노동자였다. 대공황 시절 유년기를 보냈고 서부로 이주한 후 역시 비참한 소년 시절을 보냈다. 그 후 미국 전역을 돌아다니며 노래하는 포크 가수가 되었다. 뒤를 이은 많은 가수들에게 지대한 영향을 끼친 인물이다.

밥은 거스리에 대한 연구에 몰두했다. 아니, 연구라기보다는 거스리가 되고자 했다. 자칭이든 망상이든 적어도 거스리의 제자, 그것도 평범치 않는 후계자가 되고 싶다고 진심으로 생각하고 있었다. 커피하우스에서도 거스리의 곡 이외에는 노래하지 않았다. 밥을 먹는 방식이나 복장, 인간관계에 이르기까지 "우디라면 어떻게 했을까?"를 생각하며 이른바 '거스리 율법'을 스스로 부과하며 지냈다.

우디 거스리의 노래는 세속적인 범죄, 매독, 모래바람, 댐 건설, 노동조합 운동, 비련 등 광범위한 제재를 테마로 하고 있다. 그것은 1960년대 상황에 비추어 봐도 결코 시대에 뒤떨어진 것이 아니었다. 오히려 인간적인 모든 영위의 본질을 꿰뚫고 있었기 때문에 시대에 적합한 것이었으며 동시에 미래를 예견하는 느낌마저 주었다. 밥은 거스리의 독자성을 "언어로 그림을 그린 것"이라고 표현하고 있다.

음악에 대한 갈망

하지만 거스리 마니아로 변한 밥을 나무라는 사람들도 있었다. 포크송 레코드 수집가이자 연구자, 항간의 이른바 '열성 논객' 청취자인 존 팬케이크Jon Pankake는 "그 상태로 아무리 해봤자 절대 우디 거스리는 될 수 없을걸" 하고 조언했다. 그리고 팬케이크는 램블링 잭 엘리엇Ramblin' Jack Elliott을 상기시켰다. 우디 거스리로부터 직접 영향을 받아 함께 여행을 다닌 후 자신의 스타일을 확립시킨 가수였다.

밥은 더 큰 충격을 받았다. 거스리의 영향을 강하게 느끼게 하면서도 그 음악은 명실상부하게 '잭 류'라고 표현할 수밖에 없는 경지로까지 승화되어 있었다. 거스리에게는 없는 것들, 예를 들어 청취자들에게 가까이 다가서려는 시도나 엔터테인먼트 요소들도 명료하게 드러나 있었다.

밥은 팬캐이크를 통해 엘리엇의 앨범 《잭 테이크스 더 플로어JACK takes the floor》를 몇 번이고 거듭해서 들었다. 그때마다 밥의 기분은 한없이 고양되었다가 동시에 낙담할 수밖에 없었다.

팬캐이크의 방은 포크송에 심취해 있던 사람들이 들락거리는 장소가 되었다. 밥의 표현에 의하면 팬캐이크란 인간은 고압적인 태도를 지닌 속물에 불과했으나, 밥은 자주 그와 함께 연주를 하며 즐거운 시간을 보냈다. 음악에 굶주려 있던 밥은 어느 날 팬캐이크가 여행 때문에 몇 주일간 집을 비운 사이, 그의 레코드 20매 정도를 무단으로 가지고 와버렸다. 엘리엇의 희귀 앨범도 몇 장이나 포함되어 있었다. 여행에서 돌아온 팬캐이크는 방이 어지럽혀 있다는 사실을 발견하자마자 곧바로 밥의 짓일 거라고 확신하고 친구들을 잔뜩 몰고 밥의 집으로 쳐들어갔다. 흠씬 얻어맞은 밥은 무단으로 차용한 사실을 털어놓은 후 풀죽은 모습으로 음반을 돌려주었다.

비슷한 시기에 팬캐이크의 친구이자 음반 수집 동료인 폴 넬슨Paul Nelson의 집에서도 거스리의 레코드 25매가 사라졌다. 이 역시 밥의 소행인 듯하다. 그러나 두 사람 모두 밥이 그 레코드들을 어디다 팔아먹을 목적이 아니었음을 익히 잘 알고 있었다. 밥은 그저 미지의 음악에 대해 자신이 얼마나 탐구적인지,

그 증명을 체험하는 데에만 매진하고 있었던 것이다.

포크송은 역사나 관습, 문화인류학적 접근이 매우 중요했기 때문에, 듣는 측이든 부르는 측이든 스스럼없이 아무렇게나 서로의 손을 선뜻 잡을 수는 없다는 측면도 존재한다. 그런 가운데 밥은 속물적인 연구자들이나 혹은 광고를 통해 언뜻 세련되게 느껴지던 가수들과는 다른 '균형 잡힌 눈으로 바라보고자' 했다.

거스리의 노래를 통해 '노래란 삶의 방식을 배우는 것'임을 체감한 밥은 거스리의 노래에 몰입하면 할수록, 미니애폴리스에서의 생활이 더 이상 머물 가치가 없는 것으로 느껴졌다. 갑갑해지기 시작했다. 거스리의 자서전 『바운드 포 글로리Bound for Glory』를 애독하고 있던 밥은 도저히 가만히 있을 수 없는 기분에 휩싸였다.

그러던 어느 날 우디를 만나러 가겠다고 결심하기에 이른다. 포크송의 중심지인 뉴욕을 목표로 미니애폴리스를 떠났다. 혹한의 추위가 매서웠던 1960년 12월의 일이었다. 크리스마스 직전 기타와 슈트케이스 하나만을 달랑 들고 히치하이크로 길을 나섰다.

길 위에서

뉴욕을 목표로 나선 길에 밥은 시카고에 잠깐 들른 후 위스콘신Wisconsin 주 매디슨으로 향한다. 그곳에서 밥은 수년 전부터 미국 전역의 대학을 돌아다니며 노래를 부르고 있던 피트 시거의 콘서트를 본다.

피트 시거는 미국 포크계의 중요인물이다. 알마넥 싱어즈Almanac Singers, 더 위버스의 일원으로 활동하였으며 밴조banjo 연주자이자 싱어송라이터였다. 더 위버스 시절 급진적인 발언과 활동 때문에 매카시선풍('빨갱이 사냥')의 요주의 대상자 리스트에 올라 1951년 어쩔 수 없이 활동을 접어야 했다.

마침 그런 상황에서 학생들로부터 공연 요청을 받는다.

1953년의 일이었다. 자원봉사를 통한 모금으로 성사된 대학 내 작은 콘서트였다. 그 후 시거는 미국 전역의 대학생들의 의뢰를 받아 각지를 돌아다니며 노래했다. 그것은 결과적으로 포크 리바이벌의 확장을 촉진시켰다. 존 바에즈나 톰 팩스톤Tom Paxton[1] 등 차세대 가수들 대부분이 피트 시거의 이런 소규모 콘서트를 경험했다. 위스콘신 대학 콘서트에서 밥은 시거의 입을 통해 거스리의 이야기를 직접 들었으며 거스리의 곡도 접했다.

1961년 1월 밥은 위스콘신 대학의 재학생 프레드 언더힐을 알게 된다. 언더힐은 친구인 데이비드 버거와 함께 차를 몰고 뉴욕으로 갈 계획을 세우고 있었다. 긴 노정이었기 때문에 두 사람은 자신들과 함께 교대로 운전을 해줄 나머지 한 사람을 찾고 있었다. 밥은 그들과 합류했다.

세 사람이 뉴욕 맨해튼의 그리니치 빌리지에 도착한 것은 1961년 1월 24일이었다. 맥두걸 가MacDougal Street '카페 와?Cafe Wha?'로 세 사람은 직행했다. 마침 그날은 누구든지 무대로 뛰어 올라와도 좋은 이른바 '후트내니Hootenanny[2]의 밤'이어서, 밥은 무대 위로 뛰어올라가 몇 곡을 불렀다. 그날 밤 쉬어갈 잠

1 미국의 포크 싱어송라이터

2 포크송을 부르며 춤을 추는 사교적인 집회, 연주회, 잔치

자리도 무대 위 사회자가 즉석에서 사람들에게 물어봐 주어 가까스로 해결했다.

우디를 만나다

며칠 후 밥은 우디 거스리와 대면한다. 거스리는 뉴저지 주 모리스타운Morristown에 있는 그레이스톤Greystone Park 정신병원에 입원해 있었다. 헌팅턴 무도병[1] 때문이었는데 희귀하고 고치기 어려운 병이었다. 밥은 몇 번에 걸쳐 거스리를 찾아갔다.

주말 동안 외출허가를 얻은 거스리가 그의 친구 시드셀 그리슨의 집에 있을 때 만나는 경우도 있었다. 거기에는 거스리의 가족이나 친구들, 피트 시거, 잭 엘리엇 등 가수 동료들도 방문했다. 소파에 드러누운 거스리 주변에 모여 거스리의 곡을 불러주었다고 한다.

밥은 맨해튼으로부터 버스로 1시간 반, 정류소에서 병원까지 약 1킬로미터의 거리를 걸어서 갔다. 밥이 직접 골라 노래를 부른 적도 있었고 거스리에게서 특정 노래를 요청받는 경우

1 유전에 의한 신경계 퇴행성 질환으로 중년 이후 몸의 움직임을 통제하지 못하며 치매 증상이 동반됨

도 있었다. 밥처럼 거스리 곡 거의 대부분을 흥얼거릴 수 있는 젊은이는 그리 많지 않았을 거라 생각된다. 밥은 거스리를 기쁘게 할 수 있었다.

병원 안에서의 거스리는 어디까지나 일개 입원 환자에 지나지 않았다. 그 무렵의 밥에게는 온 세상의 중심에 서 있는 인물이었을지도 모르지만, 병원 안에 있던 거스리에게 희망은 보이지 않았을 것이다. 『자서전』에서는 그레이스톤 병원에 대해 이렇게 적고 있다.

> "특히 미국 정신의 진정한 목소리를 만나는 곳으로는 기이한 장소였다."

어느 날 거스리로부터 미발표 노래나 아직 곡조를 붙이지 않은 시가 자택에 있으므로 그것들을 사용해도 좋다는 이야기를 듣는다. 밥은 코니아일랜드의 거스리 저택을 방문한다. 유감스럽게도 이때는 발견할 수 없었다. 밥이 거스리의 미발표곡을 부를 일은 그 후에도 없었다. 그 미발표 작품군은 거스리의 딸 노라에 의해 1998년 빌리 브랙Billy Bragg[1]과 윌코Wilco[2]의 손으

1 80년대 대처의 보수정권에 맞선 좌파 성향의 저항가수이자 음유시인

2 미국의 얼터너티브 록 밴드

로 리코딩 되어 《머메이드 애비뉴Mermaid Avenue》라는 앨범을 통해 다시금 조명을 받게 된다.

'우디 거스리를 만난다.' 그것이 밥이 미니애폴리스를 탈출했던 목적이었다. 물론 그것은 우선 거스리 본인과 대면하는 것이었다. 하지만 또 하나는 우디 거스리를 잇는 자로서 자기 스스로를 탐구하는 것이기도 했다.

노래의 현장에서

무수한 가수, 아티스트, 시인, 연극인, 떠돌이 예능인, 정체를 알 수 없는 인텔리나 지극히 성실한 사회활동가들이 군웅할거하고 있던 60년대 초반의 그리니치 빌리지. 밥은 그러한 분위기를 에너지로 바꿔 노래하고 또 노래했다. 잠자리도 마땅치 않았다. 재워줄 사람을 일단 찾으면 며칠이고 몇십 일이고 얹혀살았다. 당시의 그리니치 빌리지에는 서로 방을 제공하는 것이 너무나 당연하다는 '열린 공동체 의식'이 존재했다.

인기 있는 가수는 출연료를 받을 수 있었다. 하지만 한정된 장소에 모여 북적거리고 있던 아직은 새파란 가수들, 연주를 계속해가는 것 이외에 달리 재능을 발견할 길 없는 음악가들은 관객으로부터 캄파(긴급 모금) 형태로 얼마 안 되는 출연료를 받고 있었다. 캄파는 빵을 제공할 때 쓰는 바스켓을 돌리는 것이 일반적이었기 때문에 그런 가게를 '바스켓 하우스'라고 불렀다.

자신이 직접 노래하는 능력뿐만 아니라 타인의 노래를 듣는 능력도 점차 만개해간다. 데이브 반 롱크, 잭 엘리엇, 마크 스포엘스트라Mark Spoelstra[1], 시스코 휴스턴, 페기 시거, 마이크 시거Mike Seeger[2], 에드 맥커디Ed McCurdy[3], 조쉬 화이트Josh White[4], 더 뉴 로스트 시티 램블러즈, 소니 테리, 브라우니 맥지Brownie McGhee[5], 렌 챈들러Len Chandler[6] 등, 그때까지 레코드를 통해 들었던 포크송 가수, 블루스 가수, 연주가들의 음악을 직접 듣는다.

밥은 그토록 동경해 마지않던 존재들 가까이에 스스로가 있다는 사실, 그리고 그들이 결코 머나먼 존재가 아니라 자신의 손에 닿을 수 있는 사람들이라는 것을 날마다 실감해간다. 노래를 부르기 위해, 가수로서 미지의 사람들에게 자신의 노래를 들려주기 위해 그리니치 빌리지까지 왔기 때문에, 어떤 의미에서 당연하다면 당연한 일이겠지만, 밥은 적극적으로 노래

1 미국의 싱어송라이터이자 포크와 블루스 기타리스트
2 피트 시거, 페기 시거와 형제
3 미국의 포크 가수, 작곡가, 배우
4 미국의 가수, 작곡가, 기타리스트, 배우, 시민 운동가
5 블루스 가수, 기타 연주자, 피아니스트, 작곡가
6 미국 오하이오 주 출신의 기타리스트

하는 현장에 나갔다.

뉴욕의 포크송 정보 거점이라고 할 수 있는 포크로어 센터Folklore Center에도 빈번히 모습을 드러냈다. 밥은 포크로어 센터를 "미국인 포크 뮤직의 요새"라고 부르고 있다. 포크로어 센터의 주인이 바로 이지 영Izzy Young이었다. 1929년 뉴욕에서 태어난 이지 영은 그리니치 빌리지에 있던 포크 가수들을 길러낸 사람들 중 한 사람으로 손꼽히는 인물이었다. 포크송에 매료된 사람이었다. 당초엔 우편 주문으로 포크 레코드를 판매하고 기관지를 발행했는데 이후 1957년 3월, 그리니치 빌리지의 중심인 맥두걸 가 110번지에 포크로어 센터를 열었다.

센터에는 기타를 비롯한 여러 악기, 레코드, 악보, 풍부한 자료들이 비치되어 있었고, 포크송, 포크 가수에 관련된 것이라면 고전적 민요, 노동조합 활동 관련 간행물, 사회운동과 관련된 기관지, 온갖 소설 등 폭넓게 구비되어 있었다. 많은 음악가들이 이곳을 애용하고 있었고 심지어 거의 눌러 살았을 정도였다. 뮤지션들 입장에서는 동료들과 정보를 교환할 수 있는 다시 없이 소중한 장소였다. 이곳을 이용해 편지를 주고받는 사람들도 있었다. 가게 안쪽에는 레코드 소장본 코너와 이를 들을 수 있는 룸이 마련되어 있었다. 밥은 그곳에서 수많은 음악들을 들을 수 있었다.

또한 가게 주인 이지 영은 여러 가지 이벤트를 기획하기도 했기 때문에 각지에서 음악가들을 불러들여 맨해튼에서 종종 콘서트를 열었다. 라디오 프로그램에도 관여하고 있었다. 그리니치 빌리지의 포크송을 대표하는 라이브하우스 '거디스 포크 시티Gerdes Folk City'의 전신인 '피프스 페그FIFTH PEG'를 설립한 사람도 바로 이지 영이었다(톰 프렌더개스트Tom Prendergast와 공동으로).

선배들과의 교류

밥은 끼니와 잠자리로 힘들어하지는 않았던 모양이다. 연장자들한테 사랑받기 쉬운, 애교라기보다는 묘한 친근감을 발산하는 캐릭터였던 것 같다. 뉴욕에 도착하고 나서 한 달 정도 지났을 무렵, 밥은 포크로어 센터에서 데이브 반 롱크와 우연히 만난다. 『자서전』에 의하면 이때 밥은 어떻게 하면 개스라이트The Gaslight Cafe[1]에서 일할 수 있는지 반 롱크에게 물었다고 한다. 개스라이트는 그리니치 빌리지에서도 둘째가라면 서러울 정도로 유명한 커피하우스였다. 밥이 한 곡을 부르자 반 롱

1 그리니치 빌리지에 있던 카페로 코엔형제의 「인사이드 르윈*Inside Llewyn Davis*」의 직접적인 배경이 된 카페이자 비트족 시인들이나 전설적인 포크 뮤지션들이 연주했던 곳. 1958년 오픈, 1971년 폐점

크는 그날 개스라이트에서 자신이 올라갈 스테이지에 밥을 깜짝 출연시켜주었다.

이것이 계기가 되어 반 롱크와 밥은 친밀한 선후배 사이가 된다. 나이는 반 롱크 쪽이 다섯 살 정도 연상이었다. 밥은 반 롱크의 집에 종종 들이닥쳐 귀찮게 했다. 반 롱크의 아내 테리가 밥이 출연할 만한 장소를 물색해주는 부킹 매니저 역할을 담당해준 시기도 있었다.

밥은 노래, 기타 테크닉, 곡 해석(편곡 실력) 등을 '선배'로부터 배웠다. 반 롱크에 의하면 밥은 "직접 가르치려고 들면 불가능하지만, 나중에 보면 어느 사이엔가 자기 것으로 만들어버리는" 타입이었다. 나아가 반 롱크는 밥이

> "훔치는 행위를 통해서만 새로운 것을 습득할 수 있는 인간이라고 말할 수 있을지도 모른다"

라고도 지적하고 있다.

밥은 적극적으로 노래할 수 있는 장소를 찾았고 선배 가수나 그리니치 빌리지에서 활동하는 사람들과 점점 깊은 교류를 나눴다. 밥이 뉴욕에서 지내게 되었던 1961년 당시, 재즈는 이미 시들해져 있었고 비트족은 아직 명맥은 남아 있었지만 대

부분 어딘가로 안개처럼 막 사라지려 하고 있었다. 마치 이를 대신하듯 점차 늘어났던 것이 포크 뮤지션들이었다. 고지식하고 구도적인 젊은이들이 밤이면 밤마다 커피하우스나 자그마한 무대, 가게 구석 자리에 옹기종기 모여 앉아 노래하고 있었다. 그것은 하나의 풍물, 관광자원으로도 주목받고 있었다. 존 F 케네디John F. Kennedy 대통령의 취임으로 미국 국내에 '변화와 젊음'의 이미지가 널리 퍼져가고 있었던 상황과도 맥락을 함께 하고 있었다.

빌리지는 원래 이탈리아계 이민자들이 많이 사는 지구였는데, 인접하는 첼시 지구나 다리를 건넌 브루클린Brooklyn, 퀸스로부터의 이주자도 늘어나 다양한 인간들이 모여드는 양상을 보이고 있었다. 뉴욕대학이나 워싱턴 스퀘어 파크를 중심으로 한 아담한 거리 풍경도 미드타운이나 다른 맨해튼 지구와는 또 다른 매력을 지니고 있었다. 빌리지(특히 그리니치 빌리지 주변)로는 복수의 지하철들이 웨스트 4번가 역으로 들어와 있어서 교통의 편리성도 인적 교류의 다양성에 영향을 미치고 있었다.

여러 커피하우스와 라이브하우스에서는 매주 누구든 즉석에서 자유롭게 참여가 가능한 후트내니 나이트가 개최되고 있었다. 머지않아 의사나 변호사, 교사나 일류 상사맨이 될 예정의 아마추어들이 그곳에 속속 등장했다. 포크송에 푹 빠진 실력 있는 아마추어 학생들은 유창한 코러스나 청아한 노래들을 선보이곤 했다. 거스리 류의 거친 방식을 취했던 밥은 그곳과 이질적인 존재였다. 밥은 당초 "우디 거스리의 족적을 따라 미국 내 여기저기를 전전하다 여기까지 흘러들어왔다"고 자기소개를 했다. 커피하우스에 따라서는 거칠고 별 볼 일도 없으면서 부랑자 가수 흉내나 내는 젊은이라고 평가절하하며 밥을 경멸하는 곳들도 있었다. 그러나 밥이 노래하는 모습에서, 한때의 일시적인 애호가들과는 정반대의, 어떤 종류의 살기 어린 의지를 발견하는 사람들도 늘어갔다.

뉴욕에서 노래하기 시작하고 얼마 되지 않아 밥은 동경하는 사람들 중 한 사람인 잭 엘리엇과도 친교를 맺게 된다. 밥은 기타를 치는 방식이나 동작까지 엘리엇 흉내를 내고 있었다. 엘리엇 쪽도 우디한테 많은 것들을 배우고 있었고 때로는 흉내 내는 경우도 있었다. 그런 스스로의 젊은 시절을 밥의 모습을 통해 반추해내고 있었을지도 모른다. "어떤 애송이가 지금 당신 흉내를 내고 있어!"라는 주위의 긴급 진언에도 엘리엇은 웃음으로 넘겨버렸다고 한다. 오히려 당사자가 면전에 있는데도 전혀 위축되지 않고 우디나 자신의 음악 스타일을 당당히 계승하고자 하는 자세에 호감을 느끼고 있었던 모양이다.

포크송은 전승에 대해 가수, 연주자 각자가 어떤 입장을 표명하지 않으면 성립되지 않는다. 녹음 복제 기술이 없던 과거의 곡들도 노래하는 사람의 해석 없이는 전달되지 않는다. 이에모토家元 제도[1]가 있어서 각 유파들이 어느 쪽이 정통인지 서로 헤게모니를 잡으려고 다투는 성질의 것이 아니다. 어느 쪽이 정통파이고 어느 쪽이 아닌지는 악보에 얼마나 충실한지에 따라 결정되는 성질의 것이 아니다. 노래하는 사람과 듣는 사람이 감각과 지식으로 가상의 판정을 내리는 것이다.

> "포크송이란 완벽하게 파악하는 것이 매우 까다롭기 마련이다. 포크송은 인생의 진실에 대해 노래하지만 그 인생 자체에 상당한 거짓이 포함된다. 심지어 우리들 스스로가 그것을 희망하고 있다. (중략) 포크송의 의미는 변하기 마련이다. 똑같은 곡이 다른 순간에는 또 다른 것이 된다. 노래하는 사람과 듣는 사람에 따라 포크송은 변용된다"

라고 밥은『자서전』에 적고 있다. 포크에 국한된 것은 아니지만 이미 있는 기성의 곡들, 토착적으로 살아남은 곡들의 재생, 여러 가지 형태로 전해져 왔던 곡들의 계승에 있어서 클래식이

1 각 유파에 따른 피라미드 구조의 일본 예능 전수 시스템

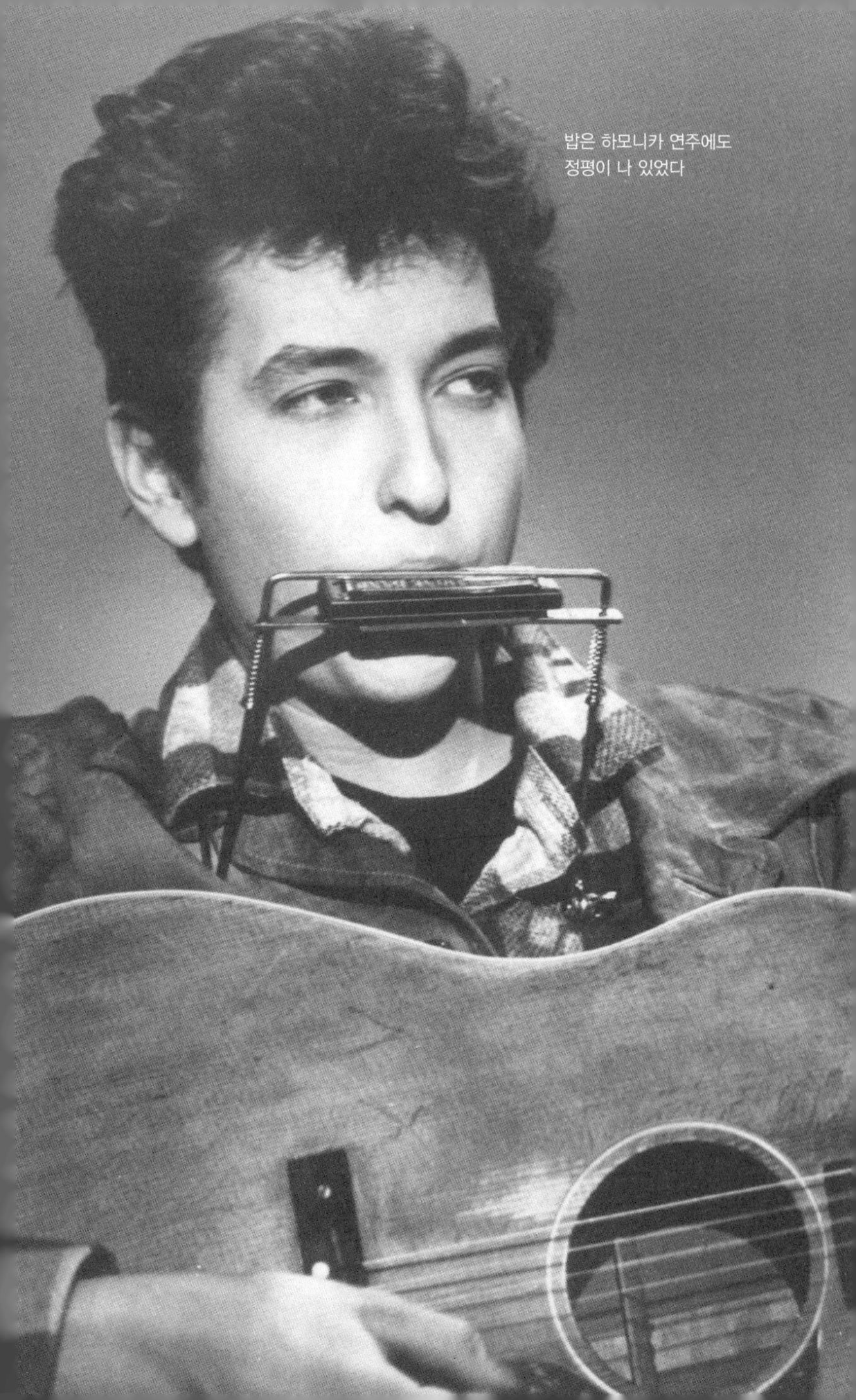

밥은 하모니카 연주에도
정평이 나 있었다

든 재즈든 블루스든, 중요한 것은 그 곡의 가능성을 최대한 이끌어내는 일일 것이다.

가볍고 산뜻하며 그토록 힘찼던 로큰롤의 느낌이 시들하게 느껴질 정도로, 포크는 스무 살의 밥에게 최첨단의 음악이었던 것이다. 주로 기타를 직접 치며 노래하기 때문에 매우 간결해서 언뜻 보기에 로큰롤 이상으로 캐주얼한 모습을 띠지만, 그와 동시에 사회적 상황이나 역사인식, 나아가 민족의식까지 전달할 수 있는 지극히 진지한 음악이라는 점이 대단히 중요했다. 『자서전』에서는 이렇게도 말하고 있다.

> "내가 부르는 포크송에 안이한 부분은 없다."

나아가 다시금 확인하듯 언급한다.

> "나 스스로에게도 노래는 결코 가벼운 오락이 아니라 좀 더 소중한 그 무언가였다. 노래란 또 다른 현실에 대한 인식으로 —또 다른 나라, 자유롭고 공평한 나라로 — 이끌어주는 길잡이였다."

홀로서기

그리니치 빌리지의 유명한 라이브하우스 '거디스 포크 시티'에서도 매주 월요일 밤에는 마이크가 일반인에게 개방되고 있었다. 밥은 자주 그곳에 다니며 노래를 불렀다. 반 롱크나 톰 팩스톤, 더 클랜시 브라더스The Clancy Brothers[1] 등 선배 가수들 가운데 밥의 노래를 듣고 지지하는 사람들이 나타나게 된다.

밥은 거디스 포크 시티에서 여러 지인들을 얻게 된다. 지인들 사이에서는 일반인에게 개방된 날만이 아니라 포크 시티의 정식 무대에 밥을 출연시키고 싶다는 목소리가 높아져 간다. 가게 주인인 마이크 포코Mike Porco도 밥을 눈여겨보고 있던 상태였다. 뉴욕에 도착한 지 겨우 2개월이 지난 1961년 3월, 포코는 밥에게 2주일간의 출연에 대해 어찌 생각하는지 타진한다. 블루스 가수인 존 리 후커가 나오기 바로 직전 무대였다.

그 당시 밥은 뮤지션 조합에도 등록하지 않은 상태였다. 음주점포출연용 허가증도 가지고 있지 않았다. 게다가 아직 만 21세도 되지 않았기 때문에 부모의 동의서가 필요했다. 그때 포코가 보호자로 나서주며 조합등록비용 46달러까지 부담해

1 아일랜드 태생의 클랜시 형제들과 토미 메이컴*Tommy Makem*으로 구성된 그룹

주었다. 아직은 앳된 구석이 남아 있던 밥을 포코는 방황하는 가출소년이라고 생각했던 것 같다. 부모 같은 심정에서 나온 따뜻한 배려였다.

1961년 4월 11일 밥은 포크 시티의 무대에 선다. 2주일간 바로 직전 무대에 선 까닭에, 명실공히 정통 블루스맨인 존 리 후커와도 친해진다. 이때 불렀던 무대 레퍼토리에는 거스리의 곡 외에 반 롱크가 편곡한 〈해 뜨는 집House of the Rising Sun〉이나 자작곡 〈우디에게 바치는 노래Song to Woody〉가 포함되어 있었다.

5월 6일에는 코네티컷Connecticut 주 브랜포드Branford에서 열린 인디언 네트 포크 페스티벌에도 출연했다. 고액은 아닐지라도 노래로 돈을 벌 수 있게 되었기 때문이기도 할 것이다. 같은 달 중순에는 미니애폴리스로 귀성한다. 밥은 친구들 앞에서 열정적으로 노래를 불렀다. 친구들은 밥의 노래가 늠름하고 힘차게 변모되었다는 사실에 깜짝 놀랐다. 미니애폴리스 시절의 걸프렌드 중 한 사람인 보니 비처Bonnie Beecher가 이때의 밥의 노래를 25곡 녹음했다. 10곡이 거스리의 곡이었고 오리지널은 1곡뿐이었다.

미니애폴리스로 돌아온 후 밥은 미국 전역을 돌아다니며 노래해볼 것에 대해 고민했다고 전해진다. 그러나 결국 다시 그리니치 빌리지로 돌아와 활동을 계속한다. 잡다한 재능이 뒤

섞여 있던 거리의 매력에 차마 발길을 돌리기 어려웠다고 해야 할지, 혹은 다른 현실적인 사정이 있었는지는 확실치 않다.

밥은 재즈에 심취해 있지는 않았지만 근처에 있는 재즈 클럽에도 종종 찾아가곤 했다. 재즈 레코드도 이 시절에 많이 들었다고 한다. 멜로디와 구성에 귀를 기울이며 재즈와 포크 뮤직에는 비슷한 구석이 많다는 것을 실감했다.

재즈에 관해서는 이런 에피소드가 있다. 어느 날 블루 노트blue note에서 솔로로 출연하고 있는 델로니어스 몽크Thelonious Sphere Monk[1]를 보러 갔던 밥은, 자신은 근처 가게에서 포크 뮤직을 노래하고 있다고 몽크에게 자기소개를 한다. 그러자 몽크는 "우리들 모두 포크 뮤직을 하고 있거든We all play folk music"이라고 대답했다고 한다. 『자서전』에서 밥은 모던 재즈와 포크송과의 차이에 대해

> "모던 재즈에는 특정한 의미를 가진 통상적인 말이 없다. 간단명료한 표준 영어에 따른 것을 추구하고 있었던 나에게 가장 직접적으로 다가왔던 것은 포크송이었다"

1 피아니스트, 작곡가, 근대 재즈의 개척자

라고 적고 있다.

가수만이 아니라 코미디언들도 다수 그리니치 빌리지의 카페에 출연하고 있었다. 그들의 멋들어진 이야기에 밥은 신선한 웃음과 감명을 받았다. 그것은 이후의 곡 만들기, 시 창작에 적지 않은 영향을 끼쳤을 것이다. 빌 코스비Bill Cosby, 리처드 프라이어Richard Pryor, 우디 앨런Woody Allen, 존 리버스, 레니 브루스Lenny Bruce 등이 있었다.

후에 개명을 해서 '피터 폴 앤 메리Peter, Paul & Mary'의 일원이 되어 유명해진 노엘 폴 스투키Noel Paul Stookey도 사물의 소리에서 가수들에 이르기까지 여러 가지 성대묘사에 능했던 코미디언이었다. 밥이 좋아했던 스투키의 주요 소재는 '리틀 리차드 흉내를 내는 딘 마틴Dean Martin을 흉내 내는 것'이었다고 한다. 또한 밥의 초기 자작곡 〈베어마운틴 피크닉 대참사 토킹블루스Talking Bear Mountain Picnic Massacre Blues〉의 바탕이 되었던 신문기사를 밥에게 건넸던 사람도 스투키였다. 그는 곡을 만드는 밥의 능력에 대해 가장 먼저 주목했던 사람 중 한 사람이었다.

특이한 재능을 가진 존재로 60년대 후반 사이키델릭 광대 '웨이비 그래비Wavy Gravy'라는 캐릭터로 변신해 명성을 떨쳤던 휴 롬니Hugh Romney가 있다. 롬니는 밥과 친밀히 교류하고 있었다. 앨런 긴즈버그Allen Ginsberg[1]나 레니 브루스는 롬니의 친구들이었다. 롬니는 선배 코미디언인 로드 버클리Lord Buckley한테 강한 영향을 받았는데 밥이 버클리의 〈블랙 크로스Black Cross〉를 레퍼토리에 집어넣는 이유는 롬니와의 교류가 작용했기 때문일지도 모른다.

수지 로톨로_Suze Rotolo

밥은 이 무렵 앨런 로맥스의 사무실을 종종 방문하여 포크송에 대해 앨런에게 열심히 질문공세를 퍼붓고 있었다. 앨런은 해리 스미스의 레코드 《앤솔러지 오브 아메리카 포크 뮤직Anthology Of American Folk Music》을 밥에게 강력히 추천했다고 한다. 이른바 "미국 포크 뮤직을 진정으로 이해하고 싶거든 여기에 수록되어 있는 노래를 전부 암기하도록 하여라"라는 주문이었다.

앨런의 사무소에서는 카라 로톨로라는 여성이 비서로 근무하고 있었다. 카라에게는 수지라는 여동생이 있었다. 바로 그 수지가 얼마 후 밥의 인생에서 중요한 존재가 된다.

개스라이트, 포크 시티 등을 거점으로 밥은 점차 적극적으로

1 미국의 시인이자 1950년대 비트족의 지도적인 시인들 중 한 사람

밥 딜런과 수지 로톨로

노래를 부르게 된다. 밥 같은 녀석을 찾아보기 어렵다는 사실이, 좋든 나쁘든 점차 퍼져 간다. 에릭 본 슈미트Eric Von Schmidt[1], 렌 챈들러, 폴 클레이튼Paul Clayton[2], 루크 애스큐Luke Askew[3], 할 워터즈, 존 윈John Winn, 루크 파우스트Luke Faust[4] 등 수많은 재능 있는 인사들과의 교류를 넓혀간다.

그 즈음인 1961년 7월 29일, 밥은 어퍼 웨스트 사이드Upper West Side[5]의 리버사이드 교회에서 진행진 12시간 실황 중계 라디오 프로그램에 출연한다. 방송국WRVR-FM 주최로 그리니치 빌리지 포크계의 주요 가수들이 차례로 노래한다는 기획이었다. 바로 그 이벤트 무대 뒤에서 밥과 수지 로톨로는 운명적으로 만나게 된다.

수지는 아직 17세였지만 뉴욕에서 자란 그녀는 매주 그리니치 빌리지를 찾아왔고 많은 가수들의 노래를 듣고 있었다. 포크 시티에도 자주 들러 마크 스포엘스트라와 노래를 부르거나 다른 뮤지션의 뒤에서 하모니카를 연주하던 밥을 지켜보고 있었다.

노동운동 일도 거들던 미국 공산당원을 양친으로 둔 수지는

1 미국의 싱어송라이터, 그래미상 수상자
2 무반주 노래로 유명한 포크 가수
3 록 가수이자 배우
4 카페 개스라이트에서 활약했던 뮤지션, 밴조 연주가
5 뉴욕 맨하튼 구의 센트럴 파크 서쪽 지역

10대 전반부터 각종 항의 운동에 참가한 활동적인 여성이었다. 그 탓도 있었겠지만 어린 시절부터 포크송과 가깝게 지내고 있었다.

두 사람은 순식간에 사랑에 빠졌다. 수지 어머니의 반대에 부딪혀 교제는 결코 순조롭지 못했으나, 밥은 여러 친구들이나 지원자들의 집을 전전하던 생활을 접고, 뉴욕에 와서 처음으로 집을 빌린다. 실은 두 사람이 만난 지 정확히 2개월 후인 9월 29일, 『뉴욕 타임즈』 지에 포크 시티에서의 밥의 무대를 절찬하는 로버트 셸턴Robert Shelton의 평이 게재된다. 기사 게재 이후 보수를 제대로 받을 수 있는 일거리가 늘었다는 것도 하나의 이유겠지만, 무엇보다 밥이 수지와의 생활을 진지하게 고민했던 결과였다. 수지와 만나기 이전까지의 불확실한 남녀 교제들과는 또 다른 관계를 밥은 원하고 있었다.

수지는 밥에게 획기적인 존재였다. 그림에 대한 흥미를 예로 들 수 있다. 예술을 지향하고 있던 수지의 영향으로 밥은 그때까지 연필조차 쥐어본 적이 없었음에도 불구하고 그림을 그리기 시작했다. 그 후 자화상을 그려 앨범 재킷에 넣거나 화집을 출판하기도 했고, 그런 취미는 현재까지 지속되고 있다.

느닷없이 찾아온 본격 데뷔

마침 그 무렵 밥에게 갑작스럽게 커다란 전기가 찾아온다. 밥의 표현을 빌리자면

"인생이 송두리째 뒤바뀌려 했다."

로버트 셸턴의 호평 덕분인지, 컬럼비아 레코드사Columbia Records의 거물 프로듀서 존 해먼드John Hammond가 밥에게 흥미를 나타낸 것이다. 9월 말 컬럼비아 레코드사 소속의 캐롤린 헤스터Carolyn Hester의 리코딩에 밥이 하모니카 연주가로 참가했던 것도 하나의 계기가 되었다. 바로 그 리코딩 프로듀서가 해먼드였던 것이다.

얼마 뒤인 1961년 10월 26일, 밥은 컬럼비아 레코드사와 정식계약을 맺는다. 데뷔 앨범 《밥 딜런Bob Dylan》은 즉시 리코딩되었다. 녹음은 1961년 11월 20일과 22일, 겨우 이틀이었다. 경비는 402달러가 들었다고 한다.

가지고 있던 레퍼토리를 바탕으로 직접 기타를 치면서 노래를 만들어가는 것이 당초부터 상정되어 있었다. 하지만 거스

리의 곡들은 녹음을 마쳤지만 결국 수록되지 못했다. 반 롱크의 레퍼토리와 중복되는 곡들이 많았던 것은 반 롱크와의 사이에 갈등을 빚는 결과를 낳았다. 특히 〈해 뜨는 집House of the Rising Sun〉이 반 롱크 스타일(코드 진행) 그대로였다는 사실은 매우 유감스럽고 안타까운 일이었다.

정식 계약 9일 후, 이지 영의 기획으로 카네기 리사이틀 홀(200석 상설)에서 밥 딜런으로서는 첫 솔로 콘서트가 개최되었다. 유료 입장객은 53명뿐이었다. 한 가지 흥미로운 사실이 있다. 이 콘서트 프로그램에 싣기 위해 이지 영은 밥에게 활동경력, 성장과정에 대한 질문 리스트를 만들어 보냈다. 밥은 그에 대해 이렇게 답변하고 있다.

> "미네소타 태생으로 뉴멕시코에서 성장. 미시시피에서 거주하다 아이오와, 사우스다코타, 캔자스를 거쳐 열네 살 때 카니벌 밴드Carnival Band의 피아니스트로 일한 후 시카고의 길거리 가수 그레이라는 사내로부터 블루스를 배웠다……."

미네소타 태생이라는 것 외에 모든 것이 엉터리였다. 밥의 입장에서 과거를 사칭하는 것은 일상적인 행위였다.

해먼드의 혜안

"(시험 삼아 한 곡 뽑아보라는 요구에 응해) 그가 불렀던 노래는 〈뉴욕 토킹블루스Talking New York〉다. 맨해튼에서의 생활을 둘러싼 사회 비평 노래였는데 나는 완전히 반해버렸다. 나는 말했다. '바비, 컬럼비아 레코드사는 뭐라 할지 모르겠지만, 자네는 진짜 완전 멋지네! 우리 회사와 계약하지 않겠는가?'" (『John Hammond on record』 존 해먼드 저)

베시 스미스Bessie Smith[1], 베니 굿맨Benny Goodman[2], 카운트 베

1 미국의 흑인 블루스 여가수
2 미국의 재즈와 스윙 뮤지션. 이른바 스윙의 제왕. 클라리넷 연주가

이시Count Basie[1], 찰리 크리스천Charlie Christian[2], 빌리 홀리데이 Billie Holiday[3] 등 일일이 다 열거할 수 없을 정도로 재즈, 블루스, R&B의 역사에 길이 남을 수많은 뮤지션들의 리코딩 프로듀서를 맡았던, 바로 그 존 해먼드가 밥의 레코드를 만들고 싶다고 했던 것이다.

해먼드는 밥에게 이런 제안을 하기 일 년 전, 피트 시거의 앨범을 만들었다. 그는 포크 가수들을 주목하고 있었다. 당시 컬럼비아 레코드사에 포크 아티스트는 단 한 사람도 소속되어 있지 않았다. 시거는 '빨갱이 사냥'의 블랙리스트에 올라 있던 인물로 포크계의 중요 인물이었다. 해먼드는 컬럼비아 레코드사에서 다룰 수 없는 작품들에 대해서는 다른 레이블에서 발매할 수 있도록 허가한다는 내용을 계약 내용에 명시하고 있었다. 시거의 활동을 존중하기 위한 배려였다.

해먼드의 자서전에 의하면 밥에 앞서 존 바에즈에게도 계약 시도를 하고 있었다. 1959년 포크계에 인상적으로 등장한 미성과 미모의 소유자, 바로 존 바에즈였다. 그러나 새로운 포크의 뮤즈는 금액 면에서 해먼드와 서로 맞지 않았다. 예상 이상으로 고액이었다고 한다.

---

1 미국의 재즈 피아니스트, 작곡가, 밴드리더
2 전자기타 연주가
3 재즈 역사상 가장 위대한 여성 보컬 중 한 사람

밥은 원래 포크송 레코드의 전통 명가 포크웨이즈 레코드사Folkways Records에서 자신의 음반이 발매되기를 열망하고 있었다. 수많은 포크웨이즈 앨범들을 즐겨 들어왔기 때문이다. 그리니치 빌리지 주변 포크 가수들, 연구자, 애호가들도 마찬가지였다. 독립 레이블인 포크웨이즈는 과거와 현재의 여러 작품들을 발매하고 있어서 포크가 과연 무엇인지를 폭넓게 세상에 전하고 있었다.

포크로어 센터의 이지 영은 밥을 포크웨이즈에 소개했다. 하지만 결과는 문전박대에 가까운 푸대접이었다. "밥의 복장이 단정치 못하기 때문에"라는 말을 들었다고 이지 영은 증언한다. 신흥 레이블인 엘렉트라 레코드사Elektra Records, 존 바에즈를 획득한 뱅가드 레코드사Vanguard Recording Society에서도 밥은 거절당했다.

한편 다시없는 실적을 가진 거물 프로듀서 해먼드는 그리니치 빌리지의 포크 씬을 리서치하고 있었다. 그의 아들 존 해먼드 주니어는 그리니치 빌리지에서 블루스 가수로 활동하고 있었고 밥과도 알고 지내는 사이였다. 주니어는 유망한 뮤지션 몇 사람을 아버지에게 추천했다. 밥도 그중 한 사람이었다(주니어가 해먼드의 아들이라는 사실을 알게 된 것은 밥이 이미 컬럼비아 레코드사와 계약을 맺은 후였다고 한다).

해먼드는 클랜시 브라더즈의 패트릭 패디 클랜시Patrick 'Paddy' Clancy에게도 조언을 구했다. 패디도 밥의 리코딩에는 찬성했다. 문전박대와 결사지지. 밥에 대한 호감도는 사람에 따라 천양지차였다. 그런 경향은 이때 이후 지금까지도 여전하다.

해먼드는 당시를 되돌아보며 자서전에 이렇게 적고 있다.

> "지금 돌이켜 생각해보면 이때 내 마음을 사로잡았던 것은, 이 세계를 기꺼이 받아들이려고 하는 그의 태도였다고 생각한다. 대담하고 위트로 가득 차 있었으며 무척 사람을 끄는 구석이 있었다. (음습하고 어두운 분위기를 가지고 있었음에도 불구하고 딜런에게는 그것을 보완하고도 남을 만한 유머가 있었다) 솔직히 털어놓자. 나도 그처럼 세상을 바꾸고 싶다는 바람을 가지고 있었다. 때문에 딜런은 나의 내면의 그런 젊은 부분, 감수성 강한 마음 깊숙한 곳을 사로잡았던 것이다."

밥에게 제안했을 당시, 해먼드는 50세였다.

포크라는 가능성

컬럼비아 레코드사라고 하면 토니 베넷Tony Bennett[1], 조니 마티스Johnny Mathis[2], 미치 밀러Mitch Miller[3] 등 미국 대중음악의 가장 핵심적이고 폭넓은 청취 층을 가진 음악이나 스윙 활성기 이래의 인기 있는 재즈, 그 역사적 가치를 많은 사람들이 인정하는 블루스, 빠른 템포의 재즈 음악 부기우기boogie-woogie의 고전 등을 세상에 내보냈던 레이블이었다. 당시 그리니치 빌리지 주변에서 명성을 날리고 있던 포크 가수로 대형 레코드사에서 작품을 발매하고 있던 자는 극소수에 불과했다.

대부분의 포크 가수들은 '세상의 일반적인 시선' 혹은 매스미디어의 평균적 시점과는 또 다른 시각을 가지고 가사를 만들고 노래하는 '별개의 미디어'의 주역이라는 자부심을 가지고 있었다. 듣는 사람 측도 그리니치 빌리지에 방문함으로써 이른바 현재 진행형의 '얼터너티브alternative 뮤직'을 체감할 수 있

1 미국의 가수, 영화배우, 화가. 히트곡 〈내 마음을 샌프란시스코에 두고 왔지 *I left my heart in San Francisco*〉

2 50년대부터 70년대에 걸쳐 팝과 재즈 분야에서 가장 인기 있는 크루너 중 한 사람

3 미국의 싱어송라이터, 편곡가, 오보에 연주자, 음반기업가, 합창단 지위자, 음반 프로듀서 등

기를 무엇보다 열망하고 있었기 때문이라고 생각할 수도 있다. 그런 점에서 포크는 훗날의 펑크 록이나 랩/힙합과도 맥락을 같이 하는 '도시의 로컬 뮤직'이기도 했다.

해먼드가 밥에게 주목하기 시작했을 무렵, 밥은 그리니치 빌리지 동료인 캐롤린 헤스터의 리코딩에 하모니카 연주 형식의 참가를 요청받는다. 밥이 헤스터와 알고 지내게 된 계기는 헤스터가 포크 시티의 무대에서 버디 홀리의 〈론섬 티어스Lonesome Tears〉를 노래한 적이 있었기 때문이라고 한다. 텍사스 출신의 헤스터는 성격까지 시원시원한 미녀였으며 게다가 버디 홀리와 교류가 있었던 인물이다. 버디 홀리의 음악을 사랑했던 밥은 그 점을 무척이나 중시하고 있었다. 밥은 『자서전』에서 이렇게 명기하고 있다.

밥과의 리코딩 풍경을 앨범 재킷으로 삼았던 캐롤린 헤스터의 기획 음반 《DEAR COMPANION》 1955년

"캐롤린이 버디 홀리의 왕국과 나를 맺어주었듯이, 전에 했던 로큰롤 음악이나 그 정신을 나와 이어주는 것처럼 생각되었다."

기실은 포크와 로큰롤을 잇는 포크 가수를 그다지 찾아볼 수 없었다. 한쪽은 사회적, 다른 한쪽은 청소년의 풍속적인 것이라는 구분이 암묵적으로 존재했다고 생각된다. 로큰롤이나 그것과 연관된 반항적 청소년의 정신에 대해서 밥도

> "이유 없는 반항이라기보다는 이유를 알 수 없는 반항이라고 말하는 편이 더 정확할지 모른다"

고 언급하고 있다.

그러나 로큰롤에서 포크 가수로 '변신'했다고 과거의 음악적 지향에 대한 기억이 완전히 사라져 제로가 되어버렸던 것은 아니다. 그 사실을 밥도 이미 알아차리고 있었다. 태어날 때부터 음악을 좋아했던 밥의 영혼은 그 당시에 포크 이외의 모든 음악을 배척해버렸던 것은 아니었다.

'변신' 이후에도 밥은 라디오로부터 흘러나오는 리키 넬슨Ricky Nelson[1]의 노래가 가지는 '모든 장르를 초월한 대담함'에 감동했다. 그리니치 빌리지에서 자주 드나들던 '케틀 오브 피쉬Kettle of Fish'의 주크박스에 직접 코인을 넣어 주디 갈랜드Judy

1 50년대 틴에이저의 우상이자 이른바 제2의 엘비스 프레슬리

Garland[1]의 〈더 맨 댓 갓 어웨이The Man That Got Away〉를 들으며 황홀해한 적도 있었다. 〈오버 더 레인보우Over The Rainbow〉를 만든 해럴드 앨런의 작품에 감도는 달콤쌉싸름한 고독감을 상기시킬 때도 있었다. 포크 순수주의자들로부터는 상업적인 존재라며 비난의 대상이 되기도 했던 해리 벨라폰테Harry Belafonte[2]를 스케일이 큰 특별한 존재라고 찬미하기도 했다. 밥은 벨라폰테의 《미드나이트 스페셜Midnight Special》(1962년)의 리코딩에 하모니카로 참가했다.

포크 가수 중에는 차트를 크게 달아오르게 한 히트곡을 부른 사람들도 있다. 혹은 처음부터 히트를 노리고 부른 포크(계열) 곡들도 있다. 밥은 포크송의 흥미로운 면, 예를 들어 폭넓은 제재나 형식, 옛사람들의 (종종) 절묘하다고 생각되는 시정詩情, 끊임없이 계속되는 다양한 인물들의 기교에 심취하면서, 거기에서 커다란 가능성을 간파하고 있었다. 그때까지 지향해왔던 것들의 '저 끝에 있는 것들'을 향후 만들어낼 수 있는 가능성이라고 표현해야 할까. 포크 가수로서 명성을 날리는 것만으로는 완수할 수 없는, 어떤 미지의 것을 어딘가에서 간파하고 있었던 것 같기도 하다. 그것이 '직접 곡을 만들' 욕망의 에너지

1 「오즈의 마법사」를 통해 천재 아역스타로 주목받은 배우이자 가수
2 1950년대 포크의 대중화에 기여했으며 카리브 해 음악을 상업적으로 성공시킨 가수

가 된 것은 아닐까. 포크송이 애당초 과거에 이미 존재했던 곡들의 전용이나 차용을 통해 또 다른 별개의 것을 창작하는 방식이 일반적인 음악이었다는 사실은, 시를 쓰는 밥의 마음을 편안하게 해주었을지도 모른다.

당신의 노래를 들었기 때문에

밥의 데뷔 앨범 《밥 딜런Bob Dylan》은 1962년 3월 19일 발매되었다. 뉴욕에 오고 나서 겨우 14개월 만에 이루어진 레코드 데뷔였다. 1961년 11월 20일과 22일 이틀 동안 17곡을 녹음하였고 그중 13곡이 수록되었다. 물론 평소에 부르던 수많은 레퍼토리 가운데 고르고 고른 것이긴 했지만 다른 사람의 죽음과 연관된 곡이 많았던 것은 역시 억측을 불렀다. 냉전하의 핵에 대한 공포를 반영하고 있는 것일까, 아니면 병상에 있던 거스리의 모습에서 영향을 받아 그런 생각이 미친 것일까. 어쿠스틱 기타와 하모니카만을 반주 삼아 스무 살의 밥이 노래하고 있다.

제시 풀러Jesse Fuller의 〈그녀는 나빠She's No Good〉부터 시작된다. 신선한 노래와 기타 소리가 튀어나온다. 블라이든 윌리 존슨Blind Willie Johnson[1]의 〈죽어가며In My Time Of Dyin〉에서는 서투르게 자기도 슬라이드 기타를 쳐본다. 켄터키 민요로 마이크 시거 등이 부른 적이 있어 포크 팬들에게는 잘 알려져 있는 〈늘 슬픔에 찬 사내Man Of Constant Sorrow〉의 멜로디를 자기 스타일로 들려준다. 부카 화이트Bukka White의 〈죽음을 응시하며Fixin' To Die Blues〉에서는 가사를 바꾸어 열창했고, 애팔래치아 산맥Appalachian의 민요로 존 바에즈도 〈페나리오Fennario〉라는 제목으로 아름답게 불렀던 〈프리티 페기 오Pretty Peggy-O〉는 거의 토킹 블루스Talking Blues에 이르기 직전의 속도로 들려준다.

도입부에 에벌리 브라더스The Everly Brothers의 〈일어나 수지Wake Up Little Susie〉의 기타 후렴구를 집어넣은 〈51번 고속도로 블루스Highway 51 Blues〉는 토미 맥클레넌Tommy McClennan[2] 풍으로 거칠게 달린다. 이어지는 〈가스펠 플로우Gospel Plow〉는 종교적인 노래임에도 불구하고 질주해버린다. 〈나를 데리고 가줘Baby, Let me Follow You Down〉는 친구인 에릭 본 슈미트의 레퍼토리였지만 훗날 '더 밴드The Band'와도 함께 연주하던 흥겨운 곡으로 이 앨범의 좋은 쿠션 같은 역할을 하고 있다. 가성을 사용한 〈화물열차 블루스Freight Train Blues〉도 잭 엘리엇을 롤 모델로 한 명랑한

1 침례교 목사이자 뛰어난 슬라이드 기타 연주자이며 허스키 목소리의 가스펠 가수

2 미국의 델타 블루스 가수 겸 기타리스트

밥의 목소리를 들을 수 있다.

형님 격인 데이브 반 롱크가 편곡한 것을 무단으로 사용해버린 〈해뜨는 집House Of The Risin' Sun〉의 삽입은 반 롱크의 분노를 샀다. 반 롱크 스스로에게 머잖아 리코딩 계획이 있었기 때문이다. 밥은 "무심코 해버린 일"이라고 말했지만, 어쩌면 거스리가 이 곡을 노래했던 것을 감안해서 감행한 폭거였을지도 모른다. 훗날 그룹 에니멀스The Animals는 이 편곡에 더더욱 일렉트릭 기타 풍을 가미하여 큰 히트를 치게 된다. 블라인드 레몬 제퍼슨Blind Lemon Jefferson[1]이 죽어가는 스스로에 대해 노래한 블루스 〈내 무덤을 깨끗하게 해줘See That My Grave Is Kept Clean〉는 "무덤이 깨끗한 상태로 있는지 봐주길 바란다"는 노래다. 앨범의 마지막 곡으로는 너무 슬프다.

밥의 오리지널 작품, 뉴욕에 온 후 자신의 감상을 표현한 〈뉴욕 토킹블루스Talking New York〉와 이 앨범의 주제가 된 〈우디에게 바치는 노래Song To Woody〉 등 두 곡에는 하얀 종이 위에 정성껏 연필로 적은 듯한 청아한 가사들이 약동하고 있다.

"당신을 위해 이 노래를 부르지만

1 어려서 시각을 잃었지만 대중적 인기를 누렸던 초창기 흑인 포크 블루스 가수 중 한 사람

부족할 수밖에 없어요.

당신만큼 해낸 이는 거의 없으므로"

라며 거스리를 향해 노래한다.

"이제부터 다가올 기묘한 세상에 대해 노래했어요.

병들고 굶주리고 완전히 지쳐 쓰러진,

죽을 것 같지만 결코 태어난 적도 없는 듯한

세상에 대해."

밥의 각오가 〈우디에게 바치는 노래Song to Woody〉에 가득 응축되어 있다. 당신의 노래를 들었기 때문에 나는 이렇게 노래하고 있노라고. 밥은 최선을 다해 자기 자신에 대해 말한다.

앨범 타이틀 《밥 딜런Bob Dylan》은 '우디에게 바친다To Woody'라고 이어질 것이다. 단정한 맛이 전혀 없다. 환희와 긴장, 예상되는 주위의 질시를 한 방에 날려버릴 것처럼 난잡한 비방들에 대해 꿈쩍도 하지 않을 기세를 담아내고 있었다.

《Bob Dylan》 1962년

포크송 앨범이기는 했지만 가슴

속의 열량만큼은 로큰롤을 뛰어넘었으면 넘었지 결코 뒤지지 않았다. 노래 이외에, 자기의 몸뚱이 이외에, 기댈 것이라고는 오로지 기타 하나와 하모니카뿐이었기에, 여유고 뭐고 아무것도 없다. 나한테 불만이 있다면 기꺼이 들어주겠노라는 식의 앨범이 완성되어버렸다.

제 2 장
구르는 돌처럼

Like a Rolling Stone

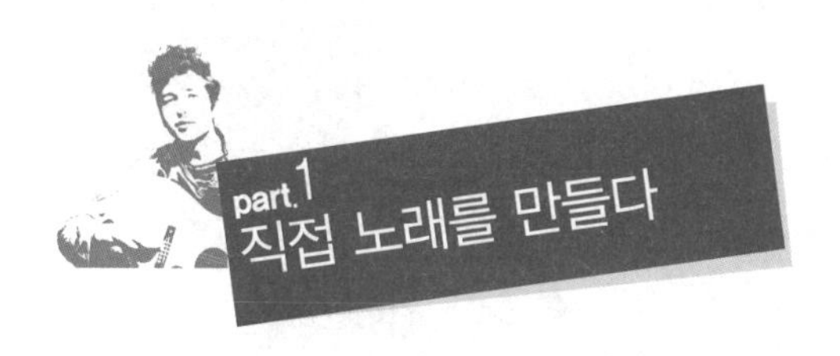

심술꾸러기

많은 시간을 함께 보냈던 밥에 대해 수지는 "주위의 모든 것들을 흡수하고, 내면에 경험을 축적해가는 중이었다"고 자서전(『A Freewheelin' Time: A Memoir of Greenwich Village in the Sixties』 수지 로톨로 저)에 적고 있다.

밥은 서로 친밀해진 후에도 자신의 출신이나 과거에 관해서는 확답을 피하거나 얼버무리거나 감추거나 엉터리로 둘러댔다. 밥은 평소 주위 동료들에게도 과거에 대해 거짓말을 늘어놓거나 명백히 자기 마음대로 꾸며대는 경우가 많았다. 그런 태도가 동료들 사이에서는 장난처럼 받아들여져 웃음을 안겨주는 경우도 있었다. 수지는 "밥의 입장에서 자기가 어떤 인간인가는 성장과정과 무관한 일이었다"(전게서)고 일단은 납득한 셈치고 있었다. 그러나 밥이 심지어 본명마저 숨기고 있었다는 사실이 발각되자 배반당했다는 생각 때문에 밥에게 심한 질책을 가했다. 상처받은 마음이 치유되기 위해서는 시간이 조금 걸렸다.

수지는 그 일을 계기로 자기한테 앞으로는 절대로 거짓말을 하지 말아 달라고 간곡히 애원한다. 동시에 자기 스스로 밥이 숨기고 싶어 하는 일들에 대해 결단코 입 밖에 내지 않을 인간이라고 상대방이 받아들일 수 있도록 노력했다. 밥의 입장에서 수지는 여태까지의 삶 속에서 처음으로 만나본, 애정과 신뢰로 가득 찬 여성이었다.

하지만 대외적인 관계에서는 여전히 터무니없는 허풍장이 명수였다. 밥은 공격적인 거짓말들을 천연덕스럽게 계속 입에 달고 다녔다. 데뷔 앨범 발매에 맞추어 매스컴 배포용 프로모션 자료를 만들기 위해 컬럼비아 레코드사의 홍보 담당 빌리 제임스가 밥에게 경력을 물었다. 스무 살의 밥은 심보가 잔뜩 뒤틀린 심술꾸러기였다. 빵집 트럭 운전사, 건설현장 인부 등 여태까지 십여 가지의 직업을 전전해왔으며 미국 각지를 헤매 다녔다고 말했던 것이다. 소년 시절에는 밥 먹듯이 가출을 했다는 말도 잊지 않았다. 자기가 항상 부모들에게 감시를 당했기 때문이라고도 했다.

밥이 말하길, 10세 때 가출을 해서 도착한 시카고의 사우스사이드, 거기서 만난 길거리 가수로부터 기타를 받았던 게 기타를 치게 된 계기였다. 12세 때 감행한 가출, 시카고 교외 에벤스톤에서 빅 조 윌리엄스Big Joe Williams[1]를 우연히 만나 블루스를 배웠다. 13세 때 다시 가출을 했을 때에는 서커스팀에 들어가 유랑 생활을 했다. 그 후 집으로 끌려갔지만, 다음 해는 1년 동안 두 번이나 가출. 다시금 집으로 끌려가 고등학교 졸업 시에 또다시 가출을 해서 서부와 남부에서 방랑의 세월을 보냈다.

18살 때 다시 가출을 했는데, 이때는 콜로라도에 있는 스트립 헛간에서 막간의 20분간 노래하는 일을 할 수 있게 되었다. 이 경험으로 인해 가수로서의 재능에 한계를 느끼고 귀향, 미네소타 대학에 입학했지만 선생님과 대립하게 되어 시를 읽게 되었고, 어찌어찌하다가 캔자스시티의 걸프렌드가 있는 곳에 가게 되면서 미니애폴리스의 커피하우스에서 노래하게 되었다. 그러다 우디 거스리의 노래와 운명적으로 만나 깊이 심취하여 우디를 만나고 싶다고 결심하기에 이르러 뉴욕으로 왔다.

이때 밥이 지껄인 '(허무맹랑한) 이야기'는 그 후 수년간 공적인 프로필로 항간에 유포되었다. 1966년 일본에서 최초로 출판된 밥 딜런의 평전 『밥 딜런 모던 포크의 큰 별ボブ·ディラン—モダ

1 끊임없는 여행으로 저명한 유랑 가수

ン·フォークの巨星』(사이&바바라 리바코브Sy&Barbara Ribakove 저)에서도 이런 프로필이 참조되고 있다. 이리하여 역시 밥 딜런, 방랑의 포크 가수의 이미지를 감쪽같이 날조했던 것이다.

노래 만들기에 눈뜨다

데뷔 앨범에 두 곡밖에 담아낼 수 없었지만 밥은 자작곡 창작에 더더욱 마음이 끌렸다.

> "직접 노래를 만들겠다는 생각을 했던 것이 언제였는지는 모르겠다. 그 무렵 불렀던 포크송들의 가사는 내가 세계에 대해 느끼고 있는 것들을 잘 표현해주고 있었다"

라고 밥은 말한다. 데뷔 앨범을 발표했을 무렵에는 자기가 말하고 싶어 했던 것들의 대부분이 오래된 포크송이나 거스리의 노래 안에 이미 존재한다고 밥은 느끼고 있었다. 가까운 장래에 발매될 예정의 음반이라며 해먼드가 주었던 로버트 존슨

Robert Johnson[1]의 1930년대 중반의 음원에 엄청난 충격을 받았다고 『자서전』에서 고백하고 있다.

존슨도 그의 선배에 해당되는 르로이 카Leroy Carr나 헨리 토마스Henry Thomas 등의 영향을 스스로 소화하고 변용하여 존슨 류의 블루스를 잉태시켰다. 밥은 존슨의 노래를 몰입해서 들었고 가사를 필사하며 그 구조와 내용을 분석했다. 고풍스런 구성 안에 자유로운 연상이 잘 살아나 있었다. 밥은 존슨이 만든 노래를 통해 정교한 기술과 본능적인 영감의 결합을 발견해낸다. 그것은 '듣는 자의 내면에 커다란 그림을 그리는' 것이었다.

> "그때 만약 로버트 존슨을 듣지 않았다면, 수많은 시들이 내 내면에 갇혀진 채로였을 것이다."

형태는 파악할 수 없었지만, 자신의 내면에서 꿈틀대고 있던 시의 원형이라 할 만한 것,

> "그것을 문자로 바꿀 수 있는 자유와 용기를 가질 수 없었을 것이다"

1 '델타 블루스의 제왕'으로 불린 미국의 블루스 기타리스트이자 싱어송라이터

라는 표현까지 쓰며 당시를 술회하고 있다. 밥은 심각하고 절박한 상황에 대해 노래하는 존슨처럼 노래를 만들고 싶다고 염원하게 된다.

밥은 흑인도 아니면서 가장 먼저 로버트 존슨을 높이 평가했던 사람 중 한 사람으로 알려진다. 밥은 1962년의 무대에서 과감히 존슨의 〈친절한 여자Kind Hearted Woman〉를 부른다. 비공식적인 녹음기록이 남아 있다.

밥은 포크의 경우, 듣는 자와 노래하는 자의 관계에 따라, 옛날부터 존재했던 노래라도 의미가 변용되기 마련이라는 사실을 체험적으로 알고 있었다. 신문기사를 매일같이 읽고 살인 사건이나 사고, 사회적인 부정부패 등 노래가 될 만한 사건을 찾아내 이야기로 만들어 기존의 포크송 구절에 맞추어 노래하는 토피컬송Topical Songs, 밥 역시 그러한 토피컬송을 만들어 부르고 있었다. 그것은 이른바 가와치온도河内音頭[1]의 신문 버전과 비슷하다.

밥은 토피컬송을 계속 만드는 과정에서 현대의 사회면 기사류만으로는 부족하여 과거로 거슬러 올라가 여러 사건들에 대해 알아보자고 도서관에 다니며 19세기 중엽의 신문기사를 읽어 내려간다. 밥은 그것이 결코 다른 세계의 이야기가 아니라

1 현재의 오사카 지방에서 부른 구전 민요

고 느꼈다. 지금 세상에도 충분히 그 맥락이 닿는 인간의 업 같은 것이 존재했다. 기사의 대부분은 더할 나위 없이 절박했다고 한다. 어느 시절에든 어떤 사고방식에든 서로 대립하는 점이 존재한다는 것, 어떤 사상도 금방 불충분해진다는 것, 고통의 끝은 보이지 않고 참상의 해결책은 간단히 발견되지 않는다는 사실을 간파했다.

자신이 살고 있는 시대와 100년 전 시대는 언뜻 보기에 이질적으로 보이지만 기실은 그 기반이 분명히 계승되고 있었다. 그렇다면 인간의 기본적인 심정이나 욕망은 계속 변치 않은 상태로 있다는 말이 아닌가. 거대한 연속체로서 이 사회는 끊임없이 존재하는 것이다. 밥은 그렇게 생각했다. 그 깨달음은 포크를 통해 배웠던 것들과도 일맥상통하고 있었다. 200년 전 사람들이 만들어낸 방법이나 멜로디, 리듬에 현대의 이야기를 담아내도 적지 않은 사람들과 감각을 공유할 수 있는 이유는 바로 그 점에 있었다는 생각이 들었다.

자신이 새롭게 만들어냈다고 생각했던 것들은 그 옛날 어딘가에서 누군가가 이미 만들어냈던 것일지도 모른다는 인식을 새롭게 했다. 그 가운데 창작을 해간다는 것은, 요컨대 노래를 만들어 부른다는 것 그 자체가 앞선 누군가의 그 어떤 의지를 이어받는 것이 된다(되어버린다)고 생각했다. 극단적으로 말하자면 완전히 새롭게 만들어진 것 따위는 아무것도 없는 게 아닐까. 적어도 100년 전 사람들이 눈곱만큼이라도 생각해내지 못했던 것 중에서 완전히 새롭게 만들어진 것 따위는 지금 세상에는 없다. 새로운 창조라느니 뭐니 하며 우쭐대선 안 된다. 그러한 마음가짐을 얻었다고 한다.

직접 만든 신곡이 만약 기존의 그 어떤 것과 비슷하다고 해도 거리낌 없이 계속 만들어갈 수 있다. 밥은 그렇게 각오를 다졌던 게 아닐까.

직접 만들고 직접 연출한다는 참신함

잘 가다듬고, 명확하게 곡의 근거를 제시하고, 새롭게 집어넣은 부분이 어디인가를 듣는 사람이 잘 이해할 수 있도록 전달하는 포크송이 당시의 주류였다. 그것과는 크게 상이한 데뷔 앨범을 발표한 밥이 자작곡을 계속 만들어간다는 이야기가 순식간에 사람들의 이목을 사로잡게 되었다. 당시 직접 작사 작곡해서 노래 부르는 포크 뮤지션은 아직은 소수에 불과했다. 기성의 곡들에 독자적인 필치를 가미해서 노래하는 쪽이 주류였다.

1962년 2월 피트 시거의 알마넥 싱어즈 시절 동료였던 아그네스 시스 커닝햄Agnes "Sis" Cunningham과 그의 남편인 고든 프리즌Gordon Friesen이 포크를 전파하기 위한 잡지 『브로드사이드Broadside』를 창간했다. 그 창간호에 반공산주의단체=존 버치 모임을 비꼰 밥의 자작곡 〈존 버치 편집증 토킹블루스Talkin' John Birch Paranoid Blues〉의 가사가 게재되었다. 처음으로 밥의 작품이 인쇄물에 실렸던 것이다.

밥은 그 무렵 이미 미시시피 주의 흑인 청년 에멧 루이스 틸Emmett Louis Till 살인 사건[1]을 제재로 한 〈에멧 틸의 죽음The Death of Emmett Till〉, 클랜시 브라더즈의 멜로디에 가사를 12 소절까지 단 〈떠돌이 노름꾼 윌리Rambling, Gambling Willie〉, 냉전 체제에 대한 강박관념을 노래로 만든 〈걷다 죽게 해주오Let Me Die in My Footsteps〉 등의 곡들을 만들어내고 있었다.

이러한 곡들에는 인종평등회의CORE나 공민권 운동, 반핵 운동에 이전부터 참가했던 수지의 영향이 엿보인다는 견해도 있다. 정치나 인종 문제에 관심을 보이지 않았던 밥이 1962년 2월 인종평등회의의 자선 콘서트에 출연했던 것은 혹시 그녀가 권유했기 때문이었을까.

1 1995년 흑인 10대 소년이 백인 여성에게 휘파람을 불었다는 이유로 살해당한 사건. 아프리카계 미국인 인권운동의 촉매제가 됨

밥이 인종 대립에 관심이 없었던 것이 아니라 인종 차이에 전혀 구애됨이 없었기 때문이라는 주위의 증언도 있다. 흑인 여성 가수인 빅토리아 스피비Victoria Spivey[1]와 직접 만든 9줄 기타로 유명한 블루스 가수인 빅 조 윌리암스는 1961년 10월(1962년 3월이라는 설도 있음) 밥과 셋이서 리코딩 작업을 하고 있었다. 빅 조는 매우 흥겨워하며 밥의 하모니카에 기분이 고조되었고 밥을 '리틀 조'라고 불렀다고 한다.

이 리코딩 작업을 할 때 스피비와 둘이서 찍었던 사진이 1970년 발매된 밥의 앨범 《새 아침New Morning》의 재킷 커버에 게재되고 있다. 스피비는 밥에 대해 "피부색을 의식하지 않는 친구였다"고 말하고 있다.

1962년 이후 밥은 마치 둑이 무너진 것처럼 자작곡을 세상에 쏟아낸다. '내가 부르고 싶은 타입의 노래는 아직 존재하지 않는다는 것'을 어느 날 문득 깨닫게 되었다고, 『자서전』에서 밥은 말한다. 그렇다면 직접 만들어야 한다. 수지의 추천으로 읽었던 아르튀르 랭보Arthur Rimbaud의 시에서

"나는 또 다른 누군가다"

1 굴지의 여성 블루스 가수

라는 구절을 발견하고, 밥의 머릿속에서 '종소리가 한꺼번에 울리기 시작했다.'

1963년 봄에는 수지가 제작 조수로 일했던 음악극 「브레히트 온 브레히트Brecht on Brecht」를 보고 커트 웨일Kurt Weill과 베르톨트 브레히트Bertolt Brecht의 음악에 큰 충격을 받는다. 밥은 그들의 작품에 대해

> "가사의 형식이나 운문Verse 간의 자유로운 관계, 그 음악적인 구조, 효과적인 멜로디 패턴에 관한 상식의 무시——그러한 것들이 이 노래를 참신하고 첨단적인 것으로 만들고 있었다"

라고 느꼈다. 자신도 그런 것들을 완벽히 구사하는 방식을 알고 싶다고 생각했다고 한다.

수지라는 존재가 노래를 만드는 것에 대한 의욕을 순식간에 가속시키는 원동력이 되었다.

바람만이 아는 대답_Blowin' in the Wind

"토피컬송은 만들지 않겠다. 그 단어를 좋아하지도 않는다. 내가 만들고 있는 음악은 포크가 아니라 콘템포러리송Contemporary song이다. 포크에는 오래된 옛 노래를 다시 만들어가는 기법이 있다. 나는 그 방법에 따라 곡을 만들었을 뿐이다. 내가 처음인 것도 아니었고 획기적인 것도 아니었다."

영화 「노 디렉션 홈: 밥 딜런No Direction Home: Bob Dylan」 안에서 밥은 이렇게 말하고 있다. 1962년 3월 19일 발매된 데뷔 앨범의 판매는 순조롭지 않았다. 컬럼비아 레코드사 영업담당자 중에는 빨리 계약을 해지하는 편이 낫겠다고 말하는 사람도 있었고 제작진 중에는 “해먼드의 개인적인 도락에 지나지 않는 어리석은 행위다”라고 잘라 말하는 사람도 있었다. 컬럼비아 레코드사의 제작부장이었던 미치 밀러는 당시를 되돌아보며

> “목소리가 좋지 않기 때문에 깨끗한 사운드에 담아내는 것은 무리라고 생각했다. 하지만 존 해먼드가 확신을 가진 재능이라면 존중하자”

라고 생각했다고 진술하고 있다.

정작 해먼드 자신은 예상 이상의 감응을 느끼고 있었다. 그것은 데뷔 앨범의 판매 결과가 아직 명확치 않았던 발매 약 1개월 후인 1962년 4월 24일, 벌써부터 다음 앨범의 리코딩을 위해 밥을 스튜디오에 불러들였다는 사실을 통해서도 드러났다.

자작곡을 만드는 속도가 급격히 빨라지고 있다는 사실을 감지한 해먼드는 음악출판사와의 악곡 출판 계약에 도움을 준다. 잘만 되면 밥에게 계약금이 들어올 것이다. 밥은 더치스 뮤직Duchess Music과 계약한다.

1962년 4월이면 밥의 〈바람만이 아는 대답Blowin' in the Wind〉이 완성될 무렵이라고 전해진다. 이 노래의 멜로디는 〈노예 시장을 반대하여No More Auction Block〉를 바탕으로 하고 있다. 밥은 훗날

"이 곡에는 흑인 영가와 일맥상통하는 감정이 흐르고 있다"

라고 말하고 있다(밥이 노래하는 〈노예 시장을 반대하여〉는 밥 딜런의 《더 부틀렉 시리즈 제1집》에 수록되어 있다). 그때까지 특정 사항이나 인물을 제재로 하여 토피컬송 중심으로 작곡하던 밥이 스스로의 심정을 바탕으로 만든 첫 작품이라고 할 수 있다.

"사람이 얼마나 먼 길을 걸어야
사람이라 불리게 될까?
흰 비둘기는 얼마나 많은 바다를 날아야
백사장에 편히 잠들 수 있을까?
얼마나 많은 포탄이 휩쓸고 지나가야
포탄을 영원히 금지할 수 있을까?
그 대답은, 벗이여, 바람 속에 날고 있다네,
그 대답은 바람 속에 날고 있다네."

첫 소절은 이렇게 소개된다.

반복되는 후렴 부분은

"그 대답은 바람 속에 날고 있다네The answer is blowing in the wind"

이며 노래는 총 세 소절로 되어 있다. 두 번째 소절에서는

"얼마나 오랜 세월이 흘러야
높은 산이 씻겨 바다로 흘러들어 갈까?
사람이 자유를 얻기까지는
얼마나 많은 세월이 흘러야 하는 걸까?
사람들은 언제까지 고개를 돌리고
모른 척할 수 있을까?"

라고 묻고 있다. 세 번째 소절에서는

"사람이 하늘을 얼마나 올려다봐야
진정 하늘을 볼 수 있을까?
얼마나 많은 귀를 가지고 있어야
사람들의 비명 소리를 들을 수 있을까?
얼마나 더 많은 죽음이 있어야
너무도 많은 사람들이 희생당했다는 걸 알게 될까?"

하고 노래한다.

세상의 행태를 규탄하는 것이 아니라 인간들이 가지고 있는 안타까움의 기반, 변함없다고 말하고 싶어지는 허무한 감정을 묘사하고 있다. 인류는 그 대답을 갈구하면서도 항상 대답을 계속 짓밟아왔다. 이 노래의 '왜'에 대한 대답을 안일하게 이끌어내려는 인간들을 결코 믿어서는 안 된다고, 밥은 호소하고 있는 게 아닐까.

많은 사람들은, 익히 알고 있으면서도 자신의 능력만으로는 도저히 불가능한 힘이나 상황에 괴로워하고 있다는 공통인식을 가지고 있다. 때문에 설령 그 대상이 막연하다고 해도 계속 묻는 행위 자체가 필요한 거라고 이 노래는 말하고 있는 것이다.

밥은 수지나 그 동료들의 사회적 활동, 항의 운동의 어려움에 감응하며 이 노래를 만들었던 것일지도 모른다. 세월이 거듭될수록 정신적인 굴절에 혹여 짓눌리지 않을까 고민했을지도 모른다. 이상은 가지고 있지만, 그리고 그것이 도의적으로 올바르다는 사실을 많은 사람들이 이해하고 있지만, 납득할 수 있는 상황을 맞이하는 것은 그리 녹록하지 않다. 그러한 각오를 위해 이 곡은 태어났다. 사람에 따라서는 불행을 어떻게든 이겨내기 위해 이 노래를 부를지도 모른다. 연대에 대한 소망을 이 노래에 담아내고자 하는 사람도 있을지 모른다.

〈바람만이 아는 대답Blowin' in the Wind〉은 밥의 입장에서 처음으로 이끌어낸 보편적 명제를 노래한 곡이었다.

'어른들'의 속셈

밥이 개스라이트에서 이 노래를 부르기 시작한 직후, 1962년 5월 잡지 『브로드사이드Broadside』 제6호에 이 노래의 가사가 게재되었다. 순식간에 그리니치 빌리지 주변, 워싱턴 스퀘어 파크의 청년 가수들 사이에서 이 노래를 부르는 자들이 속출했다고 한다.

그리고 이 노래에 비범한 매력(돈이 될 냄새라고나 표현해야 할까)을 느낀, 포크업계 매니저업 종사자 앨버트 그로스맨Albert Grossman이 밥 딜런에게 갑자기 접근해온다. 단, 그로스맨은 아직 평가가 확정되지 않은 풋내기 밥 딜런이라는 새로운 재능을, 설령 시간이 걸리더라도 반드시 이 세상에 알리고 싶다고 생각하던, 당시로서는 특이한 인물이었다. 설득 끝에 밥은 1962년 8월 30일 그로스맨과 매니지먼트 계약을 체결한다. 그와 함께 음악 출판 계약도 더치스 뮤직에서 더 윗마크The Witmark로 옮겼다.

이 무렵 아직 18세였던 수지는 이탈리아에서 유학 중이었다. 모친의 의향에 따른 것이었다. 밥과 수지는 편지 왕래를 통해 애정을 유지하고 있었다. 수지의 부재를 창작에 몰두하는 것으로 달래고 있었다. 그런 생각이 들 정도로 밥의 새로운 노래들이 계속해서 세상에 쏟아졌다. 곡들이 모이면 계약사 더 윗마크에서 시연이 녹음되었다. 저작권 등록을 한 후 악곡을 다른 가수들에게 소개하기 위해서였다.

해먼드는 두 번째 앨범에서 데뷔 앨범과는 다른 제작방식을 택했다. 기타를 직접 치면서 단 시간에 녹음하는 것이 아니라 밥의 가능성을 시험해보는 방식이었다. 리코딩은 1962년 4월 24일부터 1963년 4월 24일까지 간헐적으로 8회에 걸쳐 진행되었다. 리코딩 스튜디오에 보조역으로 녹음 등에 개별 참가하는 세션맨session man들이 모였던 것도 세 번이나 된다. 밥이 다른 뮤지션들과 어떻게 교류하는지 해먼드는 곁에서 지켜보았다.

리코딩 컬렉션 안에는 포크송 타입의 밥의 자작곡 외에, 희한하게도 엘비스의 커버로 잘 알려진 로큰롤 〈댓츠 올라이트That's All Right〉도 포함되어 있었다. 여기에 그로스맨의 모략이 기승을 부리고 있었다는 시각도 있다. 앨범은 결국 데뷔 앨범과 마찬가지로 기타를 직접 치며 노래하는 곡들을 중심으로 정리되어 《자유분방한 밥 딜런The Freewheelin' Bob Dylan》이란 제목으로

1963년 5월 27일 발매되기에 이른다.

뒤죽박죽 머리_Mixed-Up Confusion

밥의 데뷔 싱글은 이 두 번째 앨범 세션 중에 만들어져 1962년 12월 14일 발매되었다.

A면이 밥의 작품 〈뒤죽박죽 머리Mixed-Up Confusion〉, B면은 전승곡인 〈코리나, 코리나Corrina, Corrina〉였다. 양쪽 모두 반주가 달려 있다. B면 쪽은 버전이 다르지만 두 번째 앨범에 수록되어 있는 곡이었고, 포크 가수의 레퍼토리로서는 온당한 선곡이긴 하다. 하지만 A면의 〈뒤죽박죽 머리Mixed-Up Confusion〉는 빠른 템포의 로큰롤이어서 포크 가수의 이미지는 도저히 찾아볼 수 없다.

> *"사람이 너무 많아서*
> *모든 사람을 기쁘게 하는 것은 너무 어렵다"*
> *"대답을 찾고 있지만*
> *누구에게 물어봐야 좋을지 모르겠다"*

라고 노래하고 있다. 밥이 리코딩 작업에서 느꼈을 기분을 노래하고 있는 것으로도 이해될 수 있는 내용이다. 흥겨운 비트에 맞추어 밥은 선 레코드사Sun Records[1]의 로커빌리rock-a-billy[2]처럼 공격적인 가창력을 보여준다.

데뷔 싱글이 왜 이런 곡이어야만 했을까. 밥은 훗날 《바이오그래프Biograph》(1985년)의 자필 라이너 노츠Liner notes[3] 안에서

"이 세션은 내 생각만으로 진행된 것이 아니었다"

라고 언급하고 있다. 가창의 공격성이 데뷔 앨범의 밥과도 이어진다는 점 때문에 선택되었을 거라는 생각도 들지만, 해먼드와 그로스맨의 불화의 결과라고 보는 설도 있다.

『다운 더 하이웨이 밥 딜런의 생애Down the Highway: The Life of Bob Dylan』 안에서 저자 하워드 소우니스Howard Sounes는 그로스맨이 해먼드의 방식을 싫어했다고 지적하고 있다. 예술애호가인 해먼드와 기업인인 그로스맨은 밥이 비범한 인물이라는 인식에 대해서는 서로 의견을 공유할 수 있었다. 하지만 그것을 레코드화해서 사람들에게 널리 전달하는 방식에 관한 한, 그 자세

1 1952년 멤피스에서 설립된 인디펜던트 계열의 레이블. 엘비스 프레슬리가 데뷔한 레코드사로 저명

2 로큰롤 음악의 초창기 스타일 중 하나로, 미국 남부의 백인 뮤지션들에 의해 시작된 초기 록 음악 형식

3 음반 레코드 재킷과 CD 앨범 등에 있는 책자 등에 쓴 해설문

는 완전히 딴판이었다. 그로스맨은 밥을 적극적으로 상업화할 것을 우선적으로 생각한다. 해먼드는 밥의 '자연스러운 성장'을 지켜보자는 자세였다.

그로스맨은 해먼드를 프로듀서 자리에서 끌어내리고 싶어했다. 하지만 해먼드는 컬럼비아 레코드사 안에서도 중진이었고 외압으로 그만두게 만드는 것은 불가능에 가까웠다. 그래서 그로스맨은 해먼드가 '스스로 손을 떼고 싶어지도록' 책략을 구사했다. 그리고 다양한 방법으로 괴롭혔다. 리코딩 과정에 얼굴을 내밀고 몇 번이나 참견을 했다.

오히려 일반적인 경우라면 매니저로서 그런 일들은 없기를 바라는 바일 것이다. 그러나 사태는 뒤죽박죽이 되어버렸고 절박했다. 이 곡에도 펑크 밴드를 집어넣는 편이 좋겠다고 그로스맨은 제안한다. 실제로 이 곡은 현재 두 가지 버전으로 들을 수 있다. 하나는 피아노를 전면에 내세운 것(싱글 음반은 이쪽), 또 다른 하나는 기타를 메인으로 한 것(《바이오그래프》에 수록)이다. 그로스맨은 이것으로는 부족하다고 더더욱 압박한다. 딕실랜드 재즈Dixieland Jazz[1] 풍으로 만들어달라는 것이었다. 이에 대해서는 해먼드도 경악을 금치 못한다. 로큰롤이라면 아직 밥 딜

1 특히 뉴올리언스 지방 재즈 선구자들의 양식을 의미하는 말이었다가 나중에는 이런 흑인 재즈의 영향을 받은 복고풍 백인 밴드 재즈를 통칭하는 말이 됨

런의 음악 안에서 맥이 살아 있는 것이기 때문에 어느 정도 이해할 수 있었다. 하지만 딕실랜드 스타일의 도대체 어디가 새로운 별로 떠오른 포크 가수와 연관성이 있단 말인가. 어쩌면 그로스맨은 싱글 음반으로 만들 작정이니 화려한 편이 더 좋다고 말했을지도 모른다.

해먼드는 매니지먼트 측의 요구였기 때문에 어쩔 수 없이 시도해보았다. 하지만 잘 풀릴 리 만무했다. 화가 난 해먼드는 그로스맨의 스태프들에게 스튜디오에서 꺼지라고 명령한다. 밥도 화가 나서 소리 지르고 나가 버린다. 기록상으로는 1962년 11월 14일의 일이다. 해먼드도 자신의 자서전에서 그로스맨 측이 "진행을 방해하고 계속 참견을 했으며 나의 감수를 비판하고 밥에게는 노래할 때 어디에 서야 할지 서는 위치까지 일일이 지시했다"고 적고 있다. 자서전에 남기고 싶어질 정도로 화가 나 있었음을 짐작할 수 있다. 해먼드는 그 후 즉각 밥의 프로듀서 담당을 사임한다. 그로스맨의 노림수가 드디어 성공한 것이다.

결국 다음 프로듀서가 정해지지 않은 채 〈뒤죽박죽 머리 Mixed-Up Confusion〉는 발매되었다. 기념할 만한 데뷔 싱글이었음에도 불구하고 컬럼비아 레코드사에서는 밥의 이미지와 너무 맞지 않는다는 이유로 아무런 프로모션도 행하지 않은 채 음반을 방치해버린다. 왜 발매를 했는지 너무나 의문스럽다. 해당 '딕실랜드 버전'은 현재까지 공개되지 않고 있다. 음원은 이제 더 이상 이 세상에 존재하지 않을지도 모른다. 〈뒤죽박죽 머리 Mixed-Up Confusion〉라는 곡 자체가 이러한 '어른들'의 상황을 반영하여 탄생된 것이 아닌가 싶다.

자유분방한 밥 딜런_The Freewheelin' Bob Dylan

앨범 제작 작업이 중단된 상태였던 1962년 12월, 밥은 영국의 BBC로부터 드라마 출연 요청을 받아 영국으로 간다. 런던의 포크 클럽을 방문해서 노래를 불렀고 영국의 젊은 포크 가수들과 교류도 가졌다. 거기서 배움을 청한 곡을 바탕으로 〈북쪽 나라의 소녀Girl from the North Country〉와 〈밥 딜런의 꿈Bob Dylan's Dream〉이 만들어졌다.

밥은 런던에서 로마를 향해 투어 중인 오데타 홈즈Odetta Holmes[1] 일행과 합류한다. 투어 매니저는 그로스맨이었다. 밥은 로마에서 이탈리아 체재 중이었던 수지를 만나러 갈 생각이었던 것 같다. 하지만 수지는 그때 막 뉴욕으로 돌아온 참이었다.

1 포크 뮤직을 대표하는 싱어송라이터이자 기타리스트, 인권 운동가

앨범 프로듀서의 후임이 결정된 것은 1963년 봄이었다. 제작 기간이 연장된 것은 그로스맨의 입김이 상당히 영향을 미쳤기 때문이다. 후임 프로듀서는 톰 윌슨이었다.

때마침 소비에트가 쿠바에 미국 본토를 사정권에 둔 미사일을 배치했다는 사실이 발각되어 케네디 대통령은 모든 수단을 동원해서라도 그 공격에 대처하겠다고 발표했다. 미국과 소련은 극도의 긴장 상태에 돌입했다. 이른바 쿠바 위기다. 인류 최초로 핵무기끼리 대립하는 일촉즉발의 상황이 벌어졌다. 미국 의회는 대통령에게 예비역 소집 권한을 부여한다. 밥도 징병 대상이 되는 연령이었다. 실제로 친구 중에 징병당한 사람도 있었다. 절박한 위협이 미국 전체를 뒤덮었다.

밥은 〈세찬 비가 쏟아질 거예요A Hard Rain's a-Gonna Fall〉를 쓴다. 하지만 그 곡 안에 나오는 '비'는 핵폭발에 의한 방사성물질의 낙하를 가리키고 있는 것이 아니라고 변명하고 있다.

> "매스컴을 통해 제멋대로 유포되어 사람들 머릿속에서 정상적인 사고를 빼앗아가는 허언을 독극물이라고 말하고 있는 것이다."

수지가 없다는 외로움 때문에 〈너무 깊이 생각하지 마, 괜찮아Don't Think Twice, It's All Right〉가 만들어졌고 정권 아래서 암약하는 군수산업 종사자들을 정면으로 비판한 〈전쟁의 귀재들Masters of War〉이 태어났다. 이 곡도 멜로디는 런던 체재 중 배웠다고 생각되는 영국 포크송 〈놋타문 타운Nottamun Town〉을 바탕으로 하고 있었다.

또 하나의 '자유분방한 밥 딜런 _The Freewheelin' Bob Dylan'

앨범 《자유분방한 밥 딜런The Freewheelin' Bob Dylan》은 미소를 이끌어내는 토킹블루스 〈난 자유로워질 거야I Shall Be Free〉로 끝난다. 그러나 이 앨범에는 소수 시장에 유포된, 정규 음반과 수록곡이 다른 또 하나의 형태가 일부 존재한다.

《The Freewheelin' Bob Dylan》 1963년

마지막 세션이 진행되기 전 이 앨범은 일단 마무리되었고, 동일한 재킷에 수록된 완성형 음반이 모노럴, 스테레오로 제각각 프레스되었다. 요컨대 존 해먼드 프로듀스 음원만으로

만들어진 《자유분방한 밥 딜런The Freewheelin' Bob Dylan》이다.

수지의 자서전에 의하면, 1963년 3월에는 아세테이트 음반이 완성되었다고 한다. 그것을 가지고 밥은 수지, 존 해럴드John Herald[1]와 셋이서 WBAI라디오에 출연한다. 거기에는 〈존 버치 편집증 토킹블루스Talkin' John Birch Paranoid Blues〉, 〈떠돌이 노름꾼 윌리Rambling Gambling Willie〉, 〈걷다 죽게 해주오Let Me Die in My Footsteps〉, 〈락 앤 글래이블Rocks And Gravel〉이 수록되어 있었다. 컬럼비아 레코드사 측은 사회 풍자가 너무나 노골적인 〈존 버치 편집증 토킹블루스Talkin' John Birch Paranoid Blues〉, 〈걷다 죽게 해주오Let Me Die in My Footsteps〉를 내심 좋지 않게 생각한 흔적이 보인다.

나아가 1963년 5월 12일 CBS 텔레비전의 인기 버라이어티 프로그램 「에드 설리번 쇼The Ed Sullivan Show」의 출연을 밥이 촬영 직전 거부해버리는 돌발 상황이 발생한다. 그날 밥이 본방에서 노래할 예정이었던 〈존 버치 편집증 토킹블루스Talkin' John Birch Paranoid Blues〉에 대해 리허설 후 방송국 측으로부터 연주 중단 요청을 받았던 것이 발단이 되었다. 격노한 밥은 연주 목록 변경을 받아들이지 않은 채 출연을 중단해버렸다. CBS는 반공단체 존 버치 협회로부터 제기될 항의와 고소를 두려워하고

---

1 싱어송라이터 겸 기타리스트로 베테랑 포크 뮤지션

있었다.

이 날의 밥의 행동에 대해 컬럼비아 레코드사 측은 격분했다. 그로스맨이 사태 수습을 맡아 밥과 컬럼비아 레코드사 양측에게 〈존 버치 편집증 토킹블루스Talkin' John Birch Paranoid Blues〉외 토피컬송과 신곡을 교체할 것을 제안했다. 밥은 오히려 신곡 수록을 기뻐했다고 한다.

1963년 4월 24일, 처음으로 톰 윌슨에 의해 진행된 마지막 세션은 당초부터 곡의 교체를 목적으로 설정된 것이었다. 이 날 〈북쪽 나라의 소녀Girl from the North Country〉, 〈전쟁의 귀재들Masters of War〉, 〈제3차 세계대전 토킹블루스Talking World War III Blues〉, 〈밥 딜런의 꿈Bob Dylan's Dream〉, 그리고 앨범 미수록곡이 된 〈붉은 날개의 장벽Walls of Red Wing〉 등 다섯 곡이 녹음되었다.

하지만 그 교체 전 음반은 극소수(모노, 스테레오 각 테이프 음반과 통상 음반, 합쳐서 100매 정도라고 추측된다)가 시장에 돌아다니고 있었다. 밥의 「에드 설리번 쇼」 출연에 맞추어 출하한 것이라고 생각된다. 컬럼비아 레코드사는 즉시 회수를 시작했다. 결과적으로 그것은 밥 딜런의 음반 가운데 가장 희소성 있는 음반이 되었다. 해먼드의 깊은 신념이 작용했던 것은 아닐까.

포크 스타

겨울날 그리니치 빌리지를 걷는 수지와 밥의 다정한 사진이 앨범 재킷을 장식한 《자유분방한 밥 딜런The Freewheelin' Bob Dylan》은 서서히 화제가 되어 전미 앨범 차트 22위를 기록한다. 200위에도 들어가지 않았던 데뷔 앨범과 비교하면 대단히 좋은 성적이다.

그로스맨은 포크송, 포크 가수를 내세운 히트곡 만들기를 노리고 있었다. 그런 가운데 그로스맨이 1961년 그리니치 빌리지 주변 인맥으로 편성한 것이 아름다운 하모니를 자랑하는 그룹, 피터 폴 앤 메리Peter, Paul and Mary(이하 PPM)이다. 〈레몬 트리Lemon Tree〉, 〈천사의 망치If I Had A Hammer〉 등의 히트곡을 지닌 그

들에게 그로스맨은 밥의 〈불어오는 바람 속에Blowin' in the Wind〉를 들려주었다. 듣는 순간 노래가 마음에 든 그들은 전미 팝 차트 2위에 오른 대히트 〈퍼프Puff〉를 잇는 싱글로 〈불어오는 바람 속에Blowin' in the Wind〉를 발매한다. 때마침 사카모토 규坂本九[1]의 〈위를 보고 걷자上を向いて歩こう〉가 3주 연속 전미 1위에 올랐을 무렵이다[2].

잰 앤 딘Jan and Dean[3] 〈서프 시티Surf City〉, 스티비 원더Stevie Wonder의 〈탈을 쓴 악마Devil In Disguise〉, 더 서파리스The Surfaris[4]의 〈와이프 아웃Wipe Out[5]〉 등과 경쟁을 벌이며 1963년 8월 17일자 전미 팝 차트에서 PPM의 〈불어오는 바람 속에Blowin' in the Wind〉는 2위에 빛나게 되었다. 앨범 판매는 이미 100만장을 넘고 있었다. 컬럼비아 레코드사는 이런 히트에 편승하여 밥 자신이 가창한 〈불어오는 바람 속에Blowin' in the Wind〉를 싱글 컷하여 1963년 8월 발매했다. 하지만 이쪽은 전혀 히트를 치지 못했다.

그 얼마 전인 1963년 5월 18일, 밥은 캘리포니아의 몬트레이Monterey에서 열린 포크 페스티벌에 출연하여 존 바에즈와 처

---

1 일본의 가수, 배우, 인권 운동가

2 1961년 발매한 사카모토 규의 노래는 1963년 미국에서 〈스키야키〉라는 제목으로 빌보드 핫 100에서 3주 연속 1위를 기록함

3 비치보이스의 영향을 받은 고교 동창으로 구성된 남성 듀오

4 남부 캘리포니아를 중심으로 활동한 그룹, 서핑 등을 노래한 경쾌한 록 음악으로 유명

5 영화「더티댄싱」배경 음악 중 하나로 유명

밥 딜런과 존 바에즈

음으로 공연한다. 바에즈 쪽이 밥에게 열을 올렸다고 한다. 두 사람은 연인 관계로 발전한다.

다음 달인 6월에는 피트 시거 등과 함께 미시시피 주 그린우드에서 개최된 '전미 학생 비폭력 조정위원회'가 주최하는 '선거인등록 집회'에 출연한다. 공민권 운동의 최전선이라 말할 수 있는 남부로의 첫 번째 음악여행이었다. 밥은 경관의 감시, 백인 집단의 압력 속에서 이유 없는 살인의 희생자가 된 메드거 에버스Medgar Evers[1]를 그린 〈장기판의 졸일 뿐Only a pawn in their game〉을 노래했다.

같은 달 26일부터 28일에 걸쳐 개최된 뉴포트 포크 페스티벌Newport Folk Festival에도 밥은 출연했다. 부자들의 별장이 즐비한 이 지역이 포크송에 과연 어울리기나 하겠느냐는 우려의 목소리도 있었지만 페스티벌에는 3만 7000명이 운집하여 대성황을 이루었다.

---

1 미국의 흑인 시민권 운동자. 1963년 6월 12일 흑인 시민권에 관한 케네디 대통령의 특별 전국방송 몇 시간 뒤에 살해됨

불신과 야심

페스티벌에는 존 바에즈도 출연했다. 수지도 밥과 동행했지만 바에즈가 "이것은 옛날에 끝난 연애를 노래한 곡입니다"라고 코멘트를 한 뒤 밥의 〈너무 깊이 생각하지 마, 괜찮아Don't Think Twice, It's All Right〉를 부르기 시작하자 도저히 견딜 수 없어서 울음을 터트리며 회장을 뛰쳐나갔다.

밥은 그 여름 내내 줄곧 바에즈의 전미 투어에도 동행했다. 그 무렵 《자유분방한 밥 딜런The Freewheelin' Bob Dylan》의 판매도 더더욱 호조를 보이고 있었다. 밥은 뉴욕의 포크 무대에서만 주목받는 가수가 아니라 미국 전역에 걸쳐 주목을 모으는 존재가 되고 있었다.

1963년 8월 28일 밥은 바에즈와 함께 워싱턴 대행진에 참가했다. 정치집회나 데모에 참가하는 일이 거의 없었던 밥 딜런이지만 이 대규모 집회는 밥에게도 예외적인 것이었다. 마틴 루터 킹Martin Luther King 목사의 "나에게는 꿈이 있습니다"란 기조연설로 지금까지도 유명한 집회다. 20만 명쯤 되는 사람들 앞에서 밥은 존 바에즈와 〈장기판의 졸일 뿐Only a pawn in their game〉, 〈불어오는 바람 속에Blowin' in the Wind〉를 불렀다. 텔레비전을 통해 중계되기도 해서, 밥이 사회적 · 정치적 제언을 노래로 만드는 리더인 것처럼 널리 알려지게 된 계기가 되었다.

10월 밥은 잡지 『뉴스위크Newsweek』의 안드레아 스베드베리Andrea Svedberg의 취재를 받는다. 컬럼비아 레코드사 측은 신작의 선행 프로모션으로 생각해서 부킹했을 것이다. 그러나 스베드베리는 이 인터뷰 이전부터, 밥이 애매하게 감추고 있던 자신의 출신지나 가족에 대해 폭로하는 취재를 진행하고 있었다. 때문에 노골적으로 밥을 궁지에 몰아넣으며 오만하게 인터뷰에 임했다.

험악한 인터뷰는 그대로 악의 넘치는 기사로 이어졌다. 밥은 세상에 자신을 드러내기 위해 지조 없이 사실을 날조한 미네소타 출신 중산층 젊은이가 되어 있다. 그러나 그것 역시 밥에 대한 주목도가 얼마나 높아졌는지를 보여주는 사건이기도 했다.

밥은 스베드베리에 대한 분노를 가라앉히기 위해 세 번째 앨범 《시대는 변하고 있다The Times They Are a-Changin'》의 안쪽 재킷과 앨범을 싼 종이에 장편시 '11개의 개설에 의한 묘비명11 Outlined Epitaphs'을 실었다. 그 안에서 밥은 '진실을 제대로 답변할 수 없다는 소문이 돌아 어떻게 될지 모르겠습니다'라고 협박 비슷한 대화를 적어 넣은 뒤, '당신은 나를 웃음거리로 만들어 멸시할 수 있을지도 모른다. 그러나 나는 당신의 변덕스러움에는 타협하지 않겠다'고 선언한다. 이 사건은 그 후 매스컴에 대한 불신이 증폭되는 발단이 되었다.

세상의 추세에 의해 밥은 사회파 포크 싱어송라이터의 리더격이 되어갔다(그로스맨의 의향도 작용한 것으로 생각되지만). 적어도 매스미디어에서의 취급은 1년 전과는 확연히 달라져 있었다.

새로운 시대의 대변인으로서 밥을 신봉하는 목소리도 있었다. 의도적으로 그렇게 보이려는 움직임도 있었다. 밥은 자신의 음악을 받아들여 주는 인간이 늘어가는 것에 대해 물론 기뻐하고 있었다. 그러나 사회운동에 대한 참가를 촉진하기 위해 노래하는 게 아님은 분명했다. 사회적인 사건, 부정이나 차별에 관한 갑론을박이나 온갖 인간들의 군상, 인간의 부조리한 행동이나 사고를 노래의 제재로 삼는 일은 있었다. 하지만 이미 밥은 개별적인 사항을 직접 전달하는 노래를 만드는 일에서 멀어져 가고 있었다.

무기 상인이나 그에 가담하는 정치가들을 강하게 비판한 〈전쟁의 귀재들Masters of War〉도, 패권 대립과 핵전쟁에 대한 무거운 불안감에서 촉발되어 만들어진 〈세찬 비가 쏟아질 거예요A Hard Rain's a-Gonna Fall〉도, 특정 인물이나 사건만을 노래하고 있는 것이 아니었다. 부정을 지탄하고 대상에 대해 분노를 퍼붓는 것이 아니라, 그러한 사례들 때문에 인간들에게 생기는

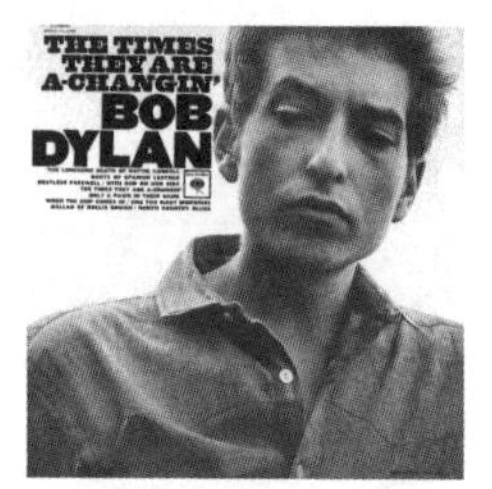

《The Times They Are a-Changin'》 1964년

감정의 구조, 분노나 번외의 생생한 모습을 전달하기 위해 노래가 있다고 말하고 있는 것 같다. 지금도 사람들의 마음에 와 닿는 100년 전, 200년 전의 노래들, 그것들과도 일맥상통하는 보편적인 힘을 스스로의 음악 안에서 만들어내고 싶다. 그러한 야심이 밥의 내면에 싹터갔던 게 아닐까. 결코 낡아지지 않는 노래, 상황이 변해도 기본적인 의미가 파탄나지 않는 노래, 그러한 노래를 밥은 더욱 강렬히 내면적으로 추구하게 되었다. 〈시대는 변하고 있다The Times They Are a-Changin'〉은 60년대에 만들어진 밥의 작품들 가운데에서도 그러한 힘을 가진 대표적인 작품이다.

시대의 정신을 전하다

대표곡을 포함한 세 번째 앨범 《시대는 변하고 있다The Times They Are a-Changin'》는 1963년 8월과 10월, 총 6회의 리코딩을 통해 23곡이 완성되었다. 이번에도 모두 밥의 기타와 보컬과 하모니카만으로 만들어졌다. 프로듀서는 전작의 마지막 세션과 마찬가지로 아프리카계 미국인 귀재 톰 윌슨Tom Wilson이 역임했다.

밥보다 열 살 연상의 윌슨은 1954년인 23세 시절, 캠브리지에 있는 자택을 오피스로 꾸며 자신의 레이블 '트랜지션 레코드사Transition Records'를 설립하고 당시 첨단을 달리고 있던 재즈 뮤지션 세실 테일러Cecil Taylor, 존 콜트레인John Coltrane, 선 라Sun Ra 등의 앨범을 제작 · 발매하고 일부에서 높은 평가를 받았던 인물이다. 1957년부터는 리코딩 프로듀서로 복수의 레이블에서 훌륭히 자기 역할을 수행했고, 1963년 컬럼비아 레코드사 소속 프로듀서가 되었다.

존경하는 우디 거스리의 앨범 《우디 거스리가 레드벨리, 시스코 휴스턴, 소니 테리 그리고 베스 하워스와 함께 부르는 포크송Woody Guthrie Sings Folk Songs with Leadbelly, Cisco Houston, Sonny Terry and Bess Hawes》을 모방한 재킷 사진의 밥은 전작이나 데뷔 앨범(이때의 재킷 사진은 역판逆版이었다)과 판이하게 다른 모습으로, 심각하고 침울한 표정을 보이고 있다. 넣을 수 있는 곡들이 충분히 쌓여 있었기 때문에 어떠한 이미지로 완성시킬지 고민한 끝에 여기서는 '사회파 가수로서의 밥 딜런'으로 최종 결정된 것으로 생각된다.

"지금 늦은 이가 마침내 빨라진다
현재가 과거처럼
질서는 급속히 퇴색되고 있다
지금의 1위는 언젠가는 최하위가 된다
시대는 변하고 있기 때문이다"

라고 노래하는 〈시대는 변하고 있다The Times They Are a-Changin'〉로 시작되었다가,

"나는 어디까지나 끊임없이 나 자신일 뿐
이별을 고하라
맘대로 하도록 내버려 두도록"

이라며 결연히 이별을 고하는 〈들뜬 작별Restless Farewell〉로 이 앨범은 끝나고 있다.

〈들뜬 작별Restless Farewell〉에서는

"엉터리 시계가 나의 시간을 채우려고 하고
배신하고 부끄럽게 만들며 힘겹게 한다
공허한 가십이 내 얼굴을 때리고 소문의 먼지가 나를

뒤덮어 버린다"

라고 여기서도 저널리스트를 강하게 비판하고 있다.

미합중국 정부는 전쟁을 정당화하기 위해 스스로가 항상 신의 가호 아래 있다고 뻔뻔스럽게 주장한다는 뜻을 전하는 반전가요 〈신이 우리와 함께하시기에With God On Our Side〉나 불온한 세계의 혼란을 표현하고 있는 것으로도 받아들여지는 〈배가 올 그날When the Ship Comes In〉, 오해로 생긴 슬픈 마음을 노래한 〈스페인산 가죽 부츠Boots of Spanish Leather〉,

"그대의 입장에서 본다면 그대는 올바르고
내 입장에서 본다면 내가 올바른 것이다"

라는 내용을 담은 사랑에 관한 이별 노래 〈하루 더 많은 아침One Too Many Mornings〉처럼 수지와의 불화 때문에 만들었을 것으로 짐작되는 곡들도 있다. 또한 〈홀리스 브라운의 발라드Ballad of Hollis Brown〉, 〈장기판의 졸일 뿐Only a pawn in their game〉, 〈해티 캐럴의 외로운 죽음The Lonesome Death of Hattie Carroll〉 등 토피컬송의 걸작들도 포함되어 있다. 송라이터로서의 성장 모습을 확연히 엿볼 수 있는 앨범이다. 하지만 전체적으로 어두운 분위기가 감돌고 있다.

"시대의 정신을 전하고 싶었기에 가지고 있는 지식을 총동원하여 그 정신을 노래로 승화시키려 했다. 타협하지 않고 가능한 한 깊게 탐구하는 것에 최선을 다했다"

라고 밥은 이 무렵의 창작 자세에 대해 말하고 있다.

세상이 바뀌다

1963년 10월 26일 밥은 뉴욕 카네기 홀에서 단독 콘서트를 연다. 봄에 열린 콘서트와 달리 장내는 만원이었다. 밥은 히빙에 살던 부모님들을 초대했다. 밥의 청중은 이미 포크송 애호가 외에도 많은 사람들로 그 폭이 넓어져 있었다. 분장실은 콘서트 종료 후 밀려든 사람들로 가득 찼고 밥이 탄 차의 지붕이나 유리창으로 수많은 사람들이 운집했다. 밥의 친구들, 형님격인 반 롱크, 수지, 그로스맨, 그리고 밥 자신조차 밥을 둘러싼 상황이 예상 이상으로 급변했다는 사실을 목도하며 경악을 금치 못하고 있었다.

수지는 이 무렵 이미 밥의 아파트에서 나와 언니인 카라의 아파트로 옮겼다. 그리고는 마음이 내킬 때만 함께 지내기로 하고 있었다. 수지는 여전히 밥을 흠모하고 있었다.

1963년 11월 22일 존 F 케네디 대통령이 암살당했다. 다음 날 밥은 수지, 카라와 셋이서 용의자 오즈월드Oswald가 법정으로 연행되는 장면을 텔레비전 생중계를 통해 지켜보고 있었다. 그 중계를 한참 보고 있던 와중에 오즈월드는 저격당한다. 즉사였다. 밥은 아무 말 없이 텔레비전을 응시하고 있었다.

깊고 격렬한 혼란과 무거운 불안감이 조용히 퍼져가고 있었다. 그런 가운데 긴급시민자유회의ECLC는 '시민의 자유 획득을 위한 투쟁에 혁혁한 공헌이 인정된 인물'로 1963년도 토머스 페인Thomas Paine 상을 밥에게 증정했다.

수상식에서 밥은 술에 취한 채 수상 연설을 했다. 긴장했기 때문에 누가 보기에도 너무 마셨던 것이다. ECLC의 혁신(리버럴 좌파)적 · 이상주의적 자세에 강한 위화감을 느끼고 있던 밥의 스피치는 공격적이었고, 도무지 무슨 말을 하고 싶은 것인지, 갈피를 잡을 수 없었다.

"머리카락이 부족한 노인들은 길을 양보해야 합니다.
나를 손아귀에 넣으려고 하는 사람들에게는 머리카락

이 없습니다. 무척 불쾌합니다. 검은색도 흰색도 오른쪽도 왼쪽도 없습니다. 위도 아래도. 아래는 땅과 거의 맞닿을 정도로 수렁입니다. 정치에 대해서는 생각하지 않고 기어올라 보려고 합니다. 나는 좌익의 수하가 아니며 혼자 서고 혼자 걷는 음유시인입니다. 묘기를 부리는 바다표범이 아니란 말입니다"

라고 밥은 말했다. 그리고 나아가,

"케네디 대통령을 쏜 오즈월드가 무슨 생각을 하고 있었는지 정확히 알 수 없습니다만, 솔직히 나의 내면에 그와 공통된 것이 있다고 생각했습니다. 나는 내가 그런 짓을 하리라고는 생각하지 않습니다. 그러나 그가 느끼고 있었던 것과 비슷한 것이 나의 내면에도 있다고 생각합니다"

라고 말한다. 장내는 소란스러워졌고 많은 참가자들이 밥에게 분노했다.

애당초 밥에게는 스스로가 사회파, 활동가라는 의식이 전혀 없었다. 그럼에도 불구하고 ECLC 소속 사람들은 밥을 사회파 인간으로 완벽히 만들어내기 위해, 이 수상을 통해 밥을 수중에 넣으려고 했다. '연배의' 활동가들은 노골적으로 밥에게 젊은 세대의 대변인으로 활동해줄 것을 기대하고 있었다. 그것은 밥의 노래가 구세대 좌익에게도 평가받고 있었기 때문이었다. 그런데 밥은 완곡하게 수상을 거절하지도 않은 채, ECLC 사람들 앞에서 면전에 대고 일부러 모욕을 주었다. 그런 오해를 당해도 싸다고 할 만한 일을 저질러버렸던 것이다.

그 후 밥은 평론가 냇 헨토프Nat Hentoff와의 인터뷰 자리에서 이 날의 수상 연설에 대해 "오즈월드 내면에 우리들이 살아가고 있는 지금의 이 시대가 보인다는 말이 하고 싶었을 뿐, 케네디가 살해되길 잘했다는 생각은 꿈에도 없었다"고 변명하고 있다.

1963년은 밥에게도 미합중국에게도 격동의 1년이었다.

해가 바뀌어 1964년 2월 10일, 《시대는 변하고 있다The Times They Are a-Changin'》가 발표되었다. 전미 앨범 차트 20위에까지 올랐다.

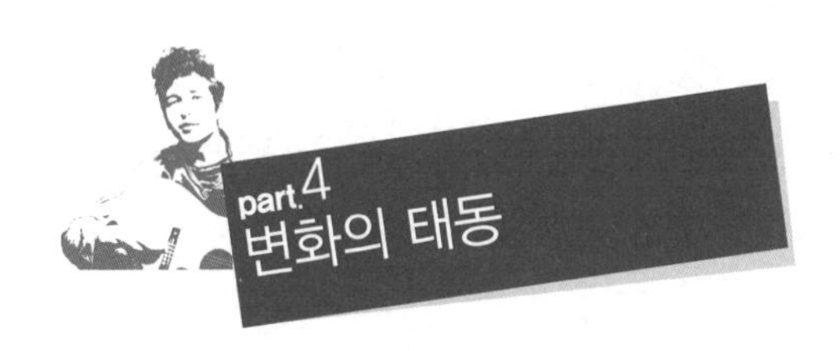

대륙횡단여행

자신을 둘러싼 이런 저런 분위기 변화에 예민해졌기 때문인지, 1963년 여름부터 1964년 봄에 걸쳐서 밥은 노래를 하기 위한 가사 이외의 시, 산문, 희곡을 쓰기 시작했다. 여행지에서도 지인들의 집에서도 계속 써 내려갔다. 완성을 목표로 쓴다기보다는 마치 뭔가에 온전히 사로잡힌 사람처럼 그 일에 매진했다.

바에즈와 동행했던 1963년 여름부터 가을까지의 콘서트 투어 도중, 바에즈 자택에 체재했을 때에도 매일같이 거의 하루 종일 뭔가를 쓰는 일에 열중했다고 한다. 이때는 장편의 산문들을 쓰고 있었는데 그것이 훗날 출판되는 밥의 첫 소설 『타란툴라Tarantula』의 바탕이 되었다는 설도 있다. 백인에 의한 흑인 차별을 묘사한 걸작 〈해티 캐럴의 외로운 죽음The Lonesome Death of Hattie Carroll〉도 이 무렵에 만들어졌다. 사회 풍자에 주안점을 두고 유머 속에 해학을 담았던 토피컬송에서, 정갈하고 억제된 묘사를 통해 시적 정취가 넘치는 이야기를 전하는 쪽으로, 작풍에도 진전이 보인다.

밥의 서브 매니저 격의 동료이자 체스나 당구(밥의 실력은 상당한 것 같다) 상대도 해주었던 빅터 메이뮤즈Victor Maymudes, 수지의 부탁으로 밥의 행실을 감시하는 역할을 맡고 있던 피트 카만Pete Karman, 밥의 음악 동료로 〈너무 깊이 생각하지 마, 괜찮아Don't Think Twice, It's All Right〉의 기본 멜로디를 고안한 사람이기도 한 폴 클래이튼Paul Clayton 등, 세 사람과 함께 밥은 1964년 2월 미국 횡단 여행을 시작한다.

밥이 구입한 포드 스테이션 웨건을 몰고 2월 22일 콘서트가 예정되어 있던 캘리포니아로 향한다. 뉴욕을 출발했던 것은 2월 3일이었다.

버지니아 주 샤롯빌Charlottesville, 할란 카운티Harlan County(탄광 파업의 멤버들에게 옷을 선물로 전달), 켄터키 주 파인즈빌Pinesville, 노스캐롤라이나 주 애쉬빌Asheville로 남하하여 같은 주 헨더슨빌Hendersonville에서 시인 칼 샌드버그Carl Sandburg를 방문하고 사우스캐롤라이나를 가로질러 조지아 주 애틀랜타Atlanta로 향했다.

에모리Emory대학 콘서트에서 노래를 부르고 미시시피 주 머리디언Meridian에서 마르디그라Mardi Gras[1]가 한창인 뉴올리언스New Orleans로 넘어간다. 그리고 미시시피 주 잭슨Jackson에서 개최된 콘서트에 출연했다가 콜로라도 주 남부의 러들로Ludlow를 방문한다. 그곳은 거스리의 곡 〈러들로 학살Ludlow Massacre[2]〉의 무대가 된 땅이었다. 나아가 덴버에서 콘서트를 열었고, 네바다 주 리노를 거쳐 샌프란시스코에 도착했다.

1964년 2월 22일, '버클리 커뮤니티 씨어터Berkeley Community Theatre'에서 열린 콘서트는 대성황을 이루었고 몇 개인가의 절찬 기사가 나갔다. 밥의 인기가 전국적 규모라는 것이 마침내 절실히 실감되었다.

밥은 바에즈의 집에서 휴식을 취한 후 로스앤젤레스로 향하며 몇몇 콘서트와 텔레비전「스티브 앨런 쇼Steve Allen Show」에 출연했다. 그러나 앨런과의 대화는 전혀 매끄럽지 않아서 밥에 대한 기묘한 이미지가 더욱 널리 퍼지는 결과를 낳고 말았다.

밥은 이 여행 중에도 계속해서 곡을 만들거나 산문 집필에 열심히 임하고 있었다. 〈미스터 탬버린 맨Mr. Tambourine Man〉은 이

---

1 부활절 전 40일간인 사순절에 들어가기 전날, 즉 '재의 수요일' 전 '참회의 화요일'

2 1914년 4월 20일 록펠러 가문 소유의 석탄철도회사의 파업을 놓고 자본가가 고용한 민병대에 의해 어린이와 부녀자를 포함한 다수의 피해자들이 학살당한 사건. 이를 소재로 한 우디 거스리의 노래 이름이기도 함

여행 체험을 통해 만들어진 것이다. 샌프란시스코에서는 비트족 시인 로렌스 펄링게티Lawrence Ferlinghetti를 만난다. 이 무렵 계속 쓰고 있던 산문을 정리한 자신의 저서를 그가 운영하는 작은 출판사인 '시티 라이츠 북스City Lights Books'를 통해 출판할 계획에 대해 이야기를 나누었지만 이때는 실패로 끝나고 만다.

이 무렵 미국의 히트 차트는, 나뉘어 있던 R&B 차트를 없애고 팝 차트와 일체화시키고 있었다. 이것은 공민권법 성립과도 관련이 있다. 1963년 가을 무렵부터 많은 흑인 아티스트들의 곡이 팝 차트로 유입되었기 때문에 이런 조치가 취해졌다(1963년 11월 30일부터 1965년 1월 23일까지).

한편 이미 영국에서 인기에 불이 붙기 시작한 비틀즈의 본격적인 미국 진출이 1964년 2월 개시된다. 비틀즈는 미국에서도 레코드 데뷔를 하고 있었는데 애당초 배급원이 될 예정이었던 캐피틀 레코드사는 발매를 거부하고 있었다. 그 때문에 중소 레코드 회사의 단발 발매에 지나지 않게 되었다. 1962년부터 1963년 시점의 미국에서 비틀즈는 그저 영국의 신인 밴드에 불과했던 것이다. 영국이나 유럽에서의 열광적인 인기에 힘입어 미국 진출이 가까스로 본격 가동되었다. 밥이 대륙횡단여행을 나섰던 실로 바로 그때, 비틀즈는 밥이 출연을 거부했던 「에드 설리번 쇼The Ed Sullivan Show」에 2주 연속(1964년 2월 9일, 16일)

출연하였고 카네기 홀 등 여러 곳에서 개최된 콘서트에서도 대성공을 거두고 있었다.

팝스의 세계도 커다란 변혁기에 돌입하고 있었다.

밥은 라디오에서 비틀즈의 노래를 듣고 자신이 소년 시절 들었던 로큰롤이 다시금 형태를 바꾸어 세상을 움직이고 있다는 사실에 기뻐했다. 친근감과 함께 연대감도 느꼈던 게 아니었을까.

여러분의 밥 딜런

미국 내 각지를 순회 공연한 긴 여행을 마치고 뉴욕으로 돌아온 밥을 기다리고 있던 것은 수지와의 이별이었다. 격렬한 말싸움이 반복되었다. 밥도 수지도 헤어지기 힘든 마음은 여전히 남아 있긴 했지만, 이미 서로를 아껴줄 수 있는 관계로 돌아갈 수 없게 되었다. 밥의 상심은 그 후 노래에 반영된다.

개인적 생활은 삐걱거렸지만 밥은 바쁘게 각지의 콘서트 출연 일정을 소화해냈다. 1964년 5월 7일에는 런던으로 발길을 재촉하여 로열 페스티벌 홀Royal Festival Hall[1]에서 개최된 콘서트

1 영국 템스 강 근처에 세워진 음악회장

를 성공시켰다. 영국에서는 수많은 취재 요청을 받았다. 《밥 딜런Bob Dylan》도 《자유분방한 밥 딜런The Freewheelin' Bob Dylan》도 영국에서는 호평을 얻어 좋은 판매 기록을 세우고 있었다. 이 날은 신곡들이나 콘서트에서는 좀처럼 부르지 않는 곡들도 선보이며 런던 관객들에게 각별한 마음을 전했다. 이 런던 체재 중 밥은 존 레논John Lennon에게서 "콘서트에 가고 싶었다"는 전보를 받았다고 한다.

《Another Side of Bob Dylan》
1964년

휴가를 얻은 밥은 런던에서 파리, 베를린 등을 돌아보았고 아테네에서 일주일을 보낸다. 이런 시기에도 새로운 곡을 만드는 작업에 여념이 없었다. 환경 변화가 창작에 좋은 영향을 끼쳤을지도 모른다.

이 유럽 여행 직후 1964년 6월 9일 밤, 밥은 6시간 만에 새로운 앨범용 전곡을 직접 순식간에 녹음해버렸다. 친구들이 와인을 들고 찾아와서 릴렉스 무드 속에서 녹음된 그 앨범은 제작 기간, 앨범 타이틀 모두 컬럼비아 레코드사 측 의향에 따른 것인 듯하다.

바로 그 앨범 《밥 딜런의 또 다른 면Another Side of Bob Dylan》에는 사회 문제를 직접적인 제재로 한 곡은 단 한 곡도 없다. 그때까지의 밥에게는 없었던 러브송, 여성과의 관계에 대해 부른 작품들이 적지 않았다. 피아노를 치면서 노래하는 블루스인 〈검은 까마귀 블루스Black Crow Blues〉나 토킹블루스인 〈난 자유로워질 거야 No. 10I Shall Be Free No. 10〉, 〈모터사이코 나이트메어Motorpsycho Nightmare〉는 과거에는 없었던 난폭한 스타일로 부르고 있다. 밥의 내면에서 꿈틀거리고 있던 로큰롤이 한꺼번에 튀어나왔다고 표현해야 할까.

자신을 돌아보는 것만으로도 멋이 배어나는 〈나의 이면My Back Pages〉도 있다. 〈너를 믿지 않아Don't Believe You〉, 〈내가 원하는 건 오로지All I Really Want to Do〉, 〈그대여, 나는 아니야It Ain't Me, Babe〉 등, 모두 스스로에 대한 인식과 본심이 어긋나 버리는 것을 동기로 삼고 있는 노래들이다. 안타깝게 어긋나는 마음들이 앨범 여기저기에 나타나 있다. 하지만 그에 대해 초조해하기보다는 침착함을 되찾은, 혹은 잊으려고 노력한다는 것을 보여줄 수 있게 되었다는 내심을 엿볼 수 있다.

그 가운데에서도 〈소박한 D장조 발라드Ballad in Plain D〉는 슬픈 독백이다. 직접적인 묘사가 많았다. 수지와의 파국을 은유가 아니라 노골적으로 노래해버리고 있다. 이런 곡은 밥의 곡들 중 매우 보기 힘든 경우다. 그 곡에 〈그대여, 나는 아니야It Ain't Me, Babe〉가 이어지며 앨범은 끝난다. 무거운 짐을 떨쳐 내버리려는 듯한 여운이 느껴진다.

가벼운 표현은 적다. 그러나 여태까지 이상으로 친근한 멜로디를 가진 곡들이 많다. 마음이 더 많이 삐걱거리게 되면서 음악적 기교가 돋보이게 된 것일까. 〈자유의 교회종Chimes of Freedom〉만이 폭넓게 이 세상에서 학대당하고 조롱당하는 모든 사람들을 품어주고 있다. 먼 장래의 일이지만 반드시 찾아올 희망을 노래하고 있다.

그러나 '또 다른 면'이라는 타이틀의 힘은 강했다. 이대로라면 자칫 '애당초 사회파인 밥'의 '또 다른 면'이 사랑을 노래하는 가수?, 라는 식으로 파악될 소지가 있었다. 심지어 조잡한 로큰롤이라는 일면마저도 찾아볼 수 있다. 밥은 《시대는 변하고 있다The Times They Are a-Changin'》에 이어 재킷 안쪽에 장편시 '몇 개인가의 다른 노래Some other kinds of songs'를 게재하고 있다. 거기에는 이러한 일절이 있다.

"나는 고하노라
모든 물음에 대해
만약 그것이 진리를 꿰뚫는 것이라면
묻는 것이 바로 대답이 되는 것이라고."

오로지 저항가수로서의 밥 딜런만 기대했던 사람들이 이 앨범을 듣고 화를 내는 것도 이해 못 하는 바는 아니다. 그들은 밥이 아니라 저항가수의 노래를 듣고 싶었을 뿐이었기 때문이다. 그것은 어쩔 수 없는 일이다. '밥이 과거를 부정해버렸다'고 생각하는 포크 팬도 있었을 것이다.

앨범은 1964년 8월 8일 발매되었다. 이 해 뉴포트 포크 페스티벌(7월 24일-26일)에서 밥은 "사회는 경고를 필요로 하고 그것을 발하는 것은 젊은이였습니다. 세대의 목소리를 들을 수 있는 사람. 그것이 바로 '여러분의 밥 딜런'입니다"라는 소개를 받으며 무대에 올라선다. '여러분의 밥 딜런.' 이 표현을 밥은 어떤 심정으로 들었을까. 가볍게 흘려 넘겼던 밥이었지만 무대 위에서는 그 다음 주 발매되는 《밥 딜런의 또 다른 면Another Side of Bob Dylan》의 수록곡을 중심으로 불렀다.

무대에 대한 평은 그리 좋지 않았다. 포크 연구지 『싱 아웃SING OUT!』에서 편집장 어윈 실버Irwin Silber는 "나는 사람들과의 관련성을 잃은 당신을 보았다"라며 정면으로 비판했다. 분명 밥은 기존과는 다른 경향의 노래를 만들고 불렀다. 그러나 밥은 과연 '다른 사람들을 위해' 음악을 만들고 있었던 것일까. 그런 의문은 여전히 남는다.

그해 여름 밥에게는 중요한 사람들과의 만남이 이어졌다. 컨트리 음악의 거장 조니 캐시Johnny Cash, 그리고 다시 미국을 방문한 비틀즈였다. 오랜 세월 팬이었던 선배 캐시를 만나 밥은 한껏 들떴다. 비틀즈의 구성원들은 밥의 《자유분방한 밥 딜런The Freewheelin' Bob Dylan》을 열심히 들어주었다. 밥은 (아마도) 미국 대중음악 중 하나인 로큰롤의 새로운 가능성을 비틀즈에게서 발견했었는지도 모른다.

조니 캐시와 비틀즈. 모두 '사람들'을 향해 노래하고 있었던 것은 아니다. 밥은 자신도 그러하다고 생각했던 게 아닐까. 그런데 왜 자기 노래를 듣는 많은 사람들은 제멋대로 자신을 한정하려 드는 걸까. 밥은 견딜 수 없었을지도 모른다.

그 무렵 전미 히트 차트에서는 비틀즈의 〈하드 데이즈 나이트A Hard Day's Night〉와 딘 마틴Dean Martin의 〈누구나 누군가를 사랑하고 있다Everybody Loves Somebody〉, 슈프림스The Supremes의 〈우리의 사랑은 어디로 갔나요?Where Did Our Love Go〉가 삼파전을 거듭하고 있었다. 그 틈새를 파고들듯이 애니멀즈The Animals의 〈해 뜨는 집House of the Rising Sun〉이 차트에 진입하고 있었다. 일찍이 밥이 반 롱크의 편곡을 바탕으로 불렀던 바로 그 곡을 영국의 밴드가 다시 불러서 히트시키고 있었다. 그들은 이 곡을 《밥 딜런Bob Dylan》을 듣고 외웠던 것이다.

영국에서의 지지

밥이 웨스트 4번가에 있던 아파트를 비우고 웨스트 23번가에 있는 첼시 호텔로 이사한 것은 1964년 11월의 일이었다. 이 호텔에는 일반적인 숙박용 객실 이외에, 아파트처럼 장기 체류자를 위한 렌트 하우스가 다수 준비되어 있었다. 오히려 싼 임대료로 여러 가지 임차 형태에 대응해주는 아파트라고 말하는 편이 나을지도 몰랐다. 화가 윌렘 드 쿠닝Willem de Kooning은 아틀리에 겸 주거지로 사용했고 아서 클라크Arthur C. Clarke는 『2001 스페이스 오디세이2001: A Space Odyssey』를 썼으며 비트 작가, 온갖 타입의 보헤미안, 뮤지션들이 살고 있었다.

밥은 새로운 생활에 열심히 임하고 있었다. 사라 로운즈Sara Lownds와 그녀의 어린 딸 마리아가 함께였다. 사라는 그리니치 빌리지에 오가다 밥과 알고 지내게 되었다고 한다. 게다가 우연하게도 앨버트 그로스맨의 처 샐리의 친구이기도 했기 때문에 인연은 깊었다. 사라는 밥보다 2살 연상이었다. 밥은 사라, 마리아와 셋이서 가족이 되길 희망하고 있었다.

때로는 짓궂은 장난이 너무 지나친 밥 뉴워스Bob Neuwirth를 로드 매니저 겸 함께 노는 친구 삼아, 뉴욕에 있을 때는 여전히 그리니치 빌리지를 본거지로 지냈지만, 첼시 호텔에서는 조용히 지내면서 곡 만드는 작업에 힘쓰고 있었다. 영국에서 계속해서 미국 차트에 등장하는, 비틀즈를 비롯한 여러 비트 밴드들에게 자극을 받았다는 이유도 있었을 것이다.

밥의 새로운 한 발자국을 기록한 《밥 딜런의 또 다른 면Another Side of Bob Dylan》은 미국에서는 차트 43위로 앨범 판매는 부진했다. 그러나 영국에서는 8위로 호평을 받았다. 많은 곡들의 내용이 미국의 국내 사정, 사회적 추세를 해석하고 비판한 것이 아니어서 오히려 영국인들 입장에서는 받아들이기 쉬웠을 거라고 생각할 수도 있었다.

그 무렵 미합중국 전체가 격변 속에 있었다. 1965년 1월 말 샘 쿡Sam Cooke[1]의 〈변화는 찾아올 거야A Change Is Gonna Come〉가 히트 차트에 진입한다. 이 곡은 밥의 〈불어오는 바람 속에Blowin'

1 소울의 왕으로 칭해지는 미국의 흑인 싱어송라이터

in the Wind〉에 자극받아 만들어진 것이었다. 백인 청년이 흑인 공민권 운동을 진지하게 받아들이고 이런 곡을 만들었다는 사실에 쿡은 놀랐다. 5년 전에는 있을 수 없는 일이었다.

쿡은 일찍이 〈불어오는 바람 속에Blowin' in the Wind〉를 레코드로 커버했다. 그것만으로는 가라앉지 않는 마음이 〈변화는 찾아올 거야A Change Is Gonna Come〉에 담겨 있는 것이다. 1965년 2월 말콤X가 암살당한다. 미국 정부는 매일같이 베트남 전선으로의 파병을 확대하고 있었다. 분노를 행동으로 옮기기 직전의 자들이 미국 각지에 존재했다. 그것은 수개월 후 표면화되어 간다.

본능을 통해 분출

《밥 딜런의 또 다른 면Another Side of Bob Dylan》의 리코딩으로부터 약 반년 후인 1965년 1월 중순, 다음 앨범용 리코딩 세션이 진행된다. 이번엔 직접 기타를 치면서 노래하는 것이 아니라 스튜디오에 드럼, 베이스, 기타, 키보드의 실력자들이 모였다.

밥은 매일같이 완성되는 곡들을 빨리 녹음하고 싶어서 견딜 수 없는 상태였을지도 모른다. 곡조, 머릿속에서 분출되는 언어들의 비트가, 바야흐로 자기 혼자서 기타나 피아노를 치면서 만들어내는 사운드를 넘어서기 시작하고 있었다고 생각된다. 다큐멘터리 영화「노 디렉션 홈: 밥 딜런No Direction Home: Bob Dylan」안에서 밥은 이 무렵에 대해 이렇게 말하고 있다.

> "더 이상, 혼자 해나갈 생각은 없었다. 소규모 밴드가 있는 편이 노래의 힘을 보다 잘 끌어낼 수 있다고 생각했다. 일렉트릭으로 연주했는데, 그렇다고 해서 꼭 현대풍이 되었다고는 말할 수 없을 것이다. 그 무렵 옛날 타입의 음악이라 생각되던 컨트리 뮤직도 일렉트릭 계통의 악기를 사용하고 있었기 때문이다."

스튜디오에 들어가 밥이 기타를 치며 노래하기 시작한다. 그에 반응한 연주를 참가자 전원이 그 자리에서 계속 만들어간다. 사전 설명이 아주 조금 있었을 뿐이었다. 곡조에 대한 밥의 희망사항도 매우 미미한 것에 불과했다. 처음 시작할 때의 카운트마저 세지 않았던 곡들도 있었다. 밥이 기타를 두 소절이나 네 소절 치면 모두 황급히 그에 맞춰간다는 식이 대부분이었다.

거기에 있던 제약은 오로지 그것들이 밥 딜런의 신곡이라는 것뿐이었다. 제각각 자유롭게 밥의 음악을 듣고 자신의 내면에서 용솟음치는 연주를 보여준다. 진정한 세션이라고 말할 수 있는 것이었다. 참가자들 중 한 사람, 브루스 랭호른Bruce Langhorne은 그때의 감각을 "마치 텔레파시가 통하는 느낌이었다"고 말하고 있다.

추상과 구상具象이 혼재된 시를 입에서 나오는 대로 기타에 실어 펼쳐간다. 밥이 거스리 등 선배들에게 배웠던 토킹블루스를 보다 근육질로 만들어 속도를 증강시킨 음악이 태어났다. 포크로도 로큰롤, 블루스, 재즈로도 느낄 수 있었고, 그 어느 것도 아닐 수도 있는 음악이었다.

선배 척 베리Chuck Berry[1]의 방식을 확대해석하고 거스리와 피트 시거의 〈쉬엄쉬엄 일하지Taking It Easy〉를 개정한 작품이라고 일컬어지는 〈지하실에서 젓는 향수Subterranean Homesick Blues〉로 덤벼들 듯이 시작된다. 환희에 넘치는 고뇌의 노래, 비련이지만 공격적인 발라드, 과거의 밥 작품의 셀프 패러디도 있는가 하면 브루스 랭호른을 모델로 했다는 〈미스터 탬버린 맨Mr. Tambourine Man〉처럼 즐거운 명상과 약동이 돋보이는 노래도 있었다. 암담한 분노를 질주시키기도 했다. 위선을 왈가왈부하고, "미국 대통령이라도 / 벌거벗은 채 사람들 앞에 서야 할 때가

1 초기 로큰롤의 완성자로 최고령 거장이었으나, 최근 타계. 향년 91세

있다"고 노래하는 〈괜찮아요, 엄마It's Alright, Ma〉에서 "새롭게 시작하는 게 좋을 거야 / 이제 다 끝났으니까, 베이비 블루"라며 타이르면서 끝나는 〈이젠 다 끝났어, 베이비 블루It's All Over Now, Baby Blue〉까지,

《Bringing It All Back Home》
1965년

밥의 노래는 어떤 생각에 골몰하는 것도 아니었으며, 비탄에 잠겨 있는 것도, 모든 것을 웃어 날려버리는 것도 아니었다. 시종일관 냉정한 이야기꾼, 일렉트릭 음유시인이었다고 할 수 있었다.

팝스 업계에서도 진지한 포크 세계에서도 도시형 블루스 세계에서도 이러한 음악은 달리 찾아볼 수 없었다. 밥이 본능을 통해 방출한 음악은 겉으로 보이는 장르를 파괴했다. 직접 기타를 치면서 부르는 2곡을 포함한 전 11곡이 오버 더빙도 편집도 없이 한 장의 앨범에 수록되었다. 프로듀서는 역시 톰 윌슨이었다.

앨범 재킷에도 현실과 비현실의 경계선을 애매하게 하는 사진이 사용되었다. 밥이 짜낸 아이디어였다. 카메라맨인 다니엘 크래머Daniel Kramer는 정성껏 구도를 잡았고 카메라에 담을 물건을 밥과 함께 골랐다. 얀 반 에이크Jan van Eyck가 1434년에 그

린 '아르놀피니 부부의 초상화'의 모방화, 로드 버클리, 에릭 본 슈미트, 임프레션스The Impressions, 로테 레냐Lotte Lenya[1], 로버트 존슨 등의 앨범. 밥의 《밥 딜런의 또 다른 면Another Side of Bob Dylan》의 재킷은 벽난로 안에 놓았고 밥이 싫어했던 타임지, 핵쉘터의 표식, 밥이 만든 오브제, 빨간 드레스를 입은 검은 머리카락의 여자(그로스맨의 아내 샐리)와 재색의 고양이를 안고 있는 밥 자신이 찍혀 있다. 베어스빌Bearsville에 있던 그로스맨 자택 거실에서 촬영된, 완전히 새로운 음악의 탄생, 그 꿈과 현실 사이를 상징하는 참신한 재킷 사진이었다.

앨범에는 《모두 가지고 돌아오다Bringing It All Back Home》라는 제목이 붙었다. 발매는 1965년 3월 22일이었다.

포크 록의 발흥

그 약 3주일 후 밥의 〈미스터 탬버린 맨Mr. Tambourine Man〉의 커버가 발매된다. 노래와 연주를 담당한 것은 로스앤젤레스에서 결성된 밴드 버즈The Byrds였다. 로스앤젤레스의 스튜디오 뮤지션들이 연주와 편곡을 도왔고 프로듀서인 필 스펙터Phil Spector

1 오스트리아의 가수이자 배우

가 완성하여 히트시켰다. 에코 느낌이 강한 웅대한 사운드를 계승한 완성도를 보였다. 비틀즈가 사용했던 12현의 일렉트릭 기타의 사운드가 강조된 것도 신선했다. 봄부터 초여름에 걸쳐 점점 히트를 쳤다. 포 탑스The Four Tops[1]의 〈아이 캔트 헬프 마이 셀프I Can't Help Myself〉, 롤링 스톤즈의 〈새티스팩션Satisfaction〉과 패권을 겨루고 있었으며 1965년 6월 26일자 전미 차트에서 정상에 올랐다.

포크송 타입의 곡에 대한 일렉트릭 록 밴드 버전 같은 형국이었다. 버즈의 〈미스터 탬버린 맨Mr. Tambourine Man〉은 '포크 록'이라고 불렸다. 이러한 대 히트가 마중물이 되어 밥의 곡에 대한 커버나 밥풍의 록 밴드, 혹은 버즈풍 사운드의 작품들이 계속해서 발표되었으며 나오는 족족 히트를 쳤다. 소니 앤 셰어Sonny And Cher, 더 터틀즈The Turtles, 배리 맥과이어Barry McGuire, 마마스 앤 파파스Mamas and Papas[2], 더 뷰 브러멜스The Beau Brummels 등이 그 대표적인 존재들이었다.

밥의 《모두 가지고 돌아오다Bringing It All Back Home》도 그러한 포크 록 융성의 영향도 있었던 탓인지 기존에는 없었던 높은 판매 기록을 올리며 전미 앨범 차트 6위를 기록하는 히트 앨범

1 흑인 리듬 앤 블루스 분야에서 대표적인 미국의 보컬 그룹

2 남성 2인, 여성 2인의 4인조 그룹으로 특히 왕가위 감독의 영화 「중경삼림」에 나오는 〈캘리포니아 드리밍*California Dreaming*〉이 잘 알려짐

이 되었다. 포크의 젊은 리더로 간주되던 밥이 '로큰롤적인 어프로치'를 통해 앨범 판매가 급격히 신장되었던 것도 세상의 풍조라고 해야 할까. 영국에서는 더더욱 환영받아 영국 전체 앨범 차트에서 정상을 차지해버릴 정도의 기세였다.

영화 「Dont Look Back」 1967년

돌아보지 마라_Dont Look Back

한편 이 무렵에도 밥은 미국에서 존 바에즈와의 조인트 콘서트를 어쿠스틱 기타를 직접 치며 소화해가고 있었다. 1965년 4월 말에는 다시금 런던에서 콘서트를 연다. 앨범이 크게 히트를 친 영향도 있어서, 밥은 수많은 인터뷰를 받지 않으면 안 되었다. 그러나 여전히 질문은 "당신 음악의 메시지는 무엇인가?" 혹은 "이 곡은 어떠한 의미인가?" 따위의 것들뿐이었다. 밥은 짜증이 나서 커다란 전구를 휘두르거나 질문자들에게 독설을 퍼붓거나 노골적으로 진절머리가 난다는 표정을 보이기도 했다.

영국에서의 이러한 음악 여행이 돈 앨런 펜베이커D. A. Pennebaker 감독 지휘 아래 카메라로 촬영되었다. 밥의 다큐멘터리 영화 제작을 위해서였다. 이때의 영상이 훗날 「돌아보지 마라Dont Look Back」(1967년)라는 제목의 작품이 된다. 무대 위의 모습은 물론, 영국의 뮤지션들과의 교류나, 동행하면서도 밥에게 완전히 무시당했던 바에즈, 기자들과의 뒤죽박죽 뭔가 맞지 않는 대화 등, 긴장감 넘치는 소중한 영상들이 이어지는 귀중한 영화가 되었다.

기타 하나에 노래와 하모니카, 기존 스타일 그대로면서도 밥은 새로운 음악을 개척하고 있음을 강하게 어필하고 있다. 몸과 마음으로 자신의 성취에 대한 쾌감을 느끼고 있었기 때문에 비로소 배어나올 수 있는 기세, 이 영화에서는 그러한 밥의 기세가 분출되고 있다. 때로는 교활한 행동이나 언동을 취하거나 천진난만하게 들떠 있는 밥은 자신이 어떻게 받아들여지고 어떤 비방을 받고 있는지 완전히 인식하지는 못하고 있었다. 차분하지 못하고 종종 난폭한 말을 내뱉는다.

이러한 런던 체재 중에는 존 메이올John Mayall 밴드(기타는 에릭 클랩튼Eric Claton)와 세션을 시도하거나 존 레논 저택을 방문하는 등 그때까지 이상의 교류를 시도하기도 했다.

잡지 인터뷰에서는 『디스크 앤드 뮤직 에코』라는 잡지에 대해서 "내가 처음으로 레코드를 냈던 것은 1935년으로, 그 무렵 그것은 '레이스 레코드'라고 불리는 물건이었다. 그러고 나서 20여 년 후, 농장에서 앉아 있는데 존 해먼드에게 발견되어 '다시금 데뷔'했다"고 오랜만에 경력 사칭으로 응대했다. 지칠 줄 모르는 사내다.

실제로 다른 사람들 앞에서 연주하고 노래하는 음악과, 머릿속이나 마음 깊숙이에서 계속 울려 퍼지고 있던 음악 사이에 괴리가 발생하고 있었다. 밥의 내면에 견딜 수 없는 마음이 생겨났다고 해도 전혀 이상하지 않았다. 밴드와의 공동 작업을 작품화할 수 있었던 쾌감은 여태껏 느껴본 적이 없는 것이었다. 레코드 작업에서 받았던 그 느낌을 언제쯤에나 관객들에게 직접 전달할 수 있을까. 그걸 생각하면 초조함이 더해갔다. 답변하고 있는 사이에 허무해져 버리는 질문들에 둘러싸여 있었던 것도 불현듯 떠올랐을지 모른다. 런던에서 돌아오는 비행기 안에서 밥은 가슴속에 용솟음치는 이야기를 순식간에 다 적어가고 있었다. 신곡들이 다시금 완성되어갔다.

How Does It Feel?

1965년 6월 15일, 리코딩 세션이 개시된다. 빨리 다음으로 나아가고 싶다, 자서전의 페이지를 가능한 한 많이 넘기고 싶다는 듯, 밥은 음악과 함께 살고 있었다. 지난 번 리코딩으로부터 반년, 앨범 발매로부터 3개월도 채 지나지 않았다.

드럼에 바비 그레그Bobby Gregg, 베이스에 러스 새버커스Russ Savakus, 피아노와 오르간의 폴 그리핀Paul Griffin, 그리고 밥의 강한 권유로 기타에 마이크 블룸필드Mike Bloomfield가 참가했다.

그리고 또 한 사람, 처음엔 기타로 참가하나 싶었지만 블룸필드의 등장으로 갑자기 오르간을 연주하게 된 알 쿠퍼Al Kooper가 있었다. 쿠퍼는 직감적으로 이 리코딩에는 반드시 함께 해야 한다고 생각했다고 한다. 아직 곡이 확실해지지 않았을 무렵부터 그렇게 감지하고 있었다.

15일에는 세 곡을 시험 삼아 연주했다. 그중에 〈라밤바La Bamba〉 같은 코드 진행의 왈츠 곡이 있었다. 이 날은 어렴풋한 형태에서 그 원형 같은 것이 이제 막 완성되려고 하던 참이었다. 다음 날인 16일은 그 곡에만 집중한다.

충동적으로 내뱉는 것처럼 적었더니 노트 20페이지 정도의 긴 이야기 같은 가사가 만들어졌고 그것을 곡으로 완성시켰다고 밥은 말하고 있다. 타이틀은 〈구르는 돌처럼Like A Rolling Stone〉. '예전에 당신은 근사하게 차려입고'로 시작되는 기묘한 노래다.

명랑한 사운드를 찢고 나타나듯 밥의 노랫소리가 불쑥 튀어나온 순간. 그 순간에 느끼는, 여태까지 알아왔던 그 어떤 단어로도 형용하기 힘든 감각은, 누구든 단 한 번이라도 일단 들으면 평생 잊을 수 없을 것이다. 그러한 감각을 가진 인간을 밥은 이 곡을 통해 이 세상에 몇만 명, 아니 몇십만 명을 잉태시켰다.

도대체 이것은 무엇이란 말인가. 일부러 의도적으로 기묘하게 만든 게 아니다. 기괴함을 뽐낸 작품이 아니라는 것도 단박에 감지할 수 있다. 흔들림 없는 진지한 노래다. 그렇다고 해서 심각하고 엄격한 자세를 추궁하는 노래도 아니다. 무겁고 갑갑한 느낌은 없다. 하지만 기뻐서 마음이 들떠버리는 곡도 아니었다.

이 곡은 네 개의 소절들로 이루어져 있다. 게다가 그 각각의 절이 길다. 모두 합쳐 6분이나 된다. 한때 잘 나가던 시절에는 기세 좋고 오만하게 행동했던 여성이 지금은 영락하여 길거리에서 생활하고 있다. 그 여성을 향해

"기분이 어때?How Does It Feel?

혼자서

돌아갈 집도 없이

아무도 알아주지 않는

구르는 돌처럼"

이라고 거듭 묻고 있는 노래다.

"How Does It Feel?"

한 번 들으면 이 어구는 귓속 깊숙이까지 몇 번이고 거듭 울린다. 자동적으로 무한반복이다. 주문 같기도 하다. 이 곡의 도입부에서 강하게 울려 퍼지는 사이드 드럼의 일격을 듣기만 해도 조건반사처럼 "How Does It Feel?"이 머릿속에 울리기 시작하는 사람들은 이루 다 헤아릴 수 없을 것이다.

밥은 이 곡을 싱글 음반으로 발매할 것을, 리코딩이 완료되는 순간 희망했다. 그러나 컬럼비아 레코드사 측은 난색을 표했다. 6분은 너무 길다고 영업부, 홍보부 모두 반대하고 나섰던 것이다.

다 합쳐 6분 정도 되는 히트곡은 이 이전에도 있었다. 레이 찰스Ray Charles[1]의 〈웟 아이 세이What'd I Say〉(1959년)나 아일리 브라더

1 시각을 잃은 천재음악가, 흑인 소울 가수, 영화 「레이」의 실제 주인공

스The Isley Brothers[1]의 〈샤우트Shout〉(1959년) 등인데, 모두 곡의 반을 잘라 A면과 B면으로 나누어 발매되었다. 라디오에 방송되는 것이 최고의 프로모션이었던 이 시대에, 3분 이상의 곡이 빈번히 흐르는 경우는 극히 드문 일이었기 때문이다. 게다가 그러한 긴 곡들은 하나같이 댄스 음악이었다. 춤을 추기 위해서는 불가피하게 길어질 수도 있다는 것이 당시의 인식이었다.

그러나 〈구르는 돌처럼Like a Rolling Stone〉은 시를 읊는 것 같은 곡이었다. 컬럼비아 레코드사 중역 중 한 사람은 "뭘 노래하고 있는지 잘 모르겠으니 노래를 다시 녹음해"라고 요구했고, 또 다른 중역은 "우리 회사에서 6분이나 되는 긴 싱글을 낸 자는 없다"며 단박에 물리쳤다고 한다.

그레일 마커스Greil Marcus가 저술한, 이 곡을 둘러싼 흥미로운 고찰이 가득한 책『라이크 어 롤링 스톤Like a Rolling Stone』을 번역한 스가노 헷켈菅野ヘッケル은 '역자 후기를 대신해서'를 통해, 1965년 당시 컬럼비아 레코드사에서 신곡들의 악보 담당 코디네이터로 근무했던 숀 컨시다인이 2004년 뉴욕 타임즈에 기고한 어떤 글을 소개하고 있다. 그 글에서 말하길, 회사 내 반대가 있어 발매가 보류되고 있었기 때문에 이 곡의 테스트 프레스 음반(아마도 아세테이트 음반)은 오피스 서랍 안에서 한동안 방치

1 1960, 70년대에 인기를 누린 미국의 R&B와 록 밴드

되었다고 한다.

그러던 것이 얼마 후 사무실이 이사를 가게 되자 컨시다인은 우연히 다시 그 음반을 발견한다. 이것도 인연이라면 인연일까 싶어, 그는 자택에 가지고 돌아가 몇 번이고 그 음반을 들었다. 그리고는 뉴욕의 인기 디스코 '아더스'에 가지고 가서 DJ에게 부탁해 가게 안에서 시험 삼아 틀어보라고 했다. 손님들은 순간적으로 벌떡 일어나 춤을 추기 시작했고 그날 밤 몇 번이나 리퀘스트를 받았기 때문에 음반의 골이 닳아 없어져 바늘이 튈 정도가 되어버렸다. 그 DJ와 그때 가게에 와 있던 라디오 방송국 디렉터가 다음 날 컬럼비아 레코드사에 〈구르는 돌처럼Like A Rolling Stone〉이라는 곡의 싱글 음반을 달라고 말했다.

사태는 급진전되어 긴급 발매가 결정된다. 1965년 7월 20일의 일이다. 선전 문구는 "6분짜리 싱글이라고? 아무렴 어때. 밥 딜런을 6분 동안이나 들을 수 있는걸"이었다. 혹시나 싶어 라디오 방송국용으로는 절반으로 분할하여 A와 B면에 3분 2초씩 수록한 음반이 배달되었다. A면밖에 틀지 않는 방송국에는 청취자들로부터 "6분 모두를 방송하라!"는 요청이 쇄도했다.

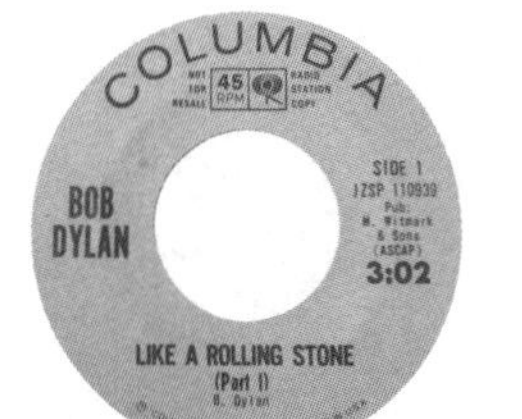

〈Like A Rolling Stone〉의 방송용 샘플 음반

이 곡은 비틀즈의 〈헬프Help!〉와 때를 같이 하여 차트에 진입했고 배리 맥과이어의 〈파멸의 전야Eve of Destruction〉, 비치 보이스The Beach Boys의 〈캘리포니아 걸스California Girls〉 등과 함께 차트 레이스를 전개하여 1965년 9월, 2주 연속 전미 2위에 올랐다. 그때의 1위는 모두 〈헬프Help!〉였다.

비틀즈나 롤링 스톤즈와 서로 소통하는, 비교할 자 없는, 전례가 없는 노래 세계를 보여준 히트곡 탄생이었다. 로큰롤과 포크를 통해 배양해왔던 것들을 시의 힘으로 한 땀 한 땀 정성껏 꿰매어 그 어느 쪽도 아닌 것을 잉태시켰으며 동시에 대중음악 시장의 원리 원칙 자체를 뒤흔드는 힘을 드러내는 데도 성공했던 것이다.

〈구르는 돌처럼Like A Rolling Stone〉의 히트는 그 이전에 히트곡을 양산해왔던 작곡가들을 고민스럽게 만드는 결과를 낳기도 했다. 그중에서 캐럴 킹Carole King이나 제리 고핀Gerry Goffin은 밥의 콘서트를 보러 가서 충격을 받았고, 이 곡의 히트로 더더욱 결정타를 맞은 느낌이었다고 말한다. 밥의 노래를 듣고 자신들이 만든 곡들이 견딜 수 없어져 손에 집히는 대로 주변에 있던 곡들의 테스트 프레스를 잘라버리거나 앞으로 제공하고자 했던 곡들을 휴지통에 넣어버렸다는 것이다. 음악에 종사해왔던 사람들이라면 더더욱 〈구르는 돌처럼Like A Rolling Stone〉이 가지고 있는 두려울 정도의 중요성에 대해 깊이 고민할 수밖에 없었다.

프랭크 자파Frank Zappa[1]는 이 곡을 들었을 때 "음악계에서 손을 떼고 싶다고 생각했다. 왜냐하면 이것이 받아들여져 (나의) 상상 그대로의 영향을 미친다면, 내가 해야 할 일들이 없어지기 때문이다"라고 발언하고 있다. 단 실제로는 자파가 생각하고 있었던 것만큼 강한 영향을 미치지 못했던 것 같다. 왜냐하면 자파는 이 곡이 히트한 다음 해, 록 밴드 '더 머더스 오브 인벤션The Mothers of Invention'을 통해 앨범 《프리크 아웃Freak Out!》을 발매하며 본격적인 활동을 세상에 어필했기 때문이다. 바로 그 앨범의 프로듀서를 담당했던 것도 톰 윌슨이었다.

배신

1965년 7월 25일, 바로 그 〈구르는 돌처럼Like A Rolling Stone〉이 처음으로 공개적인 석상에서 연주되고 발표된다. 뉴포트 포크 페스티벌의 무대였다.

전날인 7월 24일 앨런 로맥스가 주최자였던 블루스 워크숍

1 블루스에서 전위적인 현대음악까지 폭넓게 다룬 독특한 작곡가, 기타연주가

에 마이크 블룸필드가 소속되어 있는 '폴 버터필드 블루스 밴드The Paul Butterfield Blues Band(이하, PBBB)'가 출연했다. 그때 로맥스는 그들을

> "중산 계급 출신 백인 애송이들의 블루스 밴드로 수상쩍은 자들이니 조심하도록"

이라며 경멸적으로 소개했다. 이에 대해 밴드의 매니저를 담당할 예정이었던 그로스맨이 격노했다고 한다. 워크숍 종료 후 로맥스와 말다툼을 벌인 끝에 두 사람은 서로 치고 받으며 뒤엉켜 엄청난 싸움에 이르게 되었다.

이 광경을 보고 있던 밥은 갑자기 다음 날 무대를 마이크 블룸필드를 중심으로 한 일렉트릭 세트로 해야겠다고 결심한다. 비아냥거렸던 로맥스의 대응에 포크 교조주의자에 대한 혐오가 용솟음쳤다고도 생각된다. 우연히 구경 왔던 알 쿠퍼, PBBB의 제롬 아놀드Jerome Arnold와 샘 레이Sam Lay를 그날 밤에 소집하여 철야 리허설을 감행한 후 무대에 등장했다. 밥으로서는 고등학교 시절 이후 처음으로 다른 사람들 앞에서 일렉트릭 밴드 공연을 하는 무대였다. 밥에게도 주변을 배려할 여유가 없었을 것이다. PBBB의 프로듀서 폴 로스차일드Paul A.

Rothchild가 밥의 무대만 믹싱을 담당했기 때문에 갑자기 기타가 귀청을 찢을 정도로 큰 음량이 되었고 어쿠스틱 연주와 노래를 기대하고 있었던 관객들은 경악을 금치 못했다.

어쿠스틱이 일렉트릭이 되었을 뿐이었다. 음악에 대한 자세에는 변함이 없다는 자부심이 밥에게는 선연히 존재했다. 그러나 관객들은 모름지기 포크 가수란 포크 부흥의 정신과 책임을 짊어져야 한다고 생각했다. 그런 관객들에게 밥의 이와 같은 행위는 배신으로 간주되었다. 일렉트릭 기타 콤보는 차트를 주무르는 자본가들의 손끝이라고 생각하는 사람들도 있었을 것이다. 자신들이 애호하는 포크송이나 포크 가수는 세상으로부터 조금 유리된 존재로 사회적 명제를 음악으로 구현한, 이른바 풍류를 즐기는 사람이라고 느끼는 사람들도 있었다. 이것은 어디까지나 한정된 연구자들이나 취미를 가진 사람들의 집회였으며, 그런 암묵적인 룰을 고의적으로 파괴시킨 밥은 제 잘난 맛에 감히 무례를 서슴지 않는 자라고 불러 마땅하다고 생각한 사람들도 적지 않았을 것이다.

〈구르는 돌처럼Like A Rolling Stone〉은 이제 막 발매된 지 얼마 안 되는, 대부분의 관객들이 그 존재의의를 감득하기에는 다소 이른 곡이었다. "가사를 알아들을 수 없는 큰 음량은 포크 특유의 친근감을 유지할 수 없게 되기 때문에 곤란하다"고, 그

《Highway 61 Revisited》 1965년

날 사회를 맡고 있던 피터 야로Peter Yarrow는 생각했다. 한편

"음은 갈라져 있었지만 무척 좋았다. 단, 관객들은 3분의 1 정도가 야유를 보내고 있었다"

고 객석에서 바라보고 있던 그리니치 빌리지의 뮤지션 동료 마리아 물다우르Maria Muldaur는 느꼈다고 한다. 무대 뒤편에서는 "이건 포크가 아니다"라고 주장하는 파와 "이것이 젊은이들이 바라는 것이니 변화를 받아들여라"라고 주장하는 파가 격론을 벌였다고 한다.

정작 밥 자신은 그때 객석으로부터 "이래도 동료냐!"라는 비난의 목소리를 들었다. 그것이 도대체 무슨 뜻인지, 밥은 고민할 수밖에 없었다.

"그때의 반응은 연주했던 곡이나 귀에 들리고 있던 곡에 대한 것이 아니었다"

고 밥은 느꼈다고 한다.

이제 앞으로 어떻게 될지 관객이나 관계자, 포크 동료 전원이 생각하기 시작했던 게 아닐까. 밥의 '폭거'로 마음속에 뒤엉켜 있던 포크에 대한 마음들. 그 마음들과 제각각 다시금 마주하지 않으면 안 되게 되었다. 변해가는 현실이 갑자기 들이닥쳐 경악한 사람들도 적지 않았을 것이다.

뉴포트 페스티벌로부터 4일 후, 밥은 새로운 앨범을 위한 리코딩을 재개했다. 프로듀서는 밥 존스톤Bob Johnston으로 바뀐다. 윌슨과의 세션에서 했던 곡들이나 새롭게 태어난 곡들을 적극적으로 시험해보았다. 그중에는 객석에서 보낸 비난에 응하여 "나를 동료라고 부르다니, 도대체 무슨 속셈이지?"라고 노래하며 포크계를 강하게 비판한 〈분명 4번가Positively 4th Street〉란 곡도 있었다(1965년 9월 싱글로 발표).

리코딩은 8월 4일까지 계속되었고 월말에 발매되었다. 앨범 맨 앞에 〈구르는 돌처럼Like A Rolling Stone〉을 수록하였다. 싱글이 화제가 되는 동안 발매하고 싶다는 레이블 측의 의도가 간파된다. 타이틀은 《다시 찾은 61번 고속도로Highway 61 Revisited》. 마이크 블룸필드가 활약했고 로큰롤과 블루스가 약동하는, 가사도 연주도 더더욱 공격적인 앨범이 세상에 태어났다.

제 3 장
우울로 뒤엉킨 채

Tangled Up in Blue

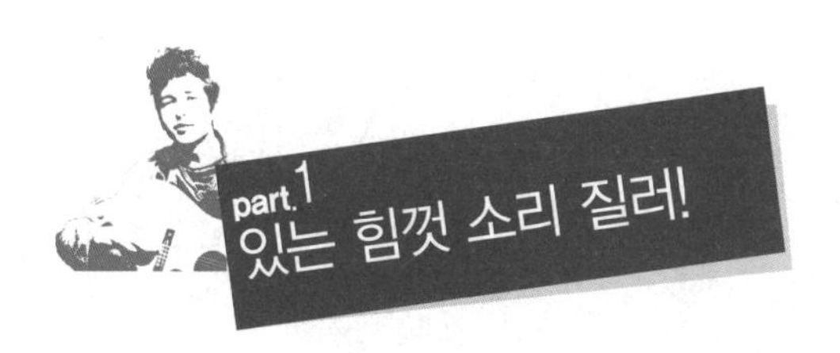

그룹 더 호크스_the Hawks

그 콘서트 투어는 지금까지 중 최대이며 최장 규모의 것이었다. 1965년 9월부터 1966년 3월까지 미국과 캐나다를 순회공연하며 도합 50회의 무대를 소화한다. 무대는 '전반이 밥의 솔로, 후반이 밴드 주도의 일렉트릭 세트'라는 구성이었다. 투어 자체는 밥의 희망사항이었지만 포크와의 절충안적인 2부 구성은 그로스맨의 제안이었다. 물론 그로스맨에게도 밥에게도 7월에 있었던 뉴포트 포크 페스티벌에서의 혼란스런 기억은 여전히 머릿속에 선연했다.

밥에게는 현재 자신이 하고 싶은 음악을 다른 사람들에게 마음껏 보여주고 싶다는 마음이 절실했다. 〈구르는 돌처럼Like A Rolling Stone〉이나 《다시 찾은 61번 고속도로Highway 61 Revisited》에서 달성한 것들을, 가능하면 녹음된 것 이상으로 호쾌하게 직접 들려주고 싶었을 것이다. 그렇게 하면 커피하우스식 스타일로 사회 비판을 하지 않는다며, 자신에게 그토록 화를 냈던 사람들을 다 떨쳐버릴 수 있으리라고 생각했을 것이다. 계속해서 그 옛날의 자신의 모습만을 원하는 사람들을 응대하는 일에 밥이 완전히 지쳐버렸다는 사실을 그 무렵 발표했던 신곡들의 면면을 통해 엿볼 수 있다.

한편 그로스맨은 일렉트릭 세트 구성만으로는 청중들이 혼란스러워할 거라고 생각했다. 2부 구성의 무대는 기존 팬들에게도 어필할 수 있는 방법으로 생각해낸 아이디어일 것이다. 그러나 직접 연주하고 노래하는 당사자 밥의 입장에서는 매번 두 가지 별개의 무대를 소화해야 한다는 말이 된다. 연주 시간은 도합 90분 정도이지만, 결코 쉽지 않은 일이었을 것이다. 투어에 앞서 준비를 겸해 8월 28일에는 뉴욕 포레스트힐 테니스 스타디움에서, 9월 3일에는 로스앤젤레스의 할리우드 볼Hollywood Bowl에서 콘서트를 열기로 하였다.

콘서트에는 각각 1만 명 이상의 관객들이 모여들었다. 하지만 뚜껑을 열어보니, 포레스트힐 콘서트의 경우 여전히 야유가 극심했다. 하지만 로스앤젤레스에서는 열광적인 성원을 얻는 데 성공했다. 이때는 알 쿠퍼와 하비 브룩스Harvey Brooks, 그리고 그룹 더 호크스에서 레본 헬름Levon Helm, 로비 로버트슨Robbie Robertson이 호출되었다.

밥은 장기 투어를 뒷받침해줄 밴드를 찾고 있었다. 여태껏 솔로로 지내왔던 밥으로서는 처음으로 반주가 동반된 무대를 계속 진행해야 하므로 실력과 함께 체력이나 성격도 경시할 수 없었다. 거론된 몇몇 후보들 중 더 호크스의 멤버들은 오랫동안 로큰롤 가수 로니 호킨스Ronnie Hawkins의 백밴드를 한 적이 있었다. 고고바Go go bar[1]나 나이트클럽 등에서 매일같이 연주해왔던 실력과 체력이 있었기 때문에 내공이 보통이 아니었다. 밥은 다른 사람을 통해 그렇게 듣고 있었다. 시험 삼아 의뢰해본 헬름과 로버트슨이 마음에 들었던 밥은 그들의 본거지 토론토까지 직접 찾아가 연주 실력을 확인해보고 더 호크스의 채용을 단박에 결정했다.

더 호크스는 기타의 로비 로버트슨, 베이스의 릭 단코Rick Danko, 드럼스에 레본 헬름, 피아노의 리차드 마뉴엘Richard Manuel, 오르간과 색소폰의 가스 허드슨Garth Hudson 등 5인조였다. 헬름 이외에 전원이 캐나다인이었으며 단코, 헬름, 마뉴엘 등 세 명은 개성적인 보컬리스트이기도 했다. 이 투어는 훗날 '더 밴드'라는 이름을 쓰는 이 5인조 그룹과 밥의 깊은 인연의

1 태국이나 필리핀에서 주로 영업이 되는 바

시작이 되었다.

1965년 9월 24일 텍사스 주 오스틴을 시작으로 최초의 밥 딜런 단독 장기 투어가 시작되었다. 거의 대부분 일렉트릭 세트 구성이었기 때문에 여기저기에서 야유와 성난 목소리가 들끓었다. 로버트슨은 관객들이 도대체 '무엇에 대해' 야유하는지 알고 싶어서 때때로 콘서트를 녹음한 후 숙소로 돌아가 재생해서 들었다. "완성도는 나쁘지 않았다. 야유 받을 만한 쇼는 아니었다. 당시 우리들 같은 사운드를 들려줄 수 있는 밴드는 없었다. 테이프를 듣고 뭔가 확실한 것이 느껴졌기 때문에 매일 야유의 연속이었지만 투어를 계속할 수 있었다"고 로버트슨은 말한다.

허드슨은 "술집에서 연주하던 시절에는 손님들이 병처럼 위험한 물건들을 던지곤 했는데, 밥의 노래를 들으러 온 관객들은 야유를 하더라도 밴드 구성원들에게 위해를 가할 생각은 없다는 것을 알고 있었다. 그래서 계속 연주했다"라고 태연한 얼굴로 말한다. 단코, 마뉴엘 역시 마찬가지로 터프한 심신의 소유자였다.

하지만 헬름은 달랐다. 연일 계속되는 야유와 욕설을 견디기 힘들어했다. 11월 말 그는 투어에서 물러난다. 투어에서 하차했을 뿐 아니라 한동안 음악을 접고 멕시코 만에서 석유 굴삭기 일을 시작해버렸다. 헬름은 투어 도중 밥에게 밴드를 데리고 다니지 말고 혼자 노래하는 투어가 더 낫겠다고 몇 번이나 조언했다고 한다. 하지만 밥은 그런 조언에 귀를 기울이지 않았다. 헬름은 "밥은 우리들이 알지 못하는 수많은 헛소리들을 듣고 있어서 그것을 처리해야만 했다고 생각한다. 하지만 녀석은 절대로 의지를 꺾지 않았다. 방향 수정도 하지 않았다"고 말한다.

헬름은 투어에서 이탈하긴 했지만 한결 같은 마음으로 오로지 자신의 음악을 추구하는 밥에 대한 존경심을 잃지 않고 있었다. 헬름에 의하면 밥은 "관객들은 자기 돈을 냈는걸. 야유를 하든 불평불만을 외치든 괜찮아"라고 말했다고 한다.

딜런이 말하다_Dylan Speaks

투어 중간 중간에는 각 지역별로 인터뷰나 기자회견이 종종 있었다. 질문들 중에는 옛날 곡들에 대해서나, 왜 이런 콘서트를 하는지, 곡의 의미는 무엇인지, 등등이 많았다. 밥은 차츰 꽁무니를 빼게 되었다. 하지만 그중에는

"사라져야 하는 것은 폭탄이 아니라 박물관이다."

"음악, 운율, 리듬. 나는 그것을 노래의 산술算術이라 부른다."

"지금 나는 록 음악을 하고 있는 것이 아니다. 강한 사운드가 아니다. 굳이 명칭을 불러야겠다면 포크 록이라 하면 된다. 그런 경솔한 이름이면 충분하다. 음반을 팔기에는 안성맞춤이다. 하지만 나의 새로운 음악이 무엇인지, 실은 나도 잘 모른다. 차마 포크 록이라고 부를 수 없다. 모든 것들을 아우르는 좀 더 큰 것이다"

등의 발언을 밥에게서 이끌어낸 회견도 있었다.

「딜런이 말하다Dylan Speaks」라는 영상이 남아 있다. 투어가 한창 진행되던 1965년 12월 3일 샌프란시스코에서 행해진 공개 기자회견 영상이다. 거기서는 저널리스트 외에 학생들이나 앨런 긴즈버그, 빌 그래햄Bill Graham[1]도 질문석에 자리 잡고 있었다. 보통 때의 딱딱한 분위기와는 달랐던 것 같다. 뭔가 엇박자를 이룬 질의응답도 종종 발견되지만 적절히 얼버무리거나 농담까지 섞어가며 매우 흥미로운 답변을 비교적 많이 하고 있다.

"스스로의 음악을 어떻게 형용할 것인가?" 하는 질문에 대

1 전설적인 콘서트 주최자이자 미국을 대표하는 저명한 프로모터

해 밥은, "굳이 말하자면 비전 뮤직. 수학적인 음악이라 할 수 있지요"라고 대답한다. "가사가 음악보다 중요한가?"라는 물음에 대해서는 "(내게 있어서) 가사가 없다면 음악은 존재할 수 없다"고 답하고 있다. 이런 대화를 통해 밥은, 시를 쓰고 있으면 음악이 "들려오기 시작하며 멜로디가 떠오르는 것"이라는, 곡 창작과 관련된 비밀의 일부를 밝히고 있는 것이다. 나아가 구체적인 해설도 덧붙이고 있다.

"《밥 딜런의 또 다른 면Another Side of Bob Dylan》 전후로 변화가 있었다. 그 변화 이전에 만들었던 레코드에서는 곡을 쓰기 전부터 자신이 말하고 싶은 것을 이미 알고 있었다. (중략) 지금은 그 정도 수준의 완성도를 가진 곡을 부를 마음이 전혀 없다. 듣는 사람도 당황스러울 것이다. 하지만 곡을 만드는 것과 관련된 변화를 경험하고부터는 그러한 (미리 정한 결론으로 곡을 향하게 하는) 방식은 불가능해져 버렸다. 왜냐하면 이전에는, 쓰기 시작하기 전에는 명확했던 의도가 막상 완성되고 나서 보면 전혀 의도대로 되지 않았던 경우가 자주 있었기 때문이다. 하지만 지금은 만들기 전에 이미 잘 될 거라는 확신을 가질 수 있게 되었다. 무엇에 대해서 쓰고 있는지 쓰는 도중까지 명확하고 구체적으로 알 수 없다 해도, 곡이 가지는 착상이나 중첩되는 것이 무엇인지는 잘 알 수 있기 때문이다"

라고 자신감을 내비치기도 한다.

캘리포니아에서는 주변에 다수 거주하던 비트족 시인들과 오랜 우정을 돈독히 하며 잠시 안온함을 얻었다. 아울러 관객들의 의견이나 감상을 듣고 싶다며 긴즈버그에게 관객 몇 명의 코멘트 녹음을 의뢰한다. 매스컴에 범람하는 혹평에 진저리를 치고 있었던 탓인지, 이번 무대가 마음에 든다는 몇몇 관객들의 목소리를 듣고 조금 기분이 풀린 듯했다고 한다.

하지만 매스컴 인터뷰에 대해서는 여전했다. 예를 들어 "당신의 인생에서 지금 가장 소중한 일은 무엇입니까?"라는 질문에 대해 밥은 "몽키 스패너를 수집하고 있는데 현재는 그것이 가장 흥미롭고 소중한 일입니다"라고 답변했다.

블론드 온 블론드_Blonde on Blonde

이 투어 도중 아주 잠깐 동안의 휴일인 1965년 11월 22일,

밥과 사라 로운즈는 극비리에 결혼식을 올린다. 식에 참석한 사람은 그로스맨과 사라의 가정부뿐이었다고 한다. 다음 해 1월 6일에는 두 사람 사이의 첫 자녀인 제스 바이런 딜런Jesse Byron Dylan이 태어났다.

투어가 장기간에 걸쳐 있었기 때문에 밥은 이동하는 사이사이에 시간을 만들어 그룹 더 호크스와 함께 다음 싱글이나 앨범용 리코딩에 착수한다. 장소는 주로 뉴욕이었지만 로스앤젤레스에서도 시도되었다. 하지만 결과는 그리 만족스럽지 않았다. 리코딩을 감수하는 프로듀서 밥 존스톤은 자신의 고향인 내슈빌에서 녹음을 해보자고 몇 번인가 말을 꺼냈다. 하지만 밥에게는 리코딩 작업의 본거지는 뉴욕이라는 생각이 있었다. 때문에 좀처럼 존스톤의 제안은 실현되지 못했다. 그런 상황에서 때마침 1966년 2월 중순, 밥과 그룹 더 호크스의 투어가 남부를 돌 예정임을 알게 된다. 바야흐로 찬스가 도래했다고 생각한 존스톤은 찰리 맥코이Charlie McCoy 이하, 케네스 버트레이Kenneth Buttrey, 헨리 스체렉키, 웨인 모스Wayne Moss, 허거스 피그 로빈슨Hargus "Pig" Robbins, 제리 케네디Jerry Kennedy, 조 사우스Joe South 등 내슈빌의 내로라하는 대표 세션맨들을 불러 모았다. 컨트리 음악뿐만 아니라 로큰롤이나 블루스, R&B에도 정통한 자들이었다.

4일간 다섯 곡이 녹음되었다. 편안한 분위기 속에서 밥은 해방감을 얻었다. 곡을 만드는 작업은 밥이 스튜디오에 들어오고 나서 시작된다. 밥이 곡을 다 쓸 때까지 뮤지션들은 트럼프를 하면서 기다리고 있었다. 한 곡을 다 쓰면 녹음을 한다. 녹음이 끝나면 뮤지션들은 다시 트럼프를 하고 밥은 다시 곡을 만드는 작업에 착수한다. 이런 상황의 반복이었다. 기존에는 없었던 '음악을 기다리는' 상태는 매일같이 신경이 예민해져 있던 투어와는 정반대의 것이었다.

밥은 곡이 완성되면 가장 핵심적인 부분을 뮤지션들에게 들려준다. 일부만을 파악한 채 녹음에 들어간다. 연주는 밥의 손짓이나 호흡을 보면서 진행되었다. 밥은 뮤지션 제각각의 즉흥성을 중시했다. 곡이 얼마나 긴지도 말해주지 않았다. 11분을 넘는 아주 긴 러브송도 있었다. 욕망을 가감 없이 드러내며 경쾌하게 노래하거나 날카로운 분위기의 블루스, 가슴속에 응어리진 것들을 표현한 록도 있었다. 이별을 긍정적으로 노래하거나 여성의 자태를 농밀한 표현으로 묘사하거나 팝이나 재즈, 비틀즈 같은 분위기마저 엿보이게 한다. 컨트리와 격렬한 로커빌리의 친근성을 전하거나 한밤중의 왠지 나른한 긴장감을 그려내는 곡도 있다. 이렇게 기존에는 없던 입체적인 드라마가 각 곡을 통해 전개되어간다.

밥은 혼자 불쑥 거칠게 노래를 불러버리다가도 어떤 순간에는 어루만지듯 목소리를 억제하기도 하고 혹은 담담하게 언어의 실타래를 풀어가는 등, 가창 표현도 비약적으로 풍부해졌다. 음악적으로 매우 충실해졌음을 절실히 느끼게 해주면서도 이에 머물지 않고 더 큰 변화에 대한 의지를 전하는 작품들로 가득 찼다. 직선적인 공격성을 내면에 품고 있으면서도 다채로운 음악성을 자아내고 있었다. 표현력이 풍부한 뮤지션들에 의해 밥의 내면에 잠들고 있던 무수한 음악의 씨들이 순식간에 발아해버린 것 같았다.

"앨범 타이틀은 《블론드 온 블론드Blonde on Blonde》다." 앨범 믹싱 작업이 한창 진행되던 어느 순간 불쑥 밥이 한 말이다. 알 쿠퍼는 그렇게 증언하고 있다. 그러나 그 자리에서 그 의미에 대해 밥에게 묻는 자는 아무도 없었다.

첫 번째 곡에서 밥은 "모두 힘껏 달려봐!"라며 들뜬 목소리로 노래한다. 〈비오는 날의 여자들 #12 & 35Rainy Day Women #12 & 35〉이라는 타이틀의 곡이다. 어느 날 밤이 깊어갈 때, "이 곡은 정신이 멀쩡한 사람들과 녹음하고 싶지 않다"라고 밥이 말을 꺼내, 근처 술집에서 공수해온 칵테일을 다 함께 한차례 마셨다. 그리고는 각자 하고 싶은 것들을 정한 다음 서로 악기를 교환하거나 색소폰 연주자를 부르거나 트럼펫이나 트롬본도 연주에 끼워 넣거나 드럼은 세트를 제각각 해체해서 두드리거나 하면서 녹음을 시작했다. 마칭밴드 같은 사운드로 하고 싶긴 한데 형태가 딱 갖추어진 행진곡은 아닌 걸로, 라는 밥의 요구로 완전히 술에 취해버리거나 '힘껏 달려버리거나' 하면서 모두들 웃으며 연주했다.

《Blonde on Blonde》 1966년

연주도 노래도 오직 단 한 번뿐. 그대로 OK를 받아 밥에게 있어서 통산 8번째 싱글 음반으로 1966년 4월 상순 발매되었다. 마마스 앤 파파스의 〈먼데이 먼데이Monday Monday〉, 영 래스컬즈The Young Rascals의 〈굿 러빙Good Lovin'〉이 대히트하고 있을 무렵이었다. 〈비오는 날의 여자들 #12 & 35Rainy Day Women #12 & 35〉은 발매로부터 약 1개월 후, 전미 2위의 히트곡이 되었다.

로열 앨버트 홀_Royal Albert Hall

《블론드 온 블론드Blonde on Blonde》가 발매된 것은 1966년 5월 16일. 그 무렵 밥은 그룹 더 호크스 구성원들과 영국을 투어 중이었다. 투어에는 속편이 있었던 것이다. 밥과 그룹 더 호크스는 3월 말 북미 투어를 마친 후 4월 9일 호놀룰루를 시작으로 5월 27일 런던의 로열 앨버트 홀까지, 오스트레일리아, 스웨덴, 덴마크, 아일랜드, 프랑스, 영국 등에서 총 24회에 걸쳐 공연했다.

스톡홀름 공연에서부터 그 전년 런던 공연의 다큐멘터리를 촬영한 돈 앨런 펜베이커가 카메라 기자재를 가지고 합류했다. 펜베이커가 자진해서 합류했던 것은 아니었다. 이번엔 밥이 자신들을 촬영한 영화를 만들고 싶다고 협력을 요청했기 때문이었다. 무대 풍경은 물론, 투어 도중의 이런 저런 모습들을 즉흥적으로 촬영하고 텔레비전 방송용 작품으로 완성시킬 계획이 있었다.

투어가 아일랜드로 옮겨져 영국을 순회하게 되자 회장 내에서의 야유가 점차 심해졌다. 콘서트 투어는 다시금 야유와 환성이 혼재된 나날이 된다. 밥은 점차 피로와 초조가 겹쳐 야위어갔다.

영국에서는 1년 전 콘서트 이후 밥의 앨범 판매가 호조를 기록하고 있었다. 영국의 CBS 레코드는 이 투어의 네 공연을 라이브 리코딩한다. 그 음원 가운데 5월 17일 맨체스터 프리 트레이드 홀Manchester Free Trade Hall의 음원이 유출되어 《로열 앨버트 홀Royal Albert Hall 1966》이라는 제목의 아날로그 음반 레코드(물론 위법 해적 음반)로 세상에 나돌아 오랫동안 팬들 사이에서 몰래 애청되었다. 일찍이 일렉트릭한 밥 딜런의 무대를 이 정도로 생생하게 전하는 음반은 달리 없었다.

이 음원은 1998년 10월 밥이 공인한 《로열 앨버트 홀Royal Albert Hall》로 정식으로 발매되었다. 하지만 내용은 실은 맨체스터에서의 연주였다. 그럼에도 타이틀을 런던의 '로열 앨버트 홀' 그대로 했던 이유는 오랫동안 그런 타이틀로 팬들에게 친숙해 있었고 이에 대해 밥이 배려했기 때문일 것이다.

그 5월 17일 일렉트릭 세트 곡을 연주하는 사이사이에 밥은 관객들로부터 "배신자(유다)!"라고 철저히 매도된다. 그런 야유에 대해 찬동하는 박수소리도 컸다. 밥은 그에 대해 "당신들을 믿지 않아"라고 응수했고 "당신들은 거짓말쟁이야"라고 저주의 말을 덧붙였다. 그리고 밴드 구성원들을 뒤돌아보며 "있는 힘껏 소리 질러!"라고 말한다. 온통 가시로 가득한 〈구르는 돌처럼Like a Rolling Stone〉이었다. 《로열 앨버트 홀》에서 그 곡을 들을 수 있다. 이때의 영상은 「노 디렉션 홈: 밥 딜런No Direction Home: Bob Dylan」에 수록되어 있다.

밥은 저항한다. 저항하는 것이 당연하다고 노래했다. 고투였다. 바야흐로 이런 고립무원의 소란스러운 가수 시인에게 그가 소속한 장르가 어딘지 묻는 것은 너무나도 어리석은 일이었

《Royal Albert Hall》
(THE BOOTLEG SERIES 제4집)
1998년

다. 노래, 연주, 영상은 강렬히 그런 사실을 고하고 있었다.

이 해의 밥의 런던 공연에는 비틀즈, 롤링 스톤즈를 비롯하여, 그 후 록의 역사상 길이 이름을 남기는 마크 볼란Marc Bolan, 데이비드 보위David Bowie, 이언 헌터Ian Hunter 등 수많은 뮤지션들이 방문하여 객석에서 충격을 받았다.

비틀즈는 넷이서 밥의 호텔을 방문하여 밤새도록 이야기를 나눈 날도 있었다고 한다. 그들은 《리볼버Revolve》 녹음 중이었다. 롤링 스톤즈는 〈페인트 잇 블랙Paint it black〉이 한참 히트를 치고 있었다. '록'은 이제 막 확장하려고 하는 와중이었다.

한편 미군의 북베트남 폭격은 격화되었고 파견병사 증대에도 박차를 가하고 있었다. 전미 각지에서 반전 집회가 계속 열렸고 폭동도 빈발했다. 이제 예전으로 되돌아갈 수 없는 곳까지 사람들을 이끌고 있었다. 밥 역시 그중 한 사람이었다.

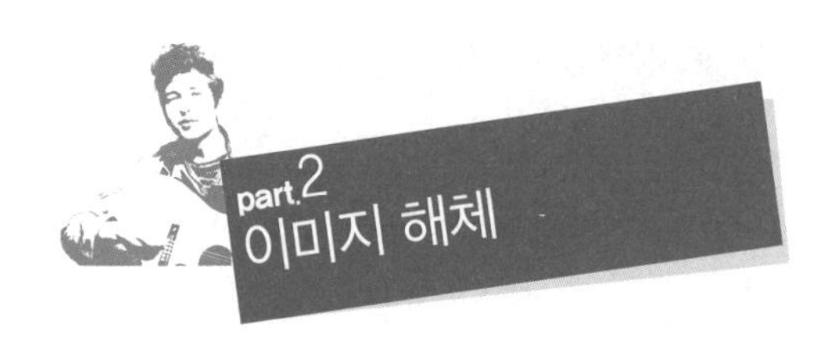

사고

밥에게 사람들, 저널리스트들은 무슨 말을 듣고 싶었던 것일까. 분명 뭔가의 대답을 구하고 싶어질 정도로 세상의 모습은 평온하다고 말하기 어려운 형국으로 돌입하고 있었다. 북베트남의 호치민 대통령은 베트남 전역과 세계를 향해 '철저한 항전'을 호소했다. 1966년 7월 17일의 일이다.

> "어느 순간부터 나에 대해 어떤 왜곡된 시각을 가진 사람들이 생겨났다. 그것은 음악 이외의 사람들이었다. 나를 '시대의 대변인'이라든가 '무슨 무슨 양심'이라고 부르는 사람들이 생겨났다. 무슨 말인지 갈피를 잡을 수 없었다. 이해가 안 되었다. 노래를 위해서라면 어

떤 라벨이 붙여져도 상관없다. 하지만 공격을 받고 질문공세를 당하고 그에 대해 답변해야만 하는 상황이 너무 싫어졌다."

9개월에 걸친 투어를 하며 느낀 심정을 밥은 「노 디렉션 홈: 밥 딜런No Direction Home: Bob Dylan」에서 이처럼 언급하고 있다.

하지만 음악 면에서는 내슈빌에서의 세션에서 새로운 국면의 개방감을 확실히 실감했다. 그런 생각이 들 정도로 《블론드 온 블론드Blonde on Blonde》의 음악적 소구력訴求力[1]은 엄청났다. 시를 음악으로 만든다. 음악을 시로 만든다. 그것이 동시에 달성되고 있다. 밥이 이루어낸 성과는 다른 어느 누구도 해낼 수 없었던 일이다.

《블론드 온 블론드Blonde on Blonde》에서는 팝으로서의 유연함과 번득이는 영감에 가득 찬 서정성이 서로 즉흥적으로 혼합되고 있다. 긴장감과 편안함을 모두 느끼게 해준다. 포크이자 컨트리, 블루스, R&B, 심지어 로큰롤이기까지 하지만, 그중 뭔가 하나의 장르 속에 가둬 두려고 하면 뭔가가 항상 결정적으로 넘쳐 나와 버린다. 참신한 작품이다. 그런 참신함은 음악적 유행 형식과는 인연이 먼 것이었다. 어느 시대에서든 이 앨범

1 광고나 선전이 시청자나 독자 등 수요자의 사고나 태도에 영향을 미치는 힘

은 고독하다. 발표로부터 40년 이상이 지난 지금도 그런 사실에는 변함이 없다.

장대한 여행을 마친 뒤 귀국한 밥은 완전히 피폐해져 있었다.

영국을 중심으로 촬영해왔던 필름은 「다큐멘트를 먹어버려 Eat the Document」란 제목으로 텔레비전 방영 계획이 진행되고 있었다. 그러나 밥 자신이 필름 편집에 달려들었기 때문에 계획 그 자체가 좌절되려고 하고 있었다.

대략 그 무렵 밥이 처음으로 쓴 소설 『타란튤라』도 출판 계획에 암운이 드리워지고 있었다. 내용이 난해할 뿐만 아니라 교정 작업 중 느닷없이 밥이 전면 교정을 제안했기 때문이다. 출판사 맥밀란Macmillan은 1966년 8월 말 발매를 앞두고 대대적인 프로모션 계획을 진행 중이었다. 이미 "TARANTULA, Bob Dylan?"이라고 적힌 쇼핑백이 1만 개 인쇄되어 있던 상태였다. 맥밀란 출판사는 밥에게 개정 작업을 2주일 이내로 완료해 달라고 부탁했다. 『타란튤라』는 결국 1971년 5월 간행된다. 언어가 비가 되고 강물이 되고 바람이 되고, 다시 비가 되어 잎사귀 하나하나의 잎맥에 흐르는, 이미지가 물줄기처럼 세차게 범람하는 소설이었다.

밥은 나아가 1966년 8월부터 미 대륙 전역을 순회하며 연주하는 차기 투어를 이미 예정하고 있었다. 그것은 도합 64회에 이르는 공연이었다. 첫 소설 간행과도 관련이 있는 것으로 생각된다. 컬럼비아 레코드사도 투어 중 발매가 가능하도록 조기에 새로운 녹음을 제작하라고 요청해왔다.

《블론드 온 블론드Blonde on Blonde》는 차트에서 상승해갔다. 최종적으로는 전미 9위까지 이른다. 2매 1세트의 LP로서는 경이적인 성적이었다.

1966년 7월 29일. 그날 밥은 이전부터 타고 다니던 오토바이, 트라이엄프Triumph 500을 타고 뉴욕 교외의 베어스빌에 있는 그로스맨 저택을 출발했다. 오토바이를 수리해달라고 가져다 주기 위해서였다. 밥의 오토바이 뒤를 사라가 운전하는 차가 뒤따라갔다. 그로스맨 저택을 출발한 지 얼마 되지 않았을 무렵이었다. 전도된 밥은 오토바이로부터 튕겨져 나갔다. 사라는 신음하는 밥을 싣고 되돌아왔다.

밥 딜런 중태. 의식불명. 목 골절로 위독. 재기 불능? 뉴스는 전 세계로 퍼졌다. 용태는 확실치 않았다. 한참 지나 척주脊柱 몇 대에 금이 갔다는 사실이 전해졌다. 밥 딜런은 무기한 활동을 중지한다고 발표된다.

투어도 출판도 영화 방영도, 물론 신작 녹음까지 모든 것이 백지로 돌아갔다. 너무 급하게 살아왔던 밥에게 태어나 처음으로 찾아온 장기 요양이었다. "그 상태로 계속 내달렸다면 얼마 안 가 죽었겠지"라고, 당시를 되돌아보며 밥은 말한다. 목에 기브스를 하고 초음파 치료를 받거나 등의 통증을 호소하며 치료로 수영을 했다는 주변의 증언이 있다. 혼자 시간을 보내는 일이 많았다고 말하는 이도 있다.

1966년 10월, 컬럼비아 레코드사는 1967년 3월까지 밥의 활동 예정은 없다고 발표한다.

빅 핑크_Big Pink

요양 중의 밥을 방문했던 것은 긴즈버그나 펜베이커 등 극소수의 친구들뿐이었다. 한편 그룹 더 호크스 구성원들은 밥의 백밴드로서의 계약이 유효한 상태였다. 사고로부터 몇 개월 후, 더 호크스 구성원들은 밥으로부터 「다큐멘트를 먹어버려Eat the Document」의 추가 촬영에 참가해달라는 요청을 받는다. 이 촬영에는 노래하는 기인 타이니 팀Tiny Tim[1] 도 참가하고 있다.

촬영은 눈에 뒤덮인 우드스톡Woodstock에서 진행됐다. 더 호크스의 멤버들은 잠시 체재하는 동안 밥의 집에서 그리 멀지 않은 웨스트 소가티스West Saugerties에서 옮은 핑크색 집 한 채를 발

1 미국의 가수, 우쿨렐레 연주자, 특유의 높은 가성/바브라토로 유명

견한다. 넓은 대지 위에 홀로 서 있던 그 집에 단코, 마뉴엘, 허드슨 등 세 사람이 이주했다. 그들은 그 집을 빅 핑크라고 명명한다. 로버트슨은 근처 다른 곳에서 걸프렌드와 둘이 살 집을 빌렸다. 헬름은 아직 더 호크스에 복귀하지 않은 상태였다.

밥은 가정적인 인간이 되어 육아에 동참하고 있었다. 아침에 한 살짜리 아들이 깨우면 일어나 큰딸을 스쿨버스 정류장까지 데려다 주고 그 차로 빅 핑크로 '출근'한다. 빅 핑크에서 밥은 매일매일 곡을 썼다. 일주일에 5일, 혹은 7일. 로버트슨도 마찬가지로 정오 무렵 나왔다고 한다.

밥은 전승가나 블루스, 포크, 오래된 극중가 등을 그들에게 들려주었고 그들은 밥이 알지 못하는 로큰롤, R&B, 부기우기, 컨트리, 교회음악 등을 들려주었다. 모두 함께 음반을 듣는 경우도 있었다. 음악 지식이 풍부했고 음악의 이치에 밝았던 허드슨이 현대 음악에 대해 강의해주기도 했다. 음악과 관련된 동료들이 그저 음악을 즐기고 배우고 연주한다. 그런 나날이 조용히 흘러갔다.

1967년 2월부터 그 해 가을에 걸쳐 밥은 30여곡을 만들었다. 6월부터는 빅 핑크 지하실에 2트랙 테이프 레코더(물론 오픈릴Open Reel)가 들어와 연주를 녹음할 수 있게 된다. 8월에는 헬름도 밴드에 복귀하여 녹음 분위기는 한층 고조되었다. 녹음은 빅 핑크에서만이 아니라 밥의 자택이나 공통의 친구인 클래런스 슈미트Clarence Schmidt의 집에서도 종종 진행됐다. 녹음한 총 테이크 수는 150을 넘는다고 전해지고 있다. 민간 전승곡이 가진 가사의 신비로움에 새삼 주목한 곡이 다수 포함되어 있었다. 특히 빅 핑크를 중심으로 한 녹음들 중에서 24곡이 선택되어 1975년 6월 《지하실 비정규 앨범The Basement Tapes》이 정식으로 발매되었다(그 이전에는 유출된 해적판이 돌아다니고 있었다).

《The Basement Tapes》 1975년

녹음테이프 몇 개인가는 그 무렵의 밥의 악곡 관리 회사 드워프 뮤직Dwarf Music으로 보내졌다. 드러난 활동은 하지 않았지만 혹시 신곡이 있다면 보내라는 요청은 받고 있었다. 다른 아티스트에게 제공하기 위함이다.

1968년이 되자 그 테이프들을 바탕으로 계속해서 녹음 작품들이 태어난다. 맨프레드 맨Manfred Mann의 〈더 마이티 퀸The Mighty Quinn〉, 버즈의 〈넌 아무데도 못 가You Ain't Goin' Nowhere〉, '피터 폴 앤 메리'의 〈너무 많은 무(無)Too Much of Nothing〉 등은 바로 이 '빅 핑크 지하 테이프'에서 태어난 히트곡이다.

섬머 오브 러브_Summer of Love

우드스톡에서 밥이 작곡 녹음과 연구에 힘쓰고 있을 무렵 록의 세계는 주로 캘리포니아를 중심으로 다수 출현하고 있었던 플라워 칠드런, 풍속 현상으로서의 히피 문화(평화를 추구하며 무저항으로 옛 질서를 무너뜨리려고 하는 무정부주의적 호조互助 사상을 실천하는 보헤미안 문화)를 제재로 하거나, 그에 공감하는 사람들에게 호소하는 곡이나 거기에서 태어난 밴드들의 작품들이 급속히 증가하고 있었다. 그 문화권에서는 야외 콘서트나 집회가(반전을 부르짖거나 새로운 커뮤니케이션 창출을 모색할 목적으로) 종종 열리고 있었다. 히피나 그들을 지지하는 활동가들은 의식 변혁을 호소하며 적극적으로 이를 지도하고 있었다. 그를 위해 록은 중요한 역할을 다하고 있었다.

감각적으로는 길이가 길고 음량도 큰 블루스 록이나 일그러진 음색이나 에코를 조작해서 뭔가에 취해 있는 환각적인 느낌을 연출하는 사이키델릭 록Psychedelic rock 등이 친근감 있게 다가왔다. '러브 앤 피스Love & Peace=사랑과 평화'가 마치 암호 문구처럼 널리 퍼져 갔다. 온갖 마약이 시도되었다. 1960년대 전반부터 비트 예술가나 아티스트가 다수 거주하던 샌프란시스코는 그 발신지로 주목받는 지역이 되었다. 그러한 현상을 팝스에 도입했던 스콧 매켄지Scott McKenzie의 〈샌프란시스코(샌프란시스코에 가면 머리에 꽃을 꽂으세요)San Francisco(Be sure to wear flowers in your hair)〉나 마마스 앤 파파스의 〈캘리포니아 드리밍California Dreaming〉 등이 대히트를 쳤다.

1967년 6월에는 몬트레이 인터내셔널 팝 페스티벌이 열려 대형 야외 페스티벌 붐에 불이 붙는다. 이 페스티벌에는 그레이트풀 데드Grateful Dead, 재니스 조플린Janis Joplin, 제퍼슨 에어플레인The Jefferson Airplane 등이 출연했고 미국에서 영국으로 건너가 인기를 얻었던 지미 헨드릭스Jimi Hendrix도 출연했다.

지미는 기타에 불을 붙여 휘두르거나 앰프나 스피커를 파괴하는 퍼포먼스를 펼치며 관객들을 전율하게 만들었고 록의 역사에 그 이름을 깊이 각인시켰다. 그 무대에서 지미가 밥의 〈구르는 돌처럼Like a Rolling Stone〉를 커버해서 불렀다는 것은 놓칠 수 없는 사실이다. 지미는 이 곡이 가진 변화에 대한 강렬한 희구에 깊이 공감하고 있었던 것이다.

1967년 여름은 이러한 움직임의 기점이 된 순간으로 기억되며 '섬머 오브 러브Summer of Love'라고 일컬어지고 있다. 끝이 보이지 않는 베트남 전쟁이 짙은 그림자를 드리우고 있었다. 반복되는 분노의 항의 행동, 학생들은 자치권 획득 투쟁을 각지에서 일으키며 흑인 차별 반대 운동은 '블랙 파워'를 슬로건으로 격화되어간다. 의식 변혁에 마약을 장려하는 자들도 급증했다. 나라 전체로 불씨가 확산되고 있었다.

영국에서도 이러한 '히피와 사이키델릭' 풍조에 동조를 보내는 움직임이 물론 있었다. 특히 음악 면에서는 미국보다 오히려 성과를 거두고 있다.

1967년 5월 비틀즈가 발표한 《페퍼 상사의 론리 하트 클럽 밴드Sgt. Pepper's Lonely Hearts Club Band》가 세간에 끼친 충격은 엄청났다. 미지의 음을 만들고 새로운 착상을 선보였다. 이를 이어받는 것처럼 핑크 플로이드Pink Floyd[1], 롤링 스톤즈도 기묘한 작품들을 내놓으며 세상에 대해 질문을 던졌다.

은둔자

그러나 밥은 그러한 '변혁의 음악'과는 전혀 무관한 음악생활을 계속 보내고 있었다. 이 무렵의 심정에 대해 『자서전』에서 이렇게 적고 있다.

1 영국의 록 밴드. 사이키델릭 록과 스페이스 록, 프로그레시브 록으로 저명

"실은 오로지 경쟁뿐인 사회에서 뛰쳐나가고 싶었다. 아이들이 태어났기 때문에 삶이 변했고 나는 주위 사람들이나 세상에서 일어나는 사건들로부터 멀리 벗어났다."

하지만 평온한 생활은 무례한 팬들이나 구경할 겸 들르는 침입자들 때문에 파괴되어간다. 밤낮없이 밀어닥치는 낯선 '손님'들 때문에 밥은 근처 이웃들에 대한 배려로 이사를 거듭해야 하는 지경에 빠져 버린다.

그때까지 밥이 발표했던 곡들 대부분이 섬머 오브 러브, 폭동과 혼란의 세상이 되어도 여전히 사람들의 마음을 움직일 힘을 가지고 있었던 것도 이러한 '실질적인 피해'의 이유 중 하나가 되었다. 은둔해 있는 이유와 실태, 주장에 대해 의견을 묻는 매스미디어도 당연히 나타났다.

어쩔 수 없이 밥이 "나는 그저 한 사람의 뮤지션일 뿐 결코 시대를 대표하는 대변인은 아니다"라고 답변하자, "대변인, 대변인임을 부정!"이라는 제목으로 기사가 나가는 형국이었다.

"내가 해야 할 일은 자신의 사고방식을 조정하고 타인을 책망하는 것을 중단하는 일이었다. 자신을 단련하여 성장하며 무거운 짐을 내려놓아야 했다. (중략) 매스컴은 자신들이 내린 판단을 간단하게는 취하할 수 없었고 나는 그 상태를 견딜 수 없었기 때문에 내 손으로 자신의 이미지를 갈아엎어 사람들의 (나에 대한) 인식을 고쳐나가야 했다."

밥이 은둔해 있을 동안 컬럼비아 레코드사는 1967년 3월 앨범 미수록의 싱글곡 〈분명 4번가Positively 4th Street〉를 포함하여 저명한 10곡을 골라 편성한 《밥 딜런 베스트 앨범Bob Dylan's Greatest Hits》을 발매한다. 부록으로 밀튼 글레이저Miiton Giaser가 디자인한 일러스트 포스터가 들어 있었다. 밥이 빠진 시장에 대한 허기를 달래기 위해서였는지 이 앨범은 예상 이상으로 판매되어 전미 차트에서 10위를 기록했을 뿐만 아니라 계속해서 판매량이 누적되어 미국에서만 누계 300만장 이상의 판매 기록을 세웠다. 5월에는 펜베이커의 다큐멘터리 영화「돌아보지 마라Dont Look Back」도 상영되었다. 이러한 것들이 다소 영향을 미쳐 1967년 7월 컬럼비아 레코드사는 밥을 각별히 대우하는 조건으로 재계약을 체결한다. 5년

《Bob Dylan's Greatest Hits》
1967년

간 새로 녹음하는 형태로 4장의 앨범 제작이 밥의 의무사항이었다.

《John Wesley Harding》
1967년

온갖 사운드기믹을 구사하여 현란하게 각색된 음악이 록, 팝스에서도 계속 증가하는 추세였다. 밥은 재계약 후 첫 작품, 1967년 12월 27일 발매된 《존 웨슬리 하딩John Wesley Harding》을 그러한 경향과 정반대의 음반으로 완성시켰다.

녹음은 전작과 마찬가지로 밥 존스톤이 프로듀서를 맡았고 내슈빌에서 행해졌다. 밥이 기타와 하모니카, 반주는 찰리 맥코이가 베이스, 케네스 버트레이가 드럼을 담당했다. 네 곡에서만 피트 드레이크Pete Drake의 스틸 기타steel guitar가 조연을 하고 있다. 매우 간결하고 산뜻한 음악이다.

수록곡 모두가 완성되어 있었기 때문에 약 9시간 만에 녹음이 완료되었다. 앨범 타이틀곡은 텍사스에 실존했던 악한을 제재로 한 것이었다. 실은 '하딘Hardin'이었는데 밥이 의도적으로 그랬는지 실수였는지 어쨌든 '하딩Harding'이라는 철자를 썼다.

컨트리풍의 〈오늘밤 내가 너의 애인이 되어줄게I'll Be Your Baby Tonight〉의 달콤한 분위기나 〈작은 만을 따라가다가Down Along the Cove〉의 온화한 안정감은 기존에 전혀 없었던 것이었다. 그 후 라이브의 중요 레퍼토리가 되는 〈망루를 따라서All Along the Watchtower〉나 〈프랭키 리와 유다 사제의 발라드The Ballad of Frankie Lee and Judas Priest〉처럼 성서를 바탕으로 이미지를 전개시킨 곡들이 앨범의 골자를 이루고 있다. 〈망루를 따라서All Along the Watchtower〉는 지미 헨드릭스가 곡상을 보다 선연히 확장해 보인 커버곡으로 잘 알려져 있다. 《블론드 온 블론드Blonde on Blonde》로 내슈빌의 분위기에 친숙해졌고 좋은 감촉을 얻었기 때문인지 담담한 노랫소리에는 환희가 옅고 넓게 배어나와 있다. 앨범은 일약 성공적인 성적을 거두어 전미 2위가 된다. 밥의 신작이기 때문이었을까. 무거운 일상에 대한 반동 때문이었을까.

1968년 1월 20일 밥은 공식 무대 위에 선다. 그 전년도인 1967년 10월 3일 서거한 우디 거스리를 추도하는 콘서트에 출연했다. 컨트리풍 정장을 단정히 입고 더 밴드(출연 시에는 The Crackers라고 이름을 밝혔다)라는 이름으로 명칭을 바꾼 그룹 더 호크스와 함께, 거스리 작품 세 곡을 노래했다. 노래는 가히 열창이라 부를 만한 것이었다. 공연 마지막에 출연자 전원이 함께 불렀던 합창곡에도 참가했다.

같은 해 6월 5일, 밥의 아버지 에이브러햄이 타계한다. 장례식에 참석하기 위해 오랜만에 귀향했다. 당연히 극심한 위화감을 느꼈다고 한다. 같은 달 아들 사무엘Samuel이 태어난다.

그 전년도에 딸 안나가 태어났기 때문에 밥은 네 아이를 둔 아버지가 되었다. 육아 때문에 더 바빠진 탓인지 밥은 드러난 활동에 대한 소문마저 거의 없어진다.

비슷하게 꾸민 겉모습의 앨범

한편 '더 밴드The Band'라고 이름을 바꾼 더 호크스 구성원들은 1968년 8월 10일 데뷔 앨범 《뮤직 프롬 빅 핑크Music From Big Pink》를 발표한다. 시끄러운 세상 정세에 대해, 다시금 자신이 선 자리를 되돌아보라고 고하고 있는 듯한 농밀한 내용이었다. 밥과 함께 만든 작품들, 지하실에서 시험해보았던 곡들이 중요한 음악적 주장을 하고 있다. 이 앨범 재킷에는 밥이 그린 그림이 사용되고 있다. 그림에 대한 밥의 재능이 처음으로 세상에 널리 알려지게 되었다.

더 밴드 《Music From Big Pink》 1968년. 앨범 재킷에는 밥이 그린 그림이 사용되고 있다

라이브 활동 중단 상태였던 더 밴드는 다음 해인 1969년 4월 샌프란시스코 윈터랜드에서 첫 단독 콘서트를 연다. 같은

해 밥은 세 번째로 내슈빌에서 녹음한 앨범을 발표한다. 《내슈빌 스카이라인Nashville Skyline》이란 타이틀이었다.

《Nashville Skyline》 1969년

앨범 재킷 사진에서 밥은 미소를 머금고 있었다. 밥이 이쪽을 보고 웃다니. 이 사진 자체는 램블링 잭 엘리엇의 앨범에 대한 패러디다. 안에는 산들바람 같이 대중적이고 목가적인 곡들이 가득 담겨 있다. 앨범 타이틀에 어울리는 곡들이었다.

그러나 이 앨범을 듣고 온 세상의 딜런 팬들, 굳이 팬이 아닐지라도 이 이전의 딜런의 곡들을 아는 자들은 모두가 자신의 귀를 의심했다. 밥이 전혀 다른 목소리로 노래 부르고 있었기 때문이다. 거칠고 탁한 목소리, 듣는 사람을 위협하는 표현은 전혀 없었다. 온화하고 부드러운, 다른 사람의 마음을 타이르며 편안한 졸음으로 이끌어주는 목소리였다. 마치, 지금까지는 뻣뻣한 털로 된 불곰 털옷을 쓰고 있었거든요, 하며 클리오네가 그것을 벗어 보이는 듯했다.

'컨트리 음악의 새로운 별 밥 딜런'이라고 선언하며 다시금 데뷔했다고 해도 아무런 위화감이 없다. 이렇듯 '다시 태어남', 혹은 '철저하게 꾸며낸 겉모습'을 통해 전미 3위의 좋은 성적을 남긴 가수는 밥 딜런 이외에는 없을 것이다. 아마도 이 지구상에서 오로지 밥 단 한 사람뿐일 것이다.

이것 역시 '이미지 해체 작업'의 일환이었을까. 밥은 말한다.

"얌전하고 만인에게 환영받을 사운드가 되도록, 최선을 다해 컨트리 웨스턴 가락으로 들리도록 녹음했다. 음악 잡지들은 어떻게 판단해야 할지 헤매고 있었다. 내가 목소리까지 바꾸고 있기 때문이다. 모두들 머리를 싸매고 있었다."

이것은 놀이이며 농담에 불과하다고 결론짓지 않으면, 지금까지 들어왔던 자기 자신의 사고가 와해되어버린다. 많은 딜런주의자들이 이 앨범을 두려워했다.

하지만 작곡가로서의 밥에게는 빈틈이 없었다. 러브송은 스탠다드로 만드는 게 온당하다는 느낌을 주는 곡들이 다수 포함되어 있었다. 연주곡들도 맑게 갠 날 보이는 야산처럼 아름답기 그지없다. 앨범 첫머리에는 존경하는 컨트리 음악의 거장 조니 캐시와의 듀엣으로 〈북쪽 나라의 소녀Girl from the North Country〉의 재연이 수록되어 있다. 거장의 '인정'을 받은 음반이라고 파악할 수밖에 없도록 구성되어 있다. 밥과 캐시는 그 후 듀엣 앨범을 만들고자 녹음을 시도했다. 하지만 이쪽은 결국 실현되지 못한다. 밥은 텔레비전의 「조니 캐시 쇼」에도 출연했다.

밥의 '해체 작업'은 계속된다.

커버곡으로 그리는 자화상

《블론드 온 블론드Blonde on Blonde》 이후 계속해온 내슈빌 세션과의 바람직한 감촉 때문인지 오리지널뿐 아니라 커버곡도 적극적으로 녹음해간다. 그런 과정을 거쳐 완성된 두 장짜리 앨범이 《자화상Self Portrait》이다.

《Self Portrait》 1970년

《Another Self Portrait (1969–1971)》 (THE BOOTLEG SERIES 제10집) 2013년

2013년에 발매된 부틀렉 앨범(《더 부틀렉 시리즈 제10집》) 《또 하나의 자화상Another Self Portrait(1969–1971)》을 들으면 왕성해져 가는 내슈빌 세션의 흐름이 일련의 창작 활동이었다는 것을 실감할 수 있다. 요컨대 빅 핑크의 《지하실 비정규

앨범The Basement Tapes》에서 시작되어 《내슈빌 스카이라인Nashville Skyline》, 《자화상Self Portrait》, 《새 아침New Morning》으로 이어지는 흐름은 밥에게 있어서 모두 하나로 연결된 것이었다. 그렇기 때문에 《자화상Self Portrait》에 더 밴드와 함께한 와이트섬 음악축제[1]에서의 라이브 음원이 수록되어 있었던 것이다.

아마도 《블론드 온 블론드Blonde on Blonde》에서 리코딩 지역으로서의 내슈빌의 '수월성'을 실감했다는 것에서 이 흐름은 시작되고 있을 터이다. '퍼블릭 이미지'를 혼란시키는 힘을 발휘하면서도 자기혐오에 빠지지 않도록 내용성을 견지할 것. 이것이 이 무렵 진행된 '해체 프로젝트'에 대해 밥이 스스로의 내면에 내건 조건이지 않았을까. 그렇다고 한다면 일정 수준 이상의 실력과 감각을 가진 내슈빌 뮤지션들은 더할 나위 없이 안성맞춤이었을 것이다. 밥의 아이디어가 다소 엉뚱해도 음으로 만들어 일단 들려줄 수 있는 기술을 그들은 자연스럽게 몸에 익히고 있었다. 편안하게 들을 수 있는 어떤 타입의 곡이라도 격하고 열정적인 소울 뮤직 수준의 연주력으로 표현해낼 수 있는 내공을 가진 사람들이 다수 존재하는 지역이었기 때문이다. 밥 존스톤처럼 사람들을 잘 안배해주는 프로가 있다면 더

1 영국 남부에 있는 와이트섬에서 행해지는 록페스티벌, 아일오브와이트페스티벌*The Isle of Wight Festival*

더욱 그러하다.

밥은 컬럼비아 레코드사와의 재계약 과정에서 마스터 테이프의 내용에 관한 최종 결정권을 손에 넣을 수 있었다. 내용에 관해서 컬럼비아 레코드사 측은 참견할 수 없었다. '해체 프로젝트'가 먼저일까, 계약이 우선일까. 아마도 동시진행이었지 않았을까.

오리지널곡으로 비슷하게 겉모습을 꾸민 앨범 《내슈빌 스카이라인Nashville Skyline》은 놀랍게도 전미 3위를 기록할 정도로 순조롭게 판매되었다. 영국에서는 《존 웨슬리 하딩John Wesley Harding》과 마찬가지로 앨범 차트 정상의 자리에 올랐다. 결과적으로 밥에 대한 당혹감을 많은 팬들이 즐겼다는 말이 된다. 저널리스트, 특히 밥을 사회적으로 중요한 인물로 만들고자 했던 사람들에게는 뭐라 표현하기 힘든 인고의 세월이었을 것이다. 하지만 이미지로서의 '록 변혁자'가 팝스를 만들어 좋은 성적을 남긴 것을 '배신'이라고 파악해버린다면 밥의 목적도 상당히 달성되었다는 말이 될 것이다.

여태까지 밥이 해오지 않았던 것을 한다는 흐름으로 가면 당연히 '커버곡 모음집'이라는 안이 나온다. 밥의 매력이란 곡에 담아 표현해낸 독자적인 언어에 있다고 생각하는 '시적인 밥'이라는 환상이, 다음 해체의 타깃이었다.

"생각이 난 것은 뭐든지 벽에 내동댕이치고, 벽에 들러붙은 것은 모두 발표한다. 벽에 들러붙지 않았던 것들을 다 긁어모아 그것 역시 모두 발표한다"

라는 생각으로 《자화상Self Portrait》이 만들어진다.

나아가 이 앨범에는 밥이 여태까지 들어왔던 20세기 전반의 포크나 블루스, 그것들과 동시대에 청취되고 연주되던 촌스러운 컨트리송, 가스펠 등을 다시금 학습하여 체득한 '옛날 음악'에 대한 흥미와 이해가 투영되어 있다. 더 밴드와의 공동 작업을 통해 포크 가수였을 무렵에는 좀처럼 가까이할 수 없던 음악군과 드디어 접촉할 수 있었다는 기쁨도 《자화상Self Portrait》 깊은 곳에 담겨 있다.

그러나 이 앨범은 어디까지나 현대의 팝 컨트리 앨범이 이어지는 가운데, 그와는 어울리지 않는 하나의 변종으로 파악되지 않으면 안 되었다(무엇보다 '해체 작업'의 일환이다). 그렇다면 최근이나 가까운 과거의 작품들도 커버해야 마땅할 거라는 사고로 이어진다. 사이먼 & 가펑클Simon & Garfunkel 〈슬픈 복서를 노래하다The Boxer〉나 원래는 질베르트 베코Gilbert Bécaud[1]의 곡이었는데 그 영역판이 수많은 히트를 양산한 〈내 곁에 있어주오Let It Be Me〉,

1 프랑스의 가수이자 작곡가

그 곡을 커버하고 있는 에벌리 브라더스의 〈마리에게 보내는 메시지Take a Message to Mary〉, 고든 라이트풋Gordon Lightfoot 〈아침의 비Early Mornin' Rain〉, 엘비스 프레슬리(멤피스라는 점에서는 깊숙이 이어져 있다) 음반을 강하게 느끼게 해주는 스탠다드의 〈블루문Blue Moon〉 등을 밥은 여러 가지 형태로 부르고 있다. 〈슬픈 복서를 노래하다The Boxer〉에서는 매끈한 밥의 목소리와 까칠한 밥의 목소리로 노래하는 1인 2중창도 들을 수 있다.

《자화상Self Portrait》에는 은둔 생활 후의 성과를 전하는 측면이 당연히 있었다. 그렇기 때문에 제목도 '자화상=최근 3년간의 나의 흥미'라는 메시지일 것이다. 하지만 그것은 '팝 컨트리 의장意匠'에 의해 록만을 추구하는 사람들에게는 느껴지기 어려운 구조였다는 것 역시 사실이다. '자화상'이라면 적나라한 심정이 분출될 거라고 자기 맘대로 기대하는 것도 상대가 밥이기 때문이기는 하다. 하지만 당사자인 밥은 그러한 당치않은 기대에 매우 곤혹스러워 하고 있었다.

《자화상Self Portrait》은 1970년 6월 8일 발매되자마자 각 방면에서 혹평을 받았다. 이제 더 이상 도무지 갈피를 잡을 수 없는 밥의 마음을 애써 이해하려 하지 않겠다, 아니 이해의 범주를 초월해버렸기 때문에 이해할 필요조차 없다, 라는 논평자의 생각이 노골적으로 드러난 것들이 많았다. 과연 밥의 의도는 달성되었던 것이다.

이 앨범에는 컬럼비아 레코드사 측도 매우 의문을 가진 듯해서 첫 번째 출하 음반은 극히 적었다. 하지만 바로 판매량이 호조를 띠며 결국 전미에서 4위, 영국에서는 다시금 수위를 기록했다.

시간이 흘러 현재 다시금 들어보면 밥이 사회를 본 라디오 프로그램 「테마 타임 라디오 아워Theme Time Radio Hour」의 솔직하면서도 역사를 바탕으로 한 자양분을 느끼게 해주는 선곡에 극히 가까운 분위기가 《자화상Self Portrait》에서 발견된다.

여성 코러스가 리드하는 오프닝곡이나 기악곡Instrumental[1] 작품 등의 안배도 '음악 버라이어티 프로그램'의 색채, 광고 음악 같은 것이라고 생각한다. 마음에 드는 곡을 트는 대신 밥이 직접 노래를 불러주는 라디오 프로그램의 음반화. 그렇게 생각하면 《자화상Self Portrait》은 엄청난 호사를 누릴 수 있는 앨범이다.

1 가창을 동반하지 않는 음악이나 가곡에 있어서 가창 이외의 파트만으로 연주한 것 등을 가리킴

1969년 8월 31일 밤은 영국의 와이트섬 팝 페스티벌에 더 밴드와 함께 출연했다. 오랜만에 참가하는 본격 라이브다. 이 때의 노랫소리는 매끈한 목소리와 탁한 목소리의 중간 정도였다. 이 페스티벌에는 비틀즈의 존, 조지, 링고가 밥을 만나기 위해 찾아왔다. 밥과 세 사람은 잼 세션도 하며 옛정을 돈독히 했다.

이런 저런 것들을 생각나는 대로 녹음해가며 자연스럽게 밥의 내면에서 작곡에 대한 욕망이 조금씩 고조되어간다.『자서전』에 의하면 1968년 아버지 에이브러햄의 장례식 직후, 시인 아치볼트 맥클리시Archibald MacLeish의 『스크래치Scratch』 상연용으로 새로운 악곡 제공을 의뢰받았다. 그 무렵에는 아직 곡을 만들겠다는 밥의 열정이 미약했다. 결국 이 계획은 좌절되어버리지만 밥에게는 몇 개인가의 신곡이 남게 되었다.

1969년 9월부터 밥은 다시금 그리니치 빌리지에 주거지를 마련했다. 그래서 《자화상Self Portrait》용 리코딩도 후반은 뉴욕에 있는 컬럼비아 레코드사 스튜디오로 장소를 옮겨 진행되었다. 그것이 다소 '자작곡 녹음'으로의 흐름에 영향을 주었을지도 모른다. 《자화상Self Portrait》용 녹음은 1970년 3월 종료된다. 내슈빌 세션의 열기가 아직 남아 있는 동안 해치워버리자고, 프로듀서인 존스톤은 생각했을지도 모른다. 5월 상순부터 뉴욕에서 리코딩이 재개된다. 존스톤은 《자화상Self Portrait》 세션에서 상당히 좋은 느낌을 감지했다. 지속하는 것이 사태를 호전시키리라고 예감했다.

밥의 가슴 깊숙한 곳은 여전히 '이미지 해체 작업 중'이었다. 새롭게 만든 곡들과 맥클리시 희곡용으로 쓴 곡들 중 몇 곡을 리코딩한다. 알 쿠퍼, 데이비드 브롬버그David Bromberg, 찰리 대니얼스Charlie Daniels, 거기에 밥이라는 심플한 편성이었다.

그런 시기에 비틀즈 멤버 조지 해리슨George Harrison이 밥을 방문한다. 밥은 해리슨이 가세한 세션도 녹음하고 앨범을 만들어가면서 전체상을 찾아갔다. 바로 그 앨범이 《새 아침New Morning》이라는 제목으로 1970년 10월 21일 발매된다.

《New Morning》 1970년

목소리는 다시금 《존 웨슬리 하딩John Wesley Harding》 무렵으로 돌아와 있었다. 《내슈빌 스카이라인Nashville Skyline》에서 매끄러운 미성이 된 것은 "담배를 끊어서"라고 밥은 시치미를 뗐지만

《새 아침New Morning》을 듣고 많은 사람들이 "아아, 금연은 실패했나?"라며 기뻐했다. 블루스, 컨트리, 가스펠, 재즈 포엣Jazz Poet 등 다양한 종류를 담아냈고 산뜻함도 묻어나는 앨범이었다. 조지가 참가한 곡은 수록되지 않았지만 오랜만에 '밥의 시'를 들을 수 있었다는 점에서 과거로부터 이어진 밥의 팬들은 안도했다.

감상적이고 활기가 결여되어 있다는 부정적인 평가도 있는가 하면 과거의 밥이 돌아왔다고 절찬하는 평가도 있었다. 밥은 양쪽 모두 좋은 징조라고 받아들였다.

> "이 앨범이 미국을 얽매고 있는 것들에 직접적인 영향을 끼치는 것이 아니며, 현 상태를 위협하는 것도 아니라는 점은 분명했다."

조지도 앨범에서 다룬 〈당신이 없다면If Not for You〉, 1970년 6월 9일 프린스톤대학에서의 명예음악박사 학위 수여식의 인상을 노래한 〈메뚜기들의 날Day of the Locusts〉, 엘비스 프레슬리와 만난 날에 대해 적었다는 소문이 있었던(밥은 실제로는 "엘비스를 만난 적은 없다"고 훗날 말하고 있다) 〈집시 만나러 갔지Went to See the Gypsy〉. 조용하고 담담한 호기심 같은 것이 전체적으로 느껴진다. 앨범 재킷에 보이는 밥의 눈빛이 그것을 상징적으로 전하고 있었다.

〈내 안의 남자The Man in Me〉에서 밥은

"내 안에 있는 사내는 때때로 발견되지 않도록
숨을 것이다
하지만 그것은 뭔가의 기계 같은 것이
되고 싶지 않다는, 오직 그것뿐이다
그대 같은 여자가 필요했다
내 안의 그 남자가 되기 위해서는"

이라고 노래하고 있다. 〈새 아침New Morning〉에서는

"그대의 미소를 보면 행복하다
파란 하늘 아래서 그대와 함께 새 아침에"

라고 명랑하게 선언한다. 한편

"만약 개가 자유롭게 달릴 수 있다면
왜 우리들은 그렇게 할 수 없는 걸까
될 만한 것은 그렇게 된다

그저 그것뿐이다

진실한 사랑에 길동무는 필요 없다

그것은 영혼을 치유하고 완벽한 것으로

만들 수 있다"

고 말하는 〈개들이 자유로이 달릴 수 있다면If Dogs Run Free〉도 있다.

새로운 의욕과 가정을 가진 사람으로서의 기쁨, 사라지지 않는 근심이 《새 아침New Morning》에는 혼재한다.

판매는 호조를 보였다. 전미 7위, 영국에서는 이번에도 역시 정상을 차지했다.

밥은 우드스톡 음악 예술 축제The Woodstock music and art fair에도, 알타몬트 무료 콘서트Altamont Free Concert에도, 그 어떤 반전 록 이벤트에도, 참가는커녕 구경조차 가지 않았다. 기만과 선동의 저널리즘도 밥 주변으로부터 어느새 사라졌다. 밥이 '자화상'을 모색하고 있을 무렵, 인류는 아폴로 11호로 달 표면에 발자국을 남기는 데 성공했다.

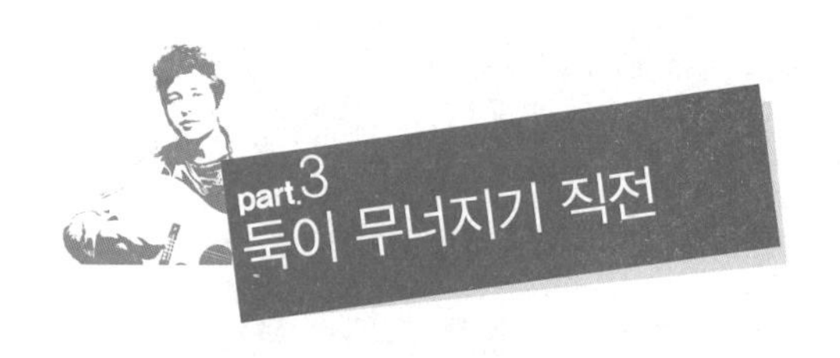

다시금 무대 위로

리언 러셀Leon Russell과 그 동료들이 반주를 담당한 밥의 싱글 앨범 《흘러가는 강물 보기Watching the River Flow》가 발매된 지 2개월 정도 후인 1971년 8월 1일, 밥은 매디슨 스퀘어 가든Madison Square Garden에서 조지 해리슨이 개최한 방글라데시 구제 콘서트Concert For Bangladesh에 출연했다. 2년 만에 오른 무대, 인도적 지원을 목적으로 하는 자선공연이다. 아마도 밥은 가정적인 사람이자 한 명의 친구로서 조지의 취지에 찬동했을 것이다. 리언 러셀의 베이스, 조지의 기타, 링고 스타의 탬버린이라는 반주와 함께 어쿠스틱 기타와 하모니카로 다섯 곡을 불렀다.

몇 년인가 훗날 이 무대 영상이 공개되었을 때 밥이 하모니카 홀더를 늘어뜨리고 데님으로 된 자켓이라는 캐주얼 복장을 하고 있는 것을 보고 놀라 쾌재를 부른 일본인들이 많았다. 담담하게 그저 노래하고 있는 존재감의 무게에 깊은 감동을 받았다.

1970년 4월 그로스맨과의 매니지먼트 계약이 기한 만료를 맞이한다. 밥은 계약을 갱신하지 않았다. 음악 출판 업무, 매니지먼트 관리는 밥의 스태프가 인계받았다. 요컨대 밥은 주위의 도움을 빌리면서 자기가 자기 스스로를 관리하게 되었다. 밥의 활동에 대해 옆에서 참견할 인간은 더 이상 존재하지 않았다.

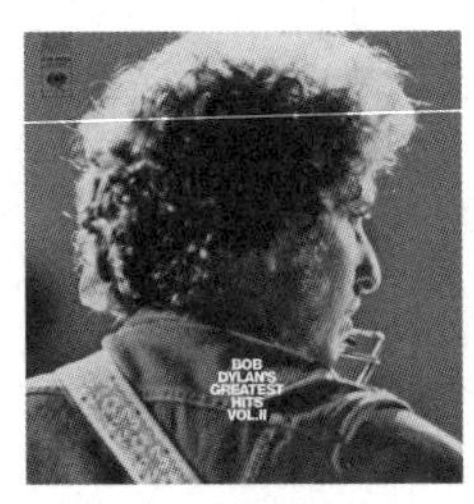

《Bob Dylan's Greatest Hits 제2집》 1971년

1971년 11월에는 1960년대 후반의 대표곡들과 새로운 녹음, 신곡 등을 포함한 6개의 앨범 미수록곡도 수록한 두 장 세트의 LP《밥 딜런 베스트 앨범 제2집Bob Dylan's Greatest Hits Vol. II》이 발표되었다. 앨범 재킷에는 방글라데시 콘서트 때의 밥의 사진이 사용되었다. 〈난 해방될 거야I Shall Be Released〉, 〈넌 아무데도 못 가You Ain't Goin' Nowhere〉, 〈홍수 속에서Down in the Flood〉 등 세 곡은 옛 친구 해피 트라움Happy Traum과 뉴욕에서 녹음한 것으로 모던 포크 냄새가 물씬 풍기는 연주다. 1963년 4월 타운 홀의 녹음에 의한 〈내일은 긴 시간이리Tomorrow Is a Long Time〉

에는 젊음이 조용히 빛나고 있다. 이 곡은 엘비스가 커버했던 유일한 밥의 작품이기도 하다. 앨범은 250만 세트가 판매되는 히트작이 되었다.

같은 해 또다시 신작 싱글을 발표한다. 캘리포니아주 샌퀸튼 교도소San Quentin State Prison에서 일어난 죄수 살해 사건을 테마로 한 〈조지 잭슨George Jackson〉이란 곡이었다. 가스펠풍의 저항 노래다. 1971년에는 섣달 그믐날 더 밴드의 새해맞이 라이브에 게스트로도 출연했다. 멋지고 파워풀한 노래를 선보인다(이때의 모습은 더 밴드의 《록 오브 에이지스Rock Of Ages》의 CD에 보너스 트랙으로 수록되어 있다).

1972년은 앨런 긴즈버그의 세션에 참가하거나 엘비스나 그레이트풀 데드의 콘서트를 보러 다니며 지냈다. 11월에는 샘 페킨파Sam Peckinpah 감독의 서부극「팻 개럿와 빌리 더 키드/ 관계의 종말Pat Garrett and Billy the Kid」에 배우로 출연하고 있다. 음악도 밥이 맡았다. 영화 사운드 트랙에서 〈천국의 문을 두드려요Knockin' on Heaven's Door〉가 싱글로 나와 전미 12위에 랭크인했다. 훗날 수많은 커버송을 양산한 70년대 전반의 밥의 대표곡이라 할 수 있는 작품이 태어난 것이다.

영화는 페킨파와 회사 측이 대립한 결과 산만하게 편집된 것이 결국 공개되었다. 영화 현장을 직접 경험한 밥의 내면에서 빌리 더 키드의 영화「팻 개럿와 빌리 더 키드 / 관계의 종말Pat

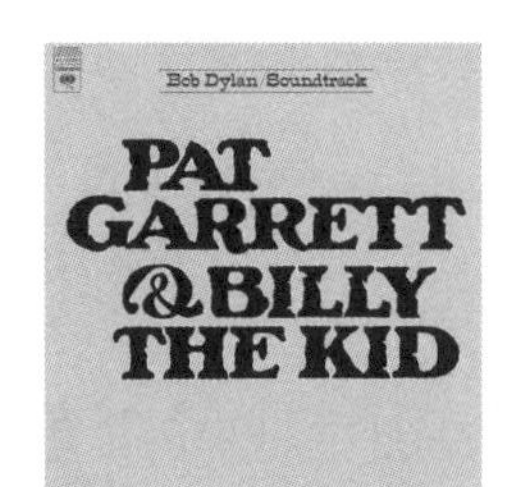

《Pat Garrett and Billy the Kid》 1973년

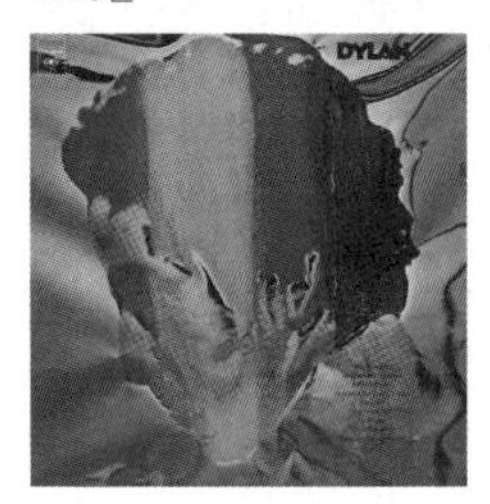

《Dylan》 1973년

Garrett and Billy the Kid」은 새로운 불을 밝힌다.

1973년 7월 사운드 트랙 음반 《빌리 더 키드Pat Garrett and Billy the Kid》가, 같은 해 11월 16일에는 《자화상Self Portrait》의 아웃 테이크집이라 말할 수 있는 《딜런Dylan》이 발매되었다. 〈사랑에 빠지지 않고는 견딜 수 없어Can't Help Falling in Love〉, 〈풀 서치 애즈 아이A Fool Such as I〉, 〈빅 옐로우 택시Big Yellow Taxi〉 등 유명한 명곡, 유명한 커버를 포함한 《딜런Dylan》은 컬럼비아 레코드사와의 계약 종료 정리 작업과 관련된 발매인 듯해서, 밥이 이 앨범에 대해 언급하는 일은 거의 없다. 컬럼비아 레코드사 측으로서는 1967년 이후 밥의 작품에 대한 평가에 골머리를 앓고 있었다는 사정도 있을 것이다. 밥은 컬럼비아 레코드사가 자신을 과소평가하고 있다고 판단하고 재계약을 거부했다.

더 밴드와 앨범을 만들고 전미 투어를 하면서 그 라이브 앨범을 세상에 내놓으면 어떻겠느냐는 제안이 밥에게 들어왔다. 생긴 지 얼마 되지 않았지만 젊은 기세를 느끼게 해주는 회사,

어사일럼 레코드사Asylum Records의 제안이었다. 어사일럼의 오너 데이비드 게펜David Geffen은 더 밴드의 로버트슨과 친해진 후 밥에게 그러한 제안을 건넸다. 이런 계획에는 유명 프로모터인 빌 그래햄도 참여했다. 밥은 제안을 받아들인다.

앨범 제작이 급선무였다. 투어 일정은 1974년 1월 3일부터 시작된다고, 앨범 제작 전 이미 결정되어 있었다. 밥이 더 밴드와 정식으로 스튜디오에서 함께 리코딩하는 것은 '더 밴드'라고 명칭을 바꾼 후 처음이었다. 1973년 여름부터 상황을 살펴가며 리허설을 계속 해왔던 듯하다. 리코딩은 그다지 테이크를 늘리지 않고 종료되었다.

앨범에는 《플래닛 웨이브스Planet Waves》라는 이름이 붙여져 1974년 1월 17일 발매되었다. 투어 중이라는 사정도 있고 해서 급속히 판매 수익을 올려 전미 정상의 자리에 올랐다. 팝 컨트리 색채는 없었다. 밥은 듣는 사람을 고무하는 것처럼 노래했다. 아이들이나 아내 사라를 향하고 있다고 생각되는 곡들이 다수 발견된다. 하지만 모든 것들이 보편성을 가진 내용으로 완성되어 있었다.

투어에서는 대형 스타디움들을 돌았다. 약 40일 동안 21개 도시에서 40회의 공연을 소화했다. 큰 회장에 있는 수많은 관객들을 향한다는 의식이 강하게 작용했는지, 밥은 힘주어 온

《Planet Waves》 1974년

《Before the Flood》 1974년

몸으로 노래하고 있다. 구성은 우선 밥과 더 밴드, 이어 더 밴드의 단독 무대, 밥이 어쿠스틱 기타를 치면서 노래하고 나서 더 밴드가 다시 등장, 다시금 밥과 더 밴드가 함께 막이 내릴 때까지 공연을 하는 형식이었다.

라이브 앨범은 투어 최종일인 로스앤젤레스 공연 연주를 축으로 제작되어 《비포 더 플러드Before the Flood》라는 타이틀로 1974년 6월 20일 발매되었다. 이것도 순조롭게 판매 부수를 올려 전미 3위를 기록했다. 과연 밥 딜런과 더 밴드라고 일본에서도 좋은 평가를 얻었다. 그때까지 밥의 노래를 들어본 적이 없었던 록의 청취자들도 이 앨범에는 마음이 움직여졌다는 목소리를 자주 듣는다.

딜런, 일본에서의 수용

일본에서 밥의 앨범이 데뷔 앨범부터 순서대로 발매되어왔던 것은 아니었다. 일본에서의 데뷔 싱글은 1965년 6월 발매된 《지하실에서 젖는 향수Subterranean Homesick Blues》였다. 앨범은 《밥 딜런 제1집》이라는 이름으로 나온 편집 음반이 최초였다. 1965년 가을 발매된다. 〈구르는 돌처럼Like a Rolling Stone〉, 〈바람만이 아는 대답Blowin' in the Wind〉, 〈전쟁의 귀재들Masters of War〉, 〈너무 깊이 생각하지 마, 괜찮아Don't Think Twice, It's All Right〉 등 오리지널 음반들에서 뽑힌 12곡이 수록되어 있다. 앨범 재킷은 《시대는 변하고 있다The Times They Are a-Changin'》의 사진이 사용되었다. 이후 일렉트릭과 어쿠스틱이 혼재된 편집 음반이 제5집까지 만들어진다(제3집은 밥의 데뷔 앨범 《밥 딜런》 거의 전곡 수록).

1966년에 출판된 악보집 『밥 딜런 모던 포크 앨범 제1집』(일본악보출판)에 수록된 해설에서 음악평론가 나카무라 도요中村とうようは

> "우리들과 동세대의 수많은 사람들이 마음속으로 생각하고 있는 것을 명확하게 말로 표현해준 사람――그가 바로 밥 딜런입니다"

라고 적고 있으며 밥이 이미

"가수로서도 포크송이라는 틀에 얽매이지 않고 자유로운 방식으로 삶을 살아갈 수 있게 되었습니다. 이것을 세간에서는 '포크 록'이라고 부르고 있습니다. 그러나 딜런 자신은 뭐라 불리든 개의치 않습니다"

라는 단계에 진입해 있다고 해설하고 있다. 레코드 회사로서도 포크라고 하기에는 소란스럽고 목소리가 나쁘다고 판단하고 있었기 때문에 '편집'에 이르렀는지도 모른다.

당시를 잘 아는 포크 가수이자 밥의 시집 번역자이기도 한 나카가와 고로中川五郎는 〈바람만이 아는 대답Blowin' in the Wind〉이나 〈전쟁의 귀재들Masters of War〉과 때를 같이 하여 〈구르는 돌처럼Like a Rolling Stone〉이나 〈다시 찾은 61번 고속도로Highway 61 Revisited〉를 들었기 때문에

"좀 뭐랄까, 전부 다 곧바로 받아들일 수 없었다고 해야 할까요(웃음). 어떤 의미에서 호사를 누린 거지만. 뭔가 순서대로 듣고 싶다는 느낌은 있었습니다"(『레코드 컬렉터즈』 2012년 10월호)

라고 말하고 있다.

미국에서의 발매일에 맞추어 일본에서도 오리지널 형태로 발매하게 된 것은 1967년 《존 웨슬리 하딩John Wesley Harding》부터다. 그 이전의 일곱 작품들은 1968년 이후 발매되었다.

그 때문에 일본에서는 애초부터 포크 가수로서의 밥과 일렉트릭한 밥과의 괴리를 그다지 느끼지 못한 채 들어왔던 사람들도 적지 않다. 심지어 일본에서는 1970년부터 몇 년간 매년 연말이 되면 일본에서의 독자적인 선곡을 거쳐 '베스트 음반적인 2매 세트 LP'('기프트 팩'이라 불린다)가 발매되고 있었기 때문에 1967년 이전의 '편집 음반으로 듣는 밥'의 습관은 유지되고 있었다고 생각할 수도 있다.

그 때문에 일본의 경우 밥에 대해 '프로테스트 포크 가수'라고 단순히 파악해버리는 것에 위화감을 느끼는 사람이 40여 년 전부터 적지 않았던 것으로 생각된다. 필자 자신도 그러한 사람들 중 하나다.

순음악가純音楽家 엔도 겐지遠藤賢司는 1965년 라디오에서 흐르던 〈구르는 돌처럼Like a Rolling Stone〉을 듣고 "나도 노래해도 된다"라고 생각하고 곡을 만들었고 노래를 부르게 되었다고 발언한다. 만화가 미야야 가즈히코宮谷一彦는 자신의 신변에 대한 수필을 쓴 1969년 작품의 제목을 『구르는 돌처럼Like a Rolling Stone』이라고 정했다. 오카바야시 노부야스岡林信康가 1969년 발표한 데

뷔 앨범 《나를 단죄하라わたしを断罪せよ》에는 어쿠스틱한 일본어 번역 가사를 넣은 〈전쟁의 귀재들Masters of War〉과, 〈구르는 돌처럼Like a Rolling Stone〉의 영향이 현저한 록 타입의 곡 〈그래서 자유로워졌느냐それで自由になったのかい〉가 수록되어 있다. 일본에서도 밥의 작품에 독자적인 일본어 가사를 달아 노래하는 사람들이 다수 존재한다.

프로테스트송이나 포크송 가수로만 밥을 평가하는 사람들도 물론 있다. 하지만 그렇게 '딱딱한(융통성 없는) 사고'는 비판의 대상이 될 수는 있겠지만, 사실 1960년대 말 이후 추종자를 낳은 흔적은 거의 없다. 1971년 평론가인 하마노 사토루浜野サトル는 이렇게 적고 있다.

> "(밥 딜런의) 프로테스트송의 포기는 단순히 프로테스트송 포기로서의 의미만 지닌 것이 아니다. 딜런은 그 순간, 노래가 가진 표현의 극한적인 존재 방식을 향한 첫 걸음을 확실히 밟기 시작했던 것이다."(「끝없는 끝—밥 딜런 노트終りなき終りーボブ·ディラン·ノート」『뉴 뮤직 매거진』 1971년 2월호)

혜안이다. 하마노는 밥의 발걸음을 하나씩 짚어가며 1971년 당시의 밥을 어떻게 평가할지 시도하고 있다. '포크 vs 록'이라는 도식은 본질을 벗어난 비판의 대상일 뿐이었다. 나아가 《내슈빌 스카이라인Nashville Skyline》의 불가사의함에 대해 하마노는 다음과 같이 지적한다.

> "하나의 표현의 배후에는 표현자의 생활자로서의 삶의 복잡함이 존재한다.
>
> (중략) 《내슈빌 스카이라인Nashville Skyline》의 배후에는 깊은 절망이 존재하고 있다. 거기서 우리들은 한 개인이 가진 가능성의 한계와 홀로 가는 자의 노정이 얼마나 가혹한지 발견해야만 할 것이다."(전게서)

이 원고가 나온 지 33년 후에나 세상에 발표된 밥 딜런의 『자서전』을 미리 모조리 읽어버렸나 싶을 정도로 정확한 지적이다.

순서대로 듣지 못했던 것이 밥 딜런이라는 묘한 인간에 대해 고찰해보고 싶어지는 욕망을 조장했다고 생각할 수 있다. 오히려 일본에서 딜런을 좋아하는 사람, 딜런을 논하는 자, 딜런에 대해 생각하는 인물들이 다수 배출된 원인이 되고 있는 것은 아닐까 싶기도 하다.

라이브를 직접 볼 기회도 없었지만, 아무래도 밥과 더 밴드는 정말 엄청난 것 같다는 소문이, 1972년 무렵 일본의 록 팬들 사이에 돌고 있었다. 실제로 귀에 접할 수 있었던 밥과 더 밴드의 공연 음원은 《블론드 온 블론드Blonde on Blonde》의 1곡, 우디 거스리 메모리얼 콘서트 라이브 음반에 나오는 3곡, 그리고 《자화상Self Portrait》에 수록된 와이트섬 음악축제의 라이브 4곡이었다. 그것뿐이었음에도 불구하고 그런 평판을 받았던 것은 해외의 좋은 평판을 전달하는 자들이 당시부터 다수 있었다는 것을 의미한다. 《플래닛 웨이브스Planet Waves》와 《비포 더 플러드Before the Flood》는 그런 일본의 '실체 약한 정평'에 대해 드디어 근거를 제시해준 두 편의 앨범이었다.

록으로 되찾다

밥의 힘찬 노랫소리와 더 밴드가 내리치는 강렬한 비트가 결합하여 탄생한 멋진 음악은 다른 그 어떤 시절의 밥의 작품보다도 공격적이었고 강렬했으며 안정감과 긴장감으로 가득 차 있었다. 더 밴드도 미국의 전통적인 음악을 바탕으로 새로운 곡들을 다시 태어나게 하는 록 밴드로 높은 평가를 얻으며 성장하고 있었다.

《비포 더 플러드Before the Flood》에는 《플래닛 웨이브스Planet Waves》의 곡은 수록되지 않았고 밥이나 더 밴드가 이미 알고 있는 곡들로 완성되어 있다. 신곡이라면 더 밴드의 〈엔드리스 하이웨이Endless Highway〉뿐이었다. 하지만 이 라이브 음반은 밥의 무대가 얼마나 강렬한지 깊은 인상을 심어주었다. 오리지널 앨범에서는 그 매력이 음반마다 각양각색으로 전달되고 있어서 밥의 인상이 일정치 않다. 밥이 그때 그때 가졌던 흥미에 따라 앨범을 만들어왔기 때문이다. 하지만 밥의 첫 라이브 앨범인 《비포 더 플러드Before the Flood》는 지나치다고 할 정도로 명확한 것이었다.

1965년~1966년의 투어와 거의 비슷한 멤버들로 구성된 투어였지만 시간이 흘렀기에 야유하는 관객들은 사라진 상태였다. 하지만 밥은 1974년 투어에 대해 훗날 이렇게 말하고 있다.

> "나는 밥 딜런을, 더 밴드는 더 밴드를 연기하고 있었을 뿐이었다. 어리석은 일이었다. ……그 투어에서 우리들이 받았던 가장 큰 칭찬은 '믿기 어려운 에너지다'란 것이었다. 그 말을 들으면 구토가 나올 것 같다. ……우리들은 기대에 응했다. 무의미하지는 않았다고 생각하지만."(《바이오그래프》 1985년, 라이너 노츠)

밥은 청중들의 기대에 부응하고자 필사적이었다고 생각된다. 그 때문에 강하고 큰 목소리로 계속 노래했다. 넓은 공간이었기 때문에 큰소리를 내는 것이 당연하다고 생각했을지도 모른다. 밥이 잊고 있던 로큰롤을 되찾았다고 평가하는 자들도 있었다. 1966년 이후 가족, 가정이 생활의 중심이었지만 1974년 투어는 오랜만에 찾아온 '사라가 없는 나날'이었다.

투어 전년도에 밥은 캘리포니아로 이사했다. 광대한 토지를 구입했고 개축에 개축을 거듭하고 있었다. 사라의 희망이 계속해서 부풀어 올라 공사는 언제 끝날지 모를 지경에 이르렀다. 밥과 사라는 그것이 원인이 되어 대립하는 일이 많아졌다. 잦은 대립으로 관계는 계속 악화될 뿐이었다. 밥은 투어 이후 걸프렌드를 몇 명이나 만들게 된다.

1974년 봄, 서로의 감각은 더욱 크게 엇갈리기 시작한다. 밥이 노먼 레벤이라는 화가에게 그림을 사사 받은 일이 발단이 되었다. 레벤은 그림을 그리는 것의 원리를 추상적이며 인상적으로 밥에게 가르쳤다.

밥 앞에 화병을 놓고 30초 정도 지나면 그것을 밥의 눈앞에서 치운다. 그리고는 "자, 화병 그림을 그려보세요"라고 레벤은 명령했다. 밥은 그리기 시작했지만 화병에 대해 무엇 하나 떠올릴 수 없었다고 한다. 밥은 2개월간 레벤에게 그림을 배우러 다녔다.

"그는 이전에 무의식적으로 느꼈던 것들을 의식적으로 할 수 있는 방법으로 나의 마음과 손과 귀를 하나로 만들어주었다"

고 밥은 말하고 있다.

집으로 돌아와 밥은 사라에게 레벤한테 배운 것들을 설명했지만 그녀에게는 이해가 불가능했다. 밥의 생각을 이야기해도 사라에게는 점차 통하지 않게 되었다. 밥은 몇 년 후 "우리들의 결혼생활이 파탄나기 시작했던 것은 그 무렵부터였다"(「텍사스 모닝 뉴스」 1978년 11월 23일자)고 말하고 있다.

레벤과의 교류가 밥에게 창작 의욕을 되살아나게 했다. 그 결과 태어났던 것이 《트랙 위의 피Blood on the Tracks》다. 밥은 말한다.

"한 장의 그림 같은 노래를 만들고 싶었다. 회화처럼 일부분만을 볼 수도 있고 전체를 볼 수도 있는 노래다. 〈우울로 뒤엉

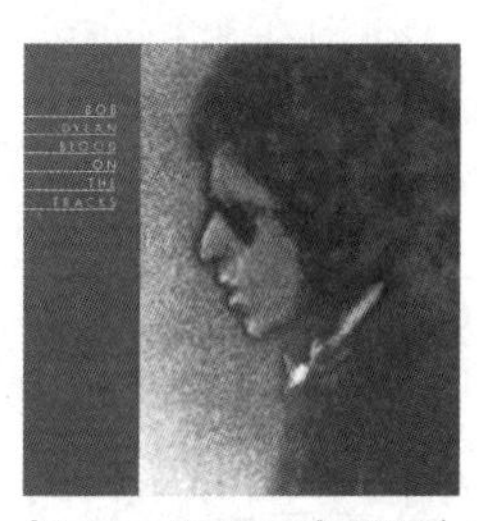

《Blood on the Tracks》 1975년

킨 채Tangled Up in Blue〉에서 그것을 시험해보았다. 시간의 개념과 등장인물들이 1인칭에서 3인칭으로 변하는 방법을 시험해본 결과, 듣는 사람에게는 3인칭 인물이 말하고 있는지, 혹은 1인칭 인물이 말하고 있는지 명확히 알 수 없게 된다. 하지만 전체를 거시적으로 조망할 때 그것은 아무래도 상관없었다."

1974년 8월 1일 밥은 어사일럼 레코드사와의 계약 갱신을 중지하고 주저 없이 컬럼비아 레코드사와 재계약해버린다. 어사일럼 레코드사에서의 좋은 성적표가 컬럼비아 레코드사로부터 좋은 조건을 이끌어내는 결과를 낳았다.

그 해 여름 밥은 미니애폴리스에서 지내면서 곡을 쓴다. 교외에 농장을 사서 농민들에게 빌려주고 오래된 가옥을 주거지 삼아 인접한 헛간을 아트 스튜디오로 다시 만들었다. 밥의 동생 데이비드가 거기로 이사를 와서 밥의 집 인근에 집을 짓고 살기 시작했다. 밥의 입장에서 그곳은 그 후에도 여름과 겨울의 휴가 기간을 남동생 일가나 모친, 아이들과 지내는 소중한 거점이 되었다.

레벤의 영향이 밥의 시를 보다 다각적으로 만들어주었다. 직유와 은유의 교차, 정경묘사의 시점 변화, 인물들의 교차가 복잡해지며 이야기는 장편이 되었다. 〈멍청이 바람Idiot Wind〉에서는 분노를 노골적으로 드러내며 연인에게 쏟아내고 있다. 기존의 작품들에서는 없었던 그림의 영상이 각각의 곡들 중에 떠오른다. 밥의 실생활에 존재했던 괴로움 속에서 태어난 곡들뿐이다.

녹음은 1974년 9월 시작되었다. 뉴욕에서 일단 완료되었지만 마음에 들지 않아 12월에 미니애폴리스에 돌아올 즈음 동생 데이비드(미니애폴리스에서 음악 프로듀서를 하고 있었다)의 조력을 얻어 그 지방 뮤지션들을 불러 몇 곡인가 다시 녹음했다. 납득이 가는 간결한 사운드로 최종 완성되었다. 《트랙 위의 피Blood on the Tracks》는 1975년 1월 20일 발매되었다. 미국에서는 1위, 영국에서는 4위를 기록했다. 미니애폴리스에서 다시 녹음하기 전에 만들어놓았던 첫 번째 음반 앨범 재킷 안에는 작가 피트 해밀Pete Hamill이 쓴 격찬의 라이너 노츠가 게재되어 있었다. 하지만 두 번째 찍을 때부터는 삭제되어버렸다.

지방 순회 유랑 악단

《트랙 위의 피Blood on the Tracks》는 음악적으로나 상업적으로나

밥 딜런 콘서트(뉴욕 매디슨 스퀘어 가든) 1974년

밥의 입장에서 만족스러운 앨범이었다. 완성 후 한동안 파티나 이벤트 참가 등을 하며 지냈다. 오랜만에 사라와 함께 있는 모습이 목격되었지만 표정은 밝지 않았다고 전해지고 있다.

1975년 4월 23일 포드 대통령은 베트남 전쟁의 종결을 선언한다.

캘리포니아 집에는 머물기 힘겨웠는지 밥은 1975년 여름, 그리니치 빌리지에서 장기간 체재했다. 잭 엘리엇이나 밥 뉴워스 등과 이야기를 나누다가 그들의 라이브에 손님으로 초대받게 된다. 그들의 무대 뒤에서 일하고 있던 믹 론슨Mick Ronson[1], 롭 스토너Rob Stoner 등과의 교류도 그 때문에 시작되었다. 연출가이자 작사가인 자크 레비Jacques Levy와 어느 날 길에서 우연히 마주치게 된 것을 계기로 공동으로 곡을 만들게 되었다. 옥중에서 자신의 무죄를 호소하는 루빈 허리케인 카터Rubin Hurricane Carter에 대해 묘사한 노래 〈허리케인Hurricane〉도 태어났다. 밥은 형무소로 카터를 방문하여 지원을 약속한다. 밥과 레비는 많은 곡들을 공동 작곡했다. 밥의 추상적 표현을 레비가 구체적으로 표현해내는 작업은 매우 효율적이었다. 밥은 리코딩에 착수한다.

1975년 7월 리코딩이 시작되었다. 우선 20명이 넘는 뮤지

1 글램록의 거장 데이비드 보위의 기타리스트

션들이 한 자리에 모여 그중 몇 사람씩 세션을 만들어간다. 누가 들어오고 누가 나가는지 분명치 않았다. 몇 번인가 그런 상황이 반복된 후 일단 세션은 해산되고 곧바로 작은 규모의 편성 세트가 만들어진 후 곡이 완성되어갔다. 바이올린을 담당한 스칼렛 리베라Scarlet Rivera는 바이올린을 들고 걸어가다가 밥에게 작업 합류를 권유받았다고 한다.

신화를 모티브로 한 이야기, 여성에 대한 연정의 변주, 사회현상을 연극적으로 그려내거나 아이러니한 웃음도 있었다. 리코딩 현장에 느닷없이 모습을 드러낸 사라 앞에서 불렀다고 전해지는 순애의 노래 〈사라Sara〉, 억울하게 쓴 누명을 규탄하는 〈허리케인Hurricane〉도 있었다.

이 세션과 그리니치 빌리지에서의 교우 관계를 바탕으로 밥은 음악과 함께 작은 마을들을 찾아다니는 유랑 공연을 실행한다. 이 구상에 대해서는 1960년대 중반 무렵 밥한테 이미 들었다고 로비 로버트슨은 말하고 있다.

"집시나 카라반처럼 자연스럽게 사람들이 모이고 다양한 곳에서 자유롭게 연주하며 동시에 그것이 하나로 통일성을 가질 수 있는 투어를 하고 싶다고 밥은 말했다."

구체적으로 움직인 것은 1975년 봄이다. 1976년이 미합중국 건국 200년에 해당되는 해라는 사실은 당시 밥의 머릿속에는 없었다. 1974년의 투어가 1만 명이상 수용하는 대규모 홀이나 스타디움을 돌아다닐 뿐인, 성장산업으로서의 록을 상징하는 것이었다는 사실에 대한 반동 때문에, 그와 정반대로 이 같은 소규모 투어가 구상된 것이 아닐까 하는 시각도 강하다. 이탈리아 즉흥 희극 유랑 연예인 코메디아 델라르테Commedia dell'arte나 미국의 「메디슨 쇼」의 '밥 딜런과 그 친구들 버전'이다. 조직화되고 음악 비즈니스맨이 활개치는 '레코드를 팔기 위한 투어'에 대한 반발이 존재했던 것은 확실할 터이다. 소박하고 기상천외하면 더더욱 좋다. 일찍이 밤이면 밤마다 가수들이 관객들과 함께 기뻐했던 1960년대의 그리니치 빌리지의 분위기와도 일맥상통하는 부분이 있었다.

조용하지만 부산하게 사람들이 들락날락하며 반주가 늘어나거나 줄어들거나, 노래를 부르는 사람이 이 사람에서 저 사람으로 바뀌는 순회 유랑 공연. 악단의 기초에는 롭 스토너, 스칼렛 리베라 등, 리코딩 작업의 소장파 조를 배치한다. 밥은 잭 엘리엇, 로저 맥귄Roger McGuinn 등에게 참가를 요청했고 1965년 헤어진 이후 거의 만날 일이 없었던 존 바에즈에게도 말을 건넸다.

친구가 친구에게 서로 서로 이야기를 건네며 참가자는 점차 늘어갔다. 킹키 프리드먼Kinky Friedman, 티 본 버넷T-Bone Burnett, J.스티븐 솔즈J. Steven Soles, 앨런 긴즈버그, 데이비드 맨스필드David Mansfield가 참가했고 로버트 알트먼Robert Altman 감독의 영화 「내쉬빌Nashville」에 주연으로 출연했던 여배우 로니 블레이클리Ronee Blakley도 여행 멤버가 되었다.

떠돌이 예능인이 된다는 것은 그때까지의 뮤지션 활동의 연장이긴 했지만 자세가 다소 달라진다. 비일상적인 영위가 첨가되기 때문이다. 밥은 이 투어를 영상으로 남기는 것에 대한 아이디어를 생각해낸다. 그것도 그저 기록만 하는 것이 아니다. 출연자, 여행 대동자들의 연기도 수록한다. 투어의 연주씬, 무대 뒤편의 모습, 여행 중의 대화, 그리고 여행을 하면서 생각이 떠오른 대본에 의한 연극이 첨가된다. 최종적으로 그런 모든 것들이 밥의 손을 거쳐 하나로 완성된다.

밥은 그를 위해 두 개의 조로 나누어 촬영반을 편성했다. 각본 담당으로 샘 셰퍼드Sam Shepard를 동행시켰다. 하지만 셰퍼드가 밥의 방식을 이해하는 것은 쉽지 않았다. 영화에 관해서는 동행자 전원이 밥의 구상과 방법을 이해하지 못했던 것 같다. 밥은 연기에 대한 사소한 지도나 대사를 전하는 경우는 있었지만 연출이라 부를 만한 연출은 거의 하지 않았다.

면담하고 있을 때 밥은 셰퍼드에게 프랑수와 트뤼포François Truffaut 감독의 영화 「피아니스트를 쏴라Tirez sur le Pianiste」를 본 적이 있는지 물었다. 그런 영화를 만들고 싶은 거냐고 셰퍼드가 되묻자, 밥은 "그런 영화다"라고 대답했다고 한다.

밥의 영화 타이틀은 「레날드 & 클라라Renald & Clara」. 여행이 진행되어도 밥이나 셰퍼드나 대본을 전혀 쓰지 않았다. 셰퍼드는 대본이 만들어져 있는 것처럼 동행자, 출연자들에게 보여주기 위해 자기를 부른 거라는 생각까지 하게 되었다.

1975년 10월 23일 여행을 미리 축하하기 위해 투어 참가자 일동과 촬영팀은 포크 시티에 집합했다. 그 날은 가게의 오너, 마이크 포코의 61번째 생일날이었다. 생일 파티와 결기 집회가 합체한 듯한 자기들끼리의 무대가 펼쳐졌다.

투어에는 '롤링 썬더 레뷰Rolling Thunder Revue'라는 이름이 붙여졌다. 밥은 계획 초기 단계에서 멕시코 아스텍Aztec 왕국 마지막 왕의 이름을 넣은 '몬테즈마Montezuma 레뷰'라는 명칭에 대해 고려했다고도 전해진다. 밥은 '롤링 썬더'에 대해 그저 정원에서 투어 명칭을 생각하고 있는데 천둥소리가 났기 때문이라고 말했다. 밥은 훗날 '롤링 썬더'가 네이티브 아메리칸의 가르침으로 '진실을 말한다'라는 의미를 가진다는 사실을 알고 무척 기뻐했다.

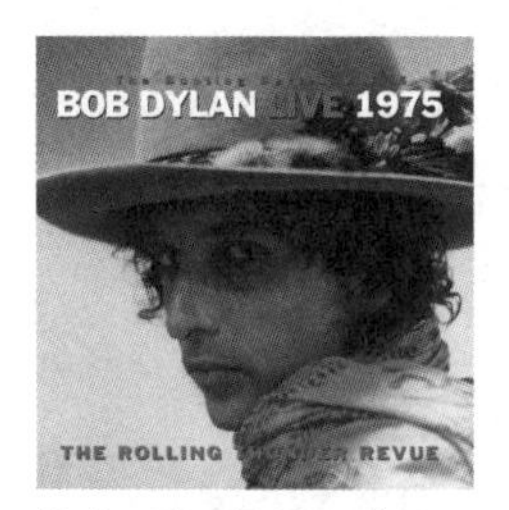

《Rolling Thunder Revue》
(THE BOOTLEG SERIES 제5집)
2002년

원래 밥은 전원이 열차로 이동할 것을 꿈꾸고 있었지만 실질적으로 그것은 불가능하기 때문에 버스와 캠핑카를 끌고 미국 북동부 여기저기를 돌아다녔다. 자그마한 공간을 가명으로 빌리고 쇼가 시작되기 1주일 전 고지 삐라를 배포하는 선행 부대를 현지 대학 캠퍼스에 들여보낸다. 티켓은 구두로 팔린다. 쇼의 전날 밤 그 마을로 가고 끝나면 바로 다음 지역으로 이동했다. 일행은 총 70여 명이나 되었다.

1975년 10월 30일 여행은 매사추세츠 주 프리머스에서 막을 올렸다. 1620년 배를 타고 영국에서 건너온 청교도들이 최초로 상륙한 땅, 미합중국 건국의 기점이다. 연출 담당 자크 레비의 아이디어일지도 모른다.

한 번의 쇼는 서너 시간이나 될 정도로 긴 시간이었기 때문에 관객들은 예측할 수 없는 공간에 들어가 긴장감 속에서 무대에 몰입했다. 관객들 대부분 이런 콘서트는 처음으로 경험했을 것이다.

투어 일행은 밥의 아이디어를 바탕으로 한 즉흥 연기 장면 촬영 때문에 종종 멈춰야 했다. 출연자들로서는 그때그때 지

명당한 사람이 밥이 말하는 장소로 끌려가 거기서 뭔가를 한다는 것이었다. '뭔가'라고는 해도 아무런 테마도 없는 경우도 많아서, 그저 잡담이나 일신상에 대한 이야기가 수록되는 경우가 대부분이었다.

참가자들은 날이면 날마다 늘어간다. 밥의 옛날 걸프렌드가 어느새 합류하는 경우도 많았다. 사라도 동행하고 있었다. 사라가 영화 안에서 창부 클라라 역을 맡았기 때문이다. 그 클라라에게 쫓기는 레날드 역이 밥이다. 요컨대 밥 부부가 주연인 극영화에 시사 풍자극이 끼어들어 있는 구조였다.

하지만 이해하기 힘들게도 영화에서는 밥 딜런 역으로 로니 호킨스가, 그 애인 역(사라에 해당하는 인물)으로 루스 티란기엘(훗날 밥에게 위자료 청구 소송을 일으킨다)도 출연하고 있었다. '현실과 허구'가 '반쯤 현실과 반쯤 허구'가 되어 합체하고 있기 때문에 대사가 무엇에 대한 이야기인지 분명치 않은 장면이 속출한다.

하지만 무대의 모습은 무척 약동적이었다. 다른 상황에서는 결코 느낄 수 없는 기묘한 긴장감이 「레날드 & 클라라Renald & Clara」에는 존재했다. 방대한 양의 촬영 필름은 그 후 1년 이상 걸려 밥의 감수로 편집되었고 4시간의 작품으로 완성된다. 1978년 도시부 극장에서 일부 공개되었는데 단 일주일 만에 상영이 끝나버렸다. 밥은 이루 말할 수 없을 정도로 뼈아파하며 어쩔 수 없이 2시간짜리 단축판도 곧바로 만들었지만 이 역시 매우 평판이 나빴다. 일본에서는 1978년 2시간짜리가 단기간 공개된 적이 있었다.

롤링 썬더 레뷰는 1975년 12월 8일 루빈 허리케인 카터의 변호 비용 조달 자선 이벤트로 뉴욕 매디슨 스퀘어 가든에서 행해진 쇼를 끝으로 일단 막을 내린다. 미 북동부, 토론토, 몬트리올을 돌아 도합 31회 공연되었다. 그 첫 번째 시기의 라이브 음원은 2002년 부틀렉 시리즈 《롤링 썬더 레뷰Rolling Thunder Revue》(《더 부틀렉 시리즈 제5집》)로 발표되었다. 활기찬 노래와 연주를 들을 수 있다.

《Desire》 1976년

해가 바뀌어 1976년 1월 16일 《욕망Desire》이 발매된다. 롤링 썬더 레뷰의 기점 중 하나가 되었던 1975년 7월 세션을 수록한 앨범으로 평판은 매우 양호했다. 전미 차트에서 정상을 차지한다.

롤링 썬더 레뷰 일행은 1976년 1월 25일 휴스톤 애스트로돔에서 루빈 허리케인 카터의 두 번째 지원 공연을 스티비 원더의 협력 아래 개최한다. 그러나 관객은 적었다.

4월 18일 레뷰는 재개된다. 플로리다 주 레이크랜드Lakeland

를 시작으로 남부를 돌았고 5월 25일 유타 주 솔트레이크시티Salt Lake City 공연으로 막을 내렸다. 도합 22회 공연이었다. 이 가운데 1976년 5월 23일 콜로라도 주 포트콜린즈에서의 무대 모습이 NBC 텔레비전을 통해 전국에 방영되었고 그 음원 일부가 라이브 앨범 《세찬 비Hard Rain》로 1976년 9월 10일 발매되었다.

《Hard Rain》 1976년

후기 투어에서 밥은 전기보다도 거친 목소리를 들려주고 있다. 뒤에서 받쳐주고 있는 연주도 자극적으로 템포를 높이고 빠른 속도의 후렴구를 반복하면서 이를 부채질하고 있다.

밥은 부족한 영화 제작 자금을 쥐어짜내는 데 고심하고 있었다. 하지만 유랑하며 한자리에서 하나가 되어 노래 부른다는 이상을 부족하게나마 실현했다는 점에서, 짧은 순간이긴 하지만 충만감을 얻었을지도 모른다.

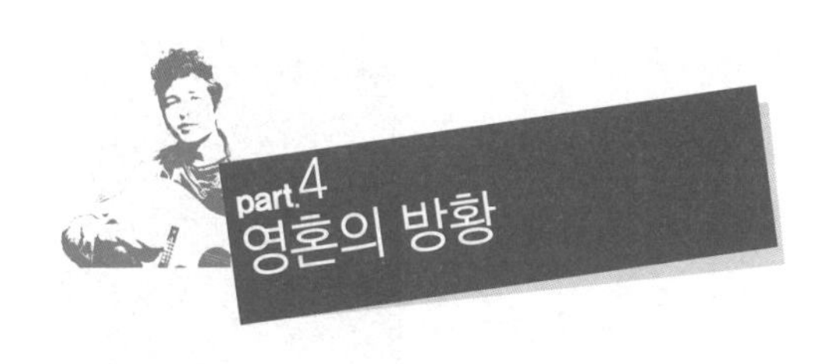

BUDOKAN

롤링 썬더 레뷰의 1기와 2기 사이인 1976년 3월, 밥은 에릭 클랩튼의 앨범 《노 리즌 투 크라이No Reason To Cry》 제작에 참가했다. 그동안 밥은 말리브의 샹그릴라 스튜디오 정원에 텐트를 치고 거기서 먹고 자는 생활을 하고 있었다. 자택이 그다지 멀지 않았음에도 불구하고 그 편이 기분이 더 고양되었기 때문이었을까? 아니면 집에 돌아갈 수 없는 사연이라도 있었던 것일까? 혹은 그 양쪽 다였을까? 밥은 손짓 몸짓으로 신호를 주고받으며 클랩튼과 듀엣을 했다. 리코딩에는 더 밴드도 참가했다. 이때의 밥은 무척이나 밝게 느껴진다.

그러고 나서 8개월 후 더 밴드 해산 기념 이벤트가 샌프란시스코 윈터랜드에서 개최되었다. 이곳은 더 밴드가 1969년 처음으로 본격적인 단독 콘서트를 개최했던 곳이다. 더 호크스 시절의 대장인 로니 호킨스부터 에릭 클랩튼, 닐 영Neil Young, 조니 미첼Joni Mitchell, 반 모리스Van Morrison, 닐 다이아몬드Neil Diamond 등 쟁쟁한 뮤지션들이 게스트로 출연했다. 밥은 그중에서도 주빈 격이었다. 기념영화 「라스트 왈츠The Last Waltz」가 마틴 스콜세지 감독에 의해 만들어졌다.

그 후 밥은 드디어 완성된 캘리포니아 말리부에 있는 포인트듐Point Dume의 자택으로 돌아왔다. 사라와의 생활에 대해 근본적으로 다시 생각해야 할 때가 왔다. 이 해의 대부분을 밥은 이혼 소송에 대한 대응과 「레날드 & 클라라Renald & Clara」 편집으로 허비했다.

1977년 3월 사라가 이혼을 청구한다. 6월 29일 법정 재산관리인이 '공유로 인정된 재산'을 관리한다는 결정에 따라 결심 공판. 친권에 관해서는 심의가 계속되었다. 그 영향도 있어서 그때까지 8년간 밥의 스태프가 행하고 있던 매니지먼트를 제리 바인트럽Jerry Weintraub의 매니지먼트 쓰리Management Three에 위임하는 계약을 주고받는다. 밥에게는 영화 제작 때문에 생긴 거액의 빚도 있었다.

바인트럽은 즉시 대규모 투어 계약을 결정한다. 1966년 이후의 월드 투어다. 1978년 2월부터 12월에 걸쳐 도합 130회의 무대를 소화하는 긴 여행이었다. 투어는 일본에서 시작되었다.

1978년 2월 17일 밥은 도쿄의 땅을 밟았다. 기자회견이 있었지만 소득이 될 만한 이야기는 없었다. 2월 20일 부도칸武道館(무도관) 공연을 시작으로 도쿄 8회, 오사카 3회, 도합 11회의 콘서트가 개최되었다.

전설적인 '포크의 신'이 처음으로 일본에 그 모습을 드러냈다는 사실 때문에 보통 때는 음악에 무신경했던 매스컴도 시끄럽게 떠들어댔다. NHK 텔레비전에서는 밥이 처음으로 일본에 온 것에 대해 일본인들이 어떻게 받아들였는지를 추적한 다큐멘터리 프로그램 「밥 딜런이 왔다」도 내보냈다(1978년 4월 15일). 비틀즈가 일본에 온 이래 엄청난 '음악적 사건'으로 취급했다.

일본 팬들은 그때까지 발매된 레코드, 특히 최근 작품인 《비포 더 플러드Before the Flood》나 《세찬 비Hard Rain》라는 두 라이브 음반의 강한 이미지를 갖고 일본 공연을 보러 간 자가 적지 않았다.

밥은 하얀 정장 차림으로 부도칸 무대에 등장했다. 하얗게 화장까지 했다. 오프닝 곡은 인트로의 블루스 커버 〈론섬 베드룸 블루스Lonesome Bedroom Blues〉에서 〈미스터 탬버린 맨Mr. Tambourine Man〉으로 이어진다. 밥의 노래는 시종일관 온화했다.

샤우트도 없었고 침을 튀겨가며 소리를 지르거나 선정적인 측면도 없었다.

〈너무 깊이 생각하지 마, 괜찮아Don't Think Twice, It's All Right〉는 레게 버전으로 구성되었고 〈그녀를 보거든 안부 전해줘If You See Her, Say Hello〉는 왈츠가 되어 있었다. 인트로만으로는 금방 어떤 곡인지 판단할 수 없었다. 지금까지 레코드를 통해 각인되어왔던 그 어떤 밥 딜런과도 다른 또 하나의 밥 딜런이 존재했다. 선곡은 폭넓게 진행되어 〈바람만이 아는 대답Blowin' in the Wind〉, 〈구르는 돌처럼Like a Rolling Stone〉, 〈시대는 변하고 있다The Times They Are a-Changin'〉 등 대표작이라 부를 수 있는 곡들도 포함되어 있었다. 그렇다 해도 왜 이러한 구성일까? 부도칸에 온 많은 사람들이 '밥 딜런이란?'이라고 다시금 반문하며 돌아갔다.

밴드는 밥의 생애에서도 가장 많았다고 말할 수 있는 11인 편성이었다. 밥을 보조하는 형태로 음악감독 같은 역할을 베이스의 롭 스토너가 담당했다. 롤링 썬더 레뷰에 이어 기타의 스티븐 솔즈와 기타와 바이올린의 데이비드 맨스필드가 가세했고 유럽 원정 중이었던 기타의 빌리 크로스Billy Cross가 롭 스토너에 의해 호출되었다. 드럼스에 킹 크림슨King Crimson의 멤버였던 이안 월리스Ian Wallace, 퍼커션Percussion[1]에 모타운Motown의 베

1 드럼, 심벌즈 등 타악기들의 총칭

테랑 바비 홀Bobbye Hall, 또한 필 스펙터 관련 작품에 다수 참가했던 색소폰의 스티브 더글러스Steve Douglas, 토니 윌리엄스Tony Williams의 음반 《라이프타임Life Time》의 키보드, 재즈의 텃밭에서 알란 파스쿠아Alan Pasqua. 이상 여덟 명의 연주팀에 세 명의 여성 코러스 헬레나 스피링스Helena Springs, 조 앤 해리스Jo Ann Harris, 데비 다이Debi Dye가 가세하고 있다.

구성이 매우 훌륭해서 롤링 썬더 레뷰 같은 자유도는 낮았다. 밥의 곡을 팝스로 다시 해석하고 있다는 인상을 받았다.

밥은 그 전년도 2월, 필 스펙터가 프로듀스하는 레너드 코헨Leonard Cohen의 앨범 《어느 바람둥이의 죽음Death of a Ladies' Man》의 리코딩에 코러스로 참가한 적이 있다. 이 앨범은 코헨의 수수한 노래와 연주에 필 스펙터가 대규모 연주를 편성하여 백 트랙을 입혀 완성되었다. 두터운 음의 벽을 이용한 독백의 포크, 라는 보기 드문 작품이다. 코헨은 완성된 마스터 테이프를 듣고 격노하며 이것은 자신의 앨범이 아니라고 말했다고 한다.

이 무렵 스펙터가 밥의 앨범 프로듀스를 계획하고 있다는 뉴스가 나온 적이 있었다. 1978년 밥의 투어 밴드 결성은 이 스펙터 프로듀스 작품용으로 고안된 것이 아니냐고 추측하는 목소리가 있었다.

일본 공연은 회를 거듭할수록 노래와 연주 결속이 좋아졌다.

일본의 밥 딜런 배급원인 CBS 소니의 제안으로 2월 28일과 3월 1일의 일본 부도칸 공연을 라이브 리코딩하여 LP 2매 1세트로 발매하게 된다. 일본 공연은 2부 구성으로 도합 28곡을 들을 수 있었는데 그것들 중 거의 연주 순으로 22곡이 뽑혀 앨범에 수록되었다. 타이틀은 《武道館BODOKAN》. 1978년 8월 21일 일본에서만 발매되었다.

하지만 곧바로 해외에서 주문이 쇄도, 일본에서 오는 수출판의 고액 거래를 대비하여 컬럼비아 레코드사는 다음 해인 1979년 4월 전 세계를 대상으로 앨범을 발매했다. 밥의 입장에서 이 앨범은 첫 단독 라이브 음반(《비포 더 플러드Before the Flood》는 더 밴드가 절반 이상을 차지하고 있다)으로, 심지어 가사가 들어간 최초의 앨범이기도 했다.

투어는 일본에서 뉴질랜드, 오스트레일리아를 돌아 일단 미국으로 돌아온다. 투어 도중 롭 스토너가 밴드 내 알력 때문에 해고되었고 대신 엘비스의 밴드에 있었던 제리 셰프Jerry Scheff가 가세한다. 코러스의 데비 다이도 빠진다. 대신 참가했던 사람이 바로 캐롤린 데니스Carolyn Dennis였다. 참가 의뢰에 대한 연락을 받았을 때 데니스는 밥에 대해 전혀 몰랐다고 한다.

투어 재개는 6월이었다. 아직 2개월의 유예 기간이 있다. 밥은 이 기간을 이용해 신작 앨범 리코딩을 감행한다. 당초 프로듀스는 밥 존스톤을 예정하고 있었는데 스케줄이 맞지 않아 엔지니어 돈 드비토Don DeVito가 담당했다.

신곡은 이미 완성되어 있었다. 장소는 밥이 리허설용으로 구옥을 개조하여 사용할 수 있게 만든 산타모니카Santa Monica의 런다운 스튜디오Rundown Studios였다. 음향은 결코 양호하다고 말할 수 없었지만 많은 사람들로 구성된 연주라는 결속을 통해 다른 앨범에는 없는 독자적인 사운드가 태어났다. 스티브 더글러스의 색소폰이 사운드의 핵이 되고 있었으며 곡조에 공통된 것이 느껴진다는 이유로 당시 브루스 스피링스틴Bruce Springsteen과의 근친성을 지적하는 평가도 있었다. 하지만 밥은 "50세 이하 녀석들을 흉내 내거나 하지는 않는다"고 강하게 부정했다. 사랑에 대해 그 고뇌와 초조를 노래한 작품들이 많았다. 성서와 관련된 작품도 있었다. 그러나 밥은 완성도에 불만을 가지고 있었다고 한다.

앨범 타이틀은 《스트리트 리걸Street Legal》. 1978년 6월 15일 발매되었다. 미국에서는 찬반으로 갈라져 전미 11위에 그쳤지만 영국에서는 마침 12년 만의 런던 공연과 동시기의 발매였기 때문인지 2위로 히트를 쳤다. 영국에서는 펑크, 뉴웨이브new wave 계열 뮤지션 더 크래쉬The Clash의 구성원들이나 엘비스 코스텔로Elvis Costello, 그래험 파커Graham Parker 등과 교류를 가졌다.

긴 모색

1978년의 투어는 유럽에서 돌아와 미국 각지를 돈 후 12월 16일 마이애미에서 종료한다. 투어 도중 밥은 코러스 중 한 사람인 헬레나 스피링스와 깊은 관계가 되었고 두 사람은 곡을 함께 만들기에 이른다. 헬레나는 1980년 투어까지 밥의 코러스를 맡았다. 그동안 함께 만든 곡은 10여 곡에 이르며 그중 두 곡을 에릭 클랩튼이 사용했다(앨범 《백클리스Backless》에 수록)

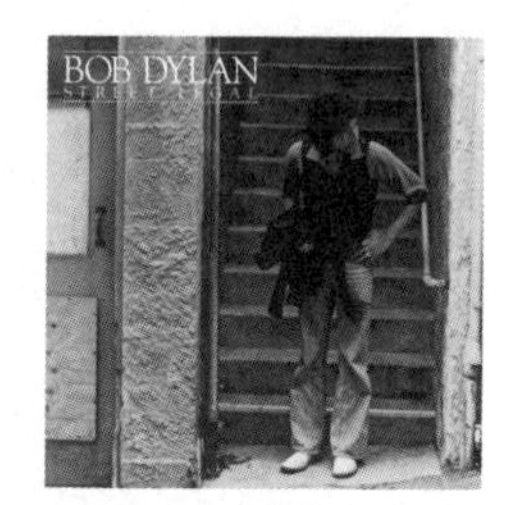

《Street Legal》 1978년

헬레나 외에도 이 무렵 밥에게는 흑인 걸프렌드가 몇 명인가 있었다. 밥의 흥미는 흑인문화로 향하고 있었다. 투어 도중 스테이지 후의 식사로 소울 푸드가 자주 제공되었으며 보통 때도 흑인 음악을 자주 들었다. 흑인적이라는 것에 대해 다각적으로 탐구하고 있었다는 증언도 있다.

이혼하고 오랫동안 이어진 투어로 자녀들도 만날 수 없었던 밥은 여러 걸프렌드들에게서 위로를 찾고 있었다. 그녀들의 영향으로 가스펠 음악, 나아가 기독교 신앙으로 마음이 기울어져 갔다고 생각된다. 《스트리트 리걸Street Legal》 안에 나오는 〈세뇨르Señor〉란 곡은 기독교에 대한 관심에서 태어난 곡이라고도 파악된다.

헬레나 스프링스의 말에 따르면 밥은 당초 기도 방식조차 몰랐지만 설명을 하자 급속히 기독교 탐구를 시작했다고 한다. 다른 걸프렌드 메리 앨리스 아티스는 소규모 복음교회 빈야드 펠로우십Vineyard Fellowship의 목사를 밥에게 소개한다. 그때 밥은 자신의 인생이 공허하다고 말했던 것 같다. 밥은 같은 교단의 신도 학급에 들어가 1979년 전반에 걸쳐 3개월간 성서를 배웠다. 그 후 얼마 되지 않아 세례를 받고 이른바 Born Again(신생)파 교도가 되었다. 친구들이나 친척들 중에는 화를 내는 사람들도 적지 않았다. 유대교도로서 성장해온 밥의 자녀들도 동요했다. 하지만 밥 자신은 훗날 이때 당시 Born Again이라는 단어를 사용한 기억은 없다고 말하고 있다.

밥은 신앙을 바탕으로 새로운 곡들을 만들어냈다. 당초에는 밥이 프로듀서가 되어 그러한 신곡들을 캐롤린 데니스가 노래하는 앨범으로 만들 작정이었다. 하지만 그것은 미발표로 끝났다. 결국 밥이 직접 부르는 앨범 《느린 기차가 와Slow Train Coming》가 제작되었고 1979년 8월 20일 발매되었다. 전미 3위의 좋은 성적을 남기고 있다.

녹음은 앨라배마Alabama 주에 있는 머슬 숄스 사운드 스튜디오Muscle Shoals Sound Studio에서 진행되었다. 프로듀서는 명장 제리 웩슬러Jerry Wexler와 서던 소울Southern Soul[1]로 명연주를 들려준 키보드 연주자 배리 베케트Barry Beckett가 담당했다. 영국의 록밴드 다이어 스트레이츠Dire Straits의 마크 노플러Mark Freuder Knopfler와 픽 위더즈Pick Withers, 팀 드럼몬드Tim Drummond, 머슬 숄스 혼스Muscle Shoals Horns의 이름난 호른 세션에 여성 코러스 세 사람이 포진되어 있었다. 힘차고 안정감 있는 사운드였다. 밥의 목소리도 마치 '각오를 다졌다'는 듯 흔들림이 없었다. 듣는 이에게 이야기를 건네는 밥의 노래에는 윤기가 다시 살아나기 시작한다. 델라니 & 보니Delaney & Bonnie나 리언 러셀 등으로 이어지는 가스펠 록의 수많은 명작들과 비견되며 동시에 진지한 표현력이 살아 있는 노래와 비트가 깊게 결합되고 있다. 그런 점에서 매우 귀중한 앨범이다.

밥은 앨범 중 〈누군가를 섬겨야만 해Gotta Serve Somebody〉를 싱글 컷했다. 스태프 중에는 그에 반대하는 사람도 있었지만, 결과적으로는 전미 차트 24위로, 70년대 이후 밥의 싱글 앨범 중에서는 〈천국의 문을 두드려요Knockin' on Heaven's Door〉 다음으로 히트를 쳤다.

1 1960년대 미국 남부에서 태어난 R&B나 열정적인 소울 스타일 음악

《Slow Train Coming》 1979년

'누군가를 섬겨야만 해'라는 제목의 이 곡을 들은 존 레논은 반감을 느낀 듯했다. 생전에는 발표되지 않았지만 〈너 자신을 섬겨라Serve Yourself〉라는 답가를 만들었다.

《느린 기차가 와Slow Train Coming》에 수록된 〈그분께서 동물들의 이름을 모두 지어주셨지Man Gave Names to All the Animals〉의 가사를 바탕으로 그림책도 만들어졌다. 코믹하게 운을 밟는 리듬으로 신의 존재를 전달하는 즐거운 그림책이다.

드럼에 짐 켈트너Jim Keltner, 프레드 태키트Fred Tackett, 오르간에 스프너 올드햄Spooner Oldham, 피아노에 테리 영Terry Young, 그리고 리코딩 멤버인 팀 드럼몬드와 여성 코러스 세 명. 명인들이 포진한 강력한 멤버를 이끌고 밥은 1979년 11월부터 단속적으로 1980년 12월까지 전미 투어에 나선다. 기존의 밥의 작품은 한 곡도 부르지 않는다. 노래하는 것이 영적인 교감이라고 생각하는 듯했다.

밥의 이러한 무대에는 긍정적인 평가와 부정적인 평가가 엇갈린다. 여성들이 노래하는 가스펠로 막을 열고 밥이 등장해서 직접 만든 가스펠을 노래한다. 객석은 혼란에 빠졌다. 격노에 가득찬 외침소리와 박수갈채가 뒤섞여 있었지만, 밥은 전혀 미동조차 하지 않는다. 여기서도 밥은 자신이 하고자 하는 바를 오로지 밀고나갔다. 탐구심과 흥미에 넘쳐 있을 때의 밥에게 주위의 말소리는 도무지 귀에 들어오지 않는다. 그것은 옛날 그대로였다. 밥은 곡과 곡 사이에 많은 시간을 들여 성서에 대한 이야기도 담아냈다.

많은 미디어들은 신작 및 콘서트에 대해 혹평을 내놓았다. 기독교인들 중에는 밥의 신앙 자체가 진심이 아니며 매우 의심스러울 뿐이라고 비판하는 자들도 있었다. 유대인 사회로부터 경원시되었고 록 신봉자들에게 조소당했으며 기독교 교도들에게까지 의심의 눈초리를 받았다. 이 무렵 밥이 적으로 돌린 자들은 일찍이 일렉트릭 기타를 잡았던 밥에게 야유를 보냈던 포크 교조주의자들보다 몇 배나 많았다.

하지만 밥은 멈추지 않았다. 1980년 2월 27일에는 그래미상 최우수남성록보컬상을 수상한다. 수상식 무대에서는 수상 대상곡 〈누군가를 섬겨야만 해Gotta Serve Somebody〉를 가사를 바꿔 열창했고 하모니카를 열정적으로 연주해 보였다. 가스펠 투어에는 여러 기독교 교단 사람들이 찾아왔다. 그중에는 밥을 매우 당황스럽게 만드는 사람들도 섞여 있었다.

같은 해 6월 19일에는 '가스펠 시리즈 제2탄'《구원Saved》이

《Saved》 1980년

발매된다. 보다 직접적인 메시지가 다수 포함되었고 연주도 다소 공격적이었다. 비트도 R&B적인 것에서 긍정적인 자세의 록 비슷한 것으로 변했다. 이 앨범은 전년만큼은 팔리지 않아 전미 24위에 그쳤다. 이 무렵 밥은 종말론적 신념을 노래로 표명하고 있었다. 마음만 앞서고 음악이 뒤에서 밥을 뒤쫓아 오고 있는 것처럼 생각되는 곡도 있다. 콘서트 입장 상황도 점차 악화되어 취소되는 회장도 나왔다.

투어를 계속하면서 밥은 1980년대 가을부터 옛날 레퍼토리도 무대에 부활시킨다. 연주의 충실도는 회를 거듭할수록 높아졌다. '가스펠'이라는 필터는 음악의 일부에 지나지 않는다는 생각을 하게 만드는 명연주가 늘어갔다. 가스펠 투어를 일단락시키는 1980년 말에는 밥의 심중에 있던 음악적 농도가 상당히 농밀해져 있었다고 생각된다.

1981년 4월부터 5월까지 밥은 투어 멤버에 몇 사람인가의 게스트를 더해 신작 리코딩을 시도한다. 밥은 1980년 가을, 앞선 두 작품에 이어 가스펠 시리즈 제작에 들어갔는데, 평소와 달리 곡을 만드는 데 시간이 걸렸다. 곡을 쓰기 시작한 직후, 존 레논이 암살당한 사건도 영향을 미쳤을지 모른다. 밥은 그때 1960년대의 록 스타가 모두 살해당하는 게 아닐까 하는 두려움에 휩싸여 겁에 질려 있었다고 한다. 호신용으로 밴드 멤버들에게 방탄조끼까지 보냈다. 실제로 밥의 뒤를 밟고 다니는 자들이나 이름을 사칭하는 자들도 있었다.

《샷 오브 러브Shot of Love》라는 제목의 시리즈 제3탄 앨범은 1981년 8월 12일 발매되었다. 전미 33위로 더더욱 앨범 판매는 저조해졌다. 하지만 이 앨범 리코딩 세션에서 밥은 앨범 세 장 분량의 작품들을 녹음했다. 투어 밴드를 축으로 데니 코치머Danny Kortchmar나 도날드 덕 던Donald "Duck" Dunn이나 론 우드Ron Wood, 링고 스타 등 여러 사람들이 참가했다.

교의 그 자체가 아니라 그것을 실제 사회에 견주어 대비 대조하는 시점을 읽을 수 있었다. 신앙과 대중성을 고려했다는 점에서 밥은 이전 두 작품 이상으로 결실을 느끼고 있었다. 나나 무스꾸리Nana Mouskouri로부터 의뢰받아 만든 〈모래알 한 알 한 알Every Grain of Sand〉은 이 무렵의 걸작으로 지지를 얻고 있다. 상업적 부진에 밥은 낙담했다.

1981년 6월부터 투어를 재개, 미국에서 유럽을 투어하고 대호평을 얻었지만 미국으로 돌아오고 나서부터는 관객 수가 늘지 않아 고전을 면치 못했다. 단 연주와 노래 모두 질적으로

《Shot of Love》 1981년

더 나아졌기 때문에 이 시기의 무대에는 여전히 탄탄한 인기가 있다. 투어 멤버에 알 쿠퍼가 가세하면서 갑자기 연주 완성도가 눈에 띄게 향상되었다. 고등학교 시절의 친구인 랠리 키건도 두 번 무대에 올라가 노래했다. 밥은 설교는 하지 않았고 오래된 레퍼토리도 연주 리스트에 끼워 훌륭히 소화했다.

하지만 밥은 개종에 대한 거듭되는 비난, 업적 부진, 심지어 그로스맨과 과거에 얽혔던 일로 법정 투쟁까지 발발하여 불온한 분위기로 떠밀려 가버릴 듯했다. 거기에 스태프의 비참한 죽음이 결정적 타격을 준다. 밥은 1982년 해가 밝자마자 자신의 런다운 스튜디오를 폐쇄해버렸다. 활동을 중단하게 된다.

1982년 밥은 공적인 장소에 두 번밖에 모습을 드러내지 않았다. 한번은 3월 15일 자신의 송라이터 명예의 전당 입성을 위한 축하식전. 나머지 하나는 6월 6일 핵무장 해제를 촉구하는 집회였다. 밥은 단상에 올라 존 바에즈와 〈신이 우리와 함께하시기에With God on Our Side〉, 지미 버펫Jimmy Buffett의 〈파이어럿 룩스 앳 포티A Pirate Looks at Forty〉, 그리고 〈바람만이 아는 대답Blowin' in the Wind〉을 듀엣으로 불렀는데, 〈바람만이 아는 대답〉의 가사는 잊어버리고 있었다.

설령 긴 휴식은 있을 수 있다 해도, 음악과 스스로에 대해 생각하면, 하느냐 마느냐, 둘 중 하나밖에 없었을 것이다. 1983년 4월, 밥은 리코딩을 재개한다.

그 이전의 1년 남짓 하는 시간 동안 밥은 앨런 긴즈버그와 녹음을 하거나 알 쿠퍼 등과 데모 테이프를 만들거나 클라이디 킹Clydie King을 프로듀스하거나 카리브해의 앙귈라Anguilla에서 현지 뮤지션들과 교류하기도 하면서 지냈다.

프랭크 자파에게 프로듀스 의뢰를 하러 갔다고 전해지는데 결국 다시 마크 노플러에게 프로듀스와 참가 뮤지션 선정을 의뢰한다. 레게의 인기 리듬 콤비인 슬라이 & 로비Sly & Robbie(**슬라이 던바**Sly Dunbar**와 로비 셰익스피어**Robbie Shakespeare), 노플러의 절친 앨런 클라크Alan Clark, 롤링 스톤즈의 멤버였던 믹 테일러Mick Taylor 등 흥미로운 멤버들이 포진해 있다. 마이클 잭슨Michael Jackson이나 더 폴리스The Police, 에어 서플라이Air Supply, 에디 그랜트Eddy Grant, 유리드믹스Eurythmics 등이 히트 차트에서 왔다 갔다 하고 있을 무렵, 밥도 그 이전과는 달라진 에코 감각이나 저음으로 울리는 사운드와 표면적으로는 아니지만 자신의 노래와 시가 새롭게 의지할 수 있는 모습으로서 제시할 수 있는 자세에 대해 모색했다는 것을 알 수 있다.

《Infidels》 1983년

1년간의 휴식 중 밥은 20곡 가까운 신곡을 만들어놓은 상태였다. 이 앨범 세션에서는 오리지널 16곡에 더해 14곡이나 되는 커버곡들이 녹음되었다고 한다. 앨범 제목은 《이교도들Infidels》이었고 1983년 10월 27일 발매되었다. 수록곡은 8곡. 수록되지 못했던 녹음곡들 중에는 걸작이라고 높게 평가받은 〈블라인드 윌리 맥텔Blind Willie McTell〉도 포함되어 있다(그 후, 《더 부틀렉 시리즈 제1-3집》에 수록).

안쪽 재킷에는 예루살렘 언덕에서 웅크리고 있는 밥의 사진이 보인다. '이교도'란 다시 유대교로 돌아간 것을 의미할지도 모른다는 목소리도 있었다. 이스라엘 옹호로도 파악될 수 있는 곡이 있었고 소돔과 고모라가 비유에 인용된 반면, 고풍스러운 여성관을 나타내거나 자본주의 비판이나 달 착륙 규탄 등 세상의 모습을 여러 각도로 비판하고 있었다. 기독교나 유대교 중 그 어느 쪽에서 봐도 결국 자신은 '이교를 믿는 어리석은 백성'에 불과하다는 선언으로도 생각될 수 있는 타이틀이다.

1983년 가을에 있었던 인터뷰에서는 "앞으로는 완성되었다고 느껴질 때까지 앨범 발매는 하지 않겠다"고 말했다. 하지만 이 해부터 밥에게는 매년 앨범 한 작품씩 발매할 것이 계약조건에 의무사항으로 명시되어 있었다. 싱글 앨범 《조커맨Jokerman》의 비디오 클립(밥에게 있어서 생애 첫 비디오 클립)을 제작하거나 1984년 3월 젊은 펑크 밴드 프라그즈The Plugz(훗날 크루자도스Cruzados로 개명) 멤버들과 인기 텔레비전 프로그램 「데이비드 레터맨의 레이트 나이트Late Night with David Letterman」에 출연하기도 한다. 리허설도 하지 않은 곡, 소니 보이 윌리암슨Sonny Boy Williamson의 〈도운트 스타트 미 투 토킨Don't Start Me to Talkin'〉을 갑자기 본방송에서 부르기 시작해서 뒤에 있던 젊은이들을 당황시키기도 했다. 《이교도들Infidels》은 많은 후보곡들 중에서 선별된 악곡들을 모아둔 역작으로 세간의 평가는 나쁘지 않았지만 판매라는 측면에서는 전미 20위에 그쳤다.

1984년 3월 28일, 2년 만에 밥은 투어로 복귀한다. 이탈리아를 시작으로 이후 네덜란드, 벨기에 등 유럽을, 산타나Santana와 2인 주도 체재로 7월까지 순회 공연했다. 연 인원 10만 명 이상을 동원하여 투어로서는 대성공이었다. 밴드 페이시스Faces의 멤버였던 이안 맥리건Ian McLagan, 더 블루스브레이커스The Bluesbreakers의 멤버였던 콜린 알런Colin Allen, 과거 그룹 KGB 멤버였던 그레그 서턴Greg Sutton, 거기에 믹 테일러라는 구성원들이 백을 담당했다. 밥은 오랜만에 빌 그래햄의 프로모션에 의한 스타디움 투어에 대응하며 록 형태의 어레인지와 대음량으로 빛나는 화려한 밴드를 편성했던 것이다.

이 투어의 녹음을 통해 라이브 음반 《리얼 라이브Real Live》가 만들어진다. 익숙한 곡들이 줄을 잇고 있으며 산타나의 초대 연주도 수록되어 있다. 심플한 연주였으며 개중에는 거친 연주가 매력적인 곡도 있다. 생각했던 것보다 밥은 매우 자연스럽게 밴드에 녹아들어 있었다. 기타를 치면서 노래하는 부분은 수수한 음색이지만 의욕을 보여주는 밥의 목소리를 들을 수 있다. 프로듀서는 글렌 존스Glenn Jones다.

《Real Live》 1984년

거친 음이기는 하다. 〈전쟁의 귀재들Masters of War〉의 일렉트릭 버전과 새로운 해석이 가미되어 있는 〈우울로 뒤엉킨 채Tangled Up in Blue〉는 들을 만한 가치가 충분하다. 1984년 11월 29일 발매되었는데 전미 차트는 115위라는 참담한 성적으로 끝났다.

이 투어 후 곧바로 밥은 차기작을 진행하기 시작한다. 처음으로 해보는 자기 프로듀스로 단속적으로 세 번의 세션을 거쳐 만들어졌다. 믹스는 힙합으로 명성을 남긴 아서 베이커Arthur Baker가 담당했다. 그 무렵 절정기를 맞은 사운드를 원했기 때문에 이루어진 기용이었다(베이커는 신중하게 손을 댄다).

이 앨범 제작 중이었던 1985년 1월 28일, 밥은 기아구제 자선레코드《위 아 더 월드We Are The World》에 참가한다. 나란히 앉은 록, R&B 스타들 가운데 서 있는 것만으로 강력한 위화감을 발하고 있었다. 밥이 있다는 것만으로 전체의 긴장감이 높아진 것 같았다.

앨범은《엠파이어 벌레스크Empire Burlesque》라는 제목으로 같은 해 5월 30일 발매되었다. 악곡 버라이어티는 매우 풍요로워서 제각각에 서로 다른 배려를 엿볼 수 있다. 하지만 일렉트릭한 음색에 비중이 실린 백 트랙과 밥의 목소리가 서로 반발하고 있는 듯한 곡도 있었다.

《Empire Burlesque》 1985년

컬럼비아 레코드사 측의 요청으로 수록곡 〈내 마음에 강력한 끈Tight Connection to My Heart〉의 프로모션 비디오가 일본에서 촬영되었다. 감독 폴 슈레이더Paul Schrader가 제대로 일을 못했기 때문에 바이쇼 미쓰코倍賞美津子만 출연하는 기이한 작품이 되어 버렸다.

그 해 여름, 밥은 세계의 텔레비전 화면에 등장한다. 밥 겔도프Bob Geldof가 빌 그래햄, 하비 골드스미스Harvey Goldsmith와 함께 런던과 필라델피아를 이원 중계로 연결시켜 전 세계에 방영하는 자선 록 이벤트 《라이브 에이드LIVE AID》가 1985년 7월 13일 개최되었다. 밥은 그 마지막을 장식하는 출연자가 되었다. 당초엔 피터 폴 앤 메리PPM와 함께 〈바람만이 아는 대답Blowin' in the Wind〉을 부를 예정이었다. 실제로 리허설도 진행됐지만 밥이 갑자기 공연을 거부했다. PPM 대신 키스 리차드Keith Richards와 론 우드에게 제안했다. 너무나 조화롭게 끝날 것 같은 결말이 싫어졌기 때문이었을까. 밥은 다 낡아빠진 어쿠스틱 기타를 든 키스, 론과 함께 세곡을 불렀다. 〈홀리스 브라운의 발라드Ballad of Hollis Brown〉가 끝난 후 자그마한 해프닝이 발생했다. 느닷없이 밥이 말을 꺼낸다.

"아프리카인들을 위해 모인 돈의 일부, 아주 조금을, 100만이어도 200만이어도 좋으니 미국 농민의 부채 탕감을 도와주기 위해, 은행에 빚을 지고 있는 농민들을 위해 써주었으면 좋겠습니다."

밥의 지나치게 솔직한 발언에 밥 겔도프는, 이 이벤트에 대한 자신의 의도가 제대로 전해지지 않았다는 데 경악을 금치 못했다. 하지만 밥의 한마디를 들은 윌리 넬슨Willie Nelson은 이 순간 농민 지원 이벤트 개최를 결심한다. 라이브 에이드 측에서 보면 처신이 적절하지 못했고 배려가 부족한 발언이었지만 밥의 소박한 마음이 세상을 움직였다고도 말할 수 있었다.

1985년 9월 22일 넬슨이 개최한 팜에이드Farm Aid 무대에서는 물론 밥의 모습을 발견할 수 있었다. 이때 백 코러스를 맡아주었던 것은 톰 패티 앤 하트브레이커스Tom Petty and the Heartbreakers였다. 4명의 흑인 여성 코러스도 가세하여 힘찬 연주가 전개되었다.

그리고 같은 해 11월 7일, 이때까지의 밥의 작품들 중 엄선하여 LP 5장에 수록한 박스 세트 《바이오그래프Biograph》가 발매된다. 신구의 여러 곡들이 시대 순이 아닌 랜덤으로 나열되어 있었는데, 수록된 53곡 중 21곡이 미발표 곡, 혹은 미발표 버전이라 많은 팬들이 흥분을 금치 못했다. 이것이 훗날 '더 부틀렉 시리즈'로 이어져 간다. 이 박스는 25만 세트 팔렸다. 1980년대 들어와 신작의 판매 수익은 부진을 면치 못했지만, 밥의 인기는 여전하다는 사실이 입증되었다.

《Biograph》 1985년

1986년은 톰 패티 앤 하트브레이커스와의 투어로 일본 공연

《Knocked Out Loaded》 1986년

이 있었다. 밥은 다소 주눅이 들어 있는 것처럼도 보였다. 이 투어는 2월부터 8월까지 계속되었다. 그 사이에 밥은 앨범을 제작한다. 샘 셰퍼드, 캐롤 베이어 시거Carole Bayer Sager, 톰 패티 등과의 공동 작품으로, 주니어 파커Junior Parker, 크리스 크리스토퍼슨Kris Kristofferson의 커버 등, 폭넓은 영역의 내용을 담고 있다.

《엉망으로 취해 나가떨어진Knocked Out Loaded》이란 이름으로 1986년 7월 14일 발매되었다. 싱글로 히트를 노렸을까 싶은 곡도 있는가 하면 11분이 넘는 대작도 있었다. 아직 다듬어지지는 않았지만, 하나같이 그 자체로 매우 흥미로운 곡들로 구성되어 있었다. 하지만 전체적으로 들었을 때는 거칠게 들리는 기분도 든다. 전미 차트는 53위로 부진한 성적으로 끝났다.

이 앨범 발매 한 달 정도 전쯤 밥은 캐롤린 데니스와 정식으로 결혼했다. 데니스는 이 해 초 밥의 아이를 출산했다. 복수의 걸프렌드들이 있어서 스캔들을 계속 만들어내던 밥은 그런 상태로 다시 남편이 되었고 아버지가 되었다. 이 결혼에 관해서는 스태프 전원이 외부에 비밀로 할 것을 맹세했다고 한다. 사생활을 비밀로 하고 가족을 지키는 것이 밥의 중요한 처신이었다.

나아가 이 해 여름 밥은 영화「하트 오브 파이어Hearts of Fire」에 출연하여 은퇴한 록 스타 빌리 파커 역을 맡았고 영화용으로 4곡을 새롭게 녹음했다.

1987년이 되자 봄에는 다음 앨범 녹음에 들어갔다. 브라이언 페리Bryan Ferry의 노래로도 잘 알려져 있는 〈레츠 스틱 투게더Let's Stick Together〉 등 커버곡 중심이었고 참가 뮤지션은 지극히 다양하고 다채롭다. 오리지널 신곡 〈실비오Silvio〉와 〈어글리스트 걸Ugliest Girl in the World〉은 그레이트풀 데드 관련 로버트 헌터Robert Hunter와의 공동 작품으로 밥과 그들 간의 깊은 관계를 드러내고 있다.

세션 중에서 완성도가 양호한 것들을 모아 왔다는 구성으로 앨범에 대한 인상은 가볍다. 가창 실력은 여전히 쇠퇴의 기미가 느껴지지 않는다. 시도해보고자 했던 것은 노래의 가능성이었을까. 아니면 곡을 만드는 작업에 어두운 그림자가 드리워지고 있었던 것일까. 밥의 진의를 점점 더 파악하기 어려워지고 있었다. 의아해하면서도 자기도 모르게 마지막까지 듣게 되어버리는 앨범이다.

《Down in the Groove》 1988년

타이틀은 《그루브에 빠져서Down

in the Groove》. 해가 바뀌어 1988년 5월 19일에 발매되었다. 전작보다 더더욱 하위인 전미 61위에 머물렀다.

제 4 장
삶은 힘들어

Life Is Hard

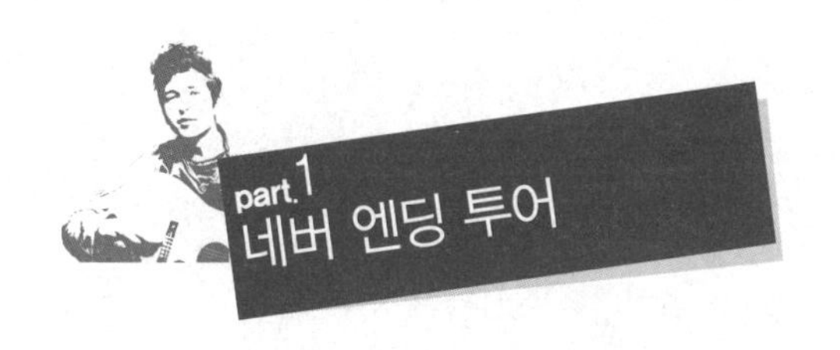

길모퉁이의 재즈맨

의욕을 잃어버린 것일까? 그럼에도 긴 콘서트 투어는 계획되고 있었다. 젊은 톰 패티 앤 하트브레이커스와의 8년간 투어는 밥에게 힘의 차이, 연령적인 기력의 차이를 자각시키는 결과를 낳았다.

방황하고 있는 게 아닐까 하고, 듣는 사람에게 억측을 불러일으키는 행위를 1960년대 말부터 일부러 해왔던 밥이었다. 그러나 1980년대 후반의 앨범에는 귀에 친숙하기 어려운, 뭔가 판단하기에 어려움을 느끼게 해주는 곡들이 다수 포함되어 있다. 그렇게 생각하는 밥의 팬들은 적지 않았다.

기독교 개종 후의 세 작품은 많은 청취자들에게 위화감을 초래하기는 했지만, 그 의지에 방황의 흔적이 엿보이는 곡은 없었다. 노래 부르는 방식을 바꾼다는, 전례 없이 기이한 컨트리 팝스를 발표했을 때에도, 안하무인이긴 했지만 곡의 질이 떨어진다는 느낌은 없었다.

그러나——. 곡마다 그 나름대로 들을 만한 가치가 없었던 것은 아니지만, 듣는 사람으로 하여금 점점 어딘가 납득할 수 없다는 느낌이 들게 만들었다. 앨범을 제작하고 리코딩 작업에 애정을 쏟을 수 없게 되어버린 걸까, 혹은 자기 뜻과 맞지 않는 제작 환경을 강요받고 있는 걸까, 가정 내 사정 때문일까, 도저히 쉽사리 풀어갈 수 없는 여자관계가 진흙탕 싸움이 되어버린 까닭일까, 경제 사정의 알력일까, 육체적 쇠락일까.

예전처럼 곡을 만들 수 없게 되어가고 있었던 것이다. 『자서전』에 의하면 톰 패티 등과 함께 투어를 하는 도중, 수년간 느껴왔던 우울증이 기력이나 체력에 실질적인 영향을 미치게 되었다고 한다.

"자작곡이 요원한 것이 되었고, 곡이 가진 본질적인 힘을 자극해서 살려갈 기술을 잃어버렸다. 표면적인 것밖에 흉내 낼 수 없게 되어버렸다. 이미 나의 시대는 끝났다. 마음 깊숙이 허무한 목소리가 들려왔다. 은퇴하고 활동을 접을 날이 너무나 기다려졌다."

밥은 진심으로 은퇴를 고려하고 있었다. 콘서트 투어 도중 이미 한계를 느낀 밥은 자신의 퍼포먼스를 개혁해볼 생각도 해보았다. 앨범을 만든 후 투어에 나선다는 제작 사이클로 인한 정신적 압박도 있었다. 작곡 자체가 자신의 뜻대로 되지 않는 결과, 과거 리코딩 세션에서 모아둔 것들(다행스럽게 밥에게는 미사용, 미발표 곡이 다수 보존되어 있었다)을 다시 손본다거나 다른 아티스트와의 공동 작업을 시도해본다거나 커버곡을 수록하거나 하고 있었던 것이다.

그럼에도 밥은 1987년 3월 11일 조지 거슈윈George Gershwin 서거 50주년 기념 콘서트에 턱시도 차림으로 출연해, 1930년 작품인 뮤지컬 「밴드를 시작하라Strike Up the Band」의 삽입곡 〈순soon〉을 아름답게 불러 장내를 매료시켰다. 그 직후 리코딩된 앨범 《그루브에 빠져서Down in the Groove》에서도 트래디셔널한 〈쉐난도Oh Shenandoah〉나 행크 스노우의 〈나인티 마일즈 언 아워Ninety Miles an Hour〉, 블루그래스Bluegrass의 〈랭크 스트레인저 투 미Rank Strangers to Me〉를 통해 보컬리스트로서 성숙해졌음을 느끼게 해주고 있었다.

하지만 밥의 고뇌는 결코 가볍지 않았을 것이다. 그 해 7월 그레이트풀 데드와 조인트 쇼트 투어가 진행되었는데, 그 리허설 도중 데드 측으로부터 수년간 라이브에서 하지 않았던 곡을 하고 싶다는 제안이 나왔다. 밥은 매우 곤혹스러워하며 동요했고 리허설장에서 퇴장해버린다. 밥은 평소 하고 있던 곡들을, 자신에게나 관객들에게나 친숙한 곡들을, 그냥 즐기면 된다고 생각하고 있었던 것 같다.

무대 위에서의 레퍼토리가 어느새 한정되어 있었다. 그런 사실을 데드를 통해 알게 되었다는 점 때문에 부끄러운 기분이 들었을지도 모른다. 데드 등 구성원들이 밥 딜런이란 존재를 무겁게 생각하고 있었던 증거이기도 했다. 그레이트풀 데드 역시 음악에 목숨을 걸고 있던 집단이었다.

어쩔 수 없이 모든 것들에 대해 다시 생각하게 된 밥은 빗속을 헤맨다. 그러자 거리의 저 끝 길모퉁이 쪽에서 재즈 콤보의 연주소리가 들려왔다. 작은 바 안쪽에서 낯선 재즈맨들이 연주하고 있었다. 밥은 가게 안으로 들어가 무대 근처 카운터에 기대앉아 그것을 들었다. 드럼, 베이스, 피아노 트리오를 뒤로 한 채 연배의 남성 가수가 스탠다드 재즈 발라드를 부르고 있었다.

밥은 그가 "태어날 때부터 부여받은 자연스러운 힘을 담아 노래하고 있었다"고 느꼈다. 그것을 듣고 있다가 갑자기 밥은 알아차리게 된다. 그 가수가 밥의 영혼을 향해 "이런 식으로 하는 거야"라고 말을 걸어온 것 같았다고 한다.

“그의 목소리를 계기로 나는 자기 자신을 되찾았던 것이다. 나도 예전에는 이런 식으로 했었다고 생각했다. (중략) 기본적이고 단순한 이 기법을 나는 잊고 있었다.”

이것을 계기로 데드와의 리허설에 복귀한 밥은 투어를 잘 견뎌낼 수 있었다. 완만한 음악 공간 속에서 데드가 연주하다가 이윽고 밥이 가세하는 3시간이 넘는 무대였다.

전환의 스위치

리허설에서는 100곡 가까운 레퍼토리를 테스트해보았지만, 1987년 7월 4일 폭스버러Foxborough에서 열린 투어 첫날 무대는 최악이었다. 그날 밥이 무대가 시작되기 직전 데드 측에게 건넨 당일 곡목 리스트에는 리허설에서 하지 않았던 곡들이 즐비했던 것이다.

원래 미리 뭔가를 엄밀하게 정해놓지 않은 편안한 상태에서 연주가 전개되는 그레이트풀 데드의 무대는 상황에 따라 그 완성도에 매우 큰 편차가 존재했다. 데드의 경우, 콘서트나 연주가 그때마다 다르다는 것이 밴드의 음악을 들었던 대부분의 관객들의 평가였다. 그레이트풀의 팬들 대부분은 매우 관대했다. 데드의 음악을 마치 분위기를 들이마시는 것처럼 즐긴다. 레코드 세일즈와는 거의 무관하게 1960년대 중반부터 쉬지 않고 지속해온 라이브로 그 존재감을 각인시킨 밴드라는 것을, 데드도 청중들도 자부심으로 느끼고 있었다.

1987년 당시 미국에서 그레이트풀 데드는 콘서트 티켓을 가장 구하기 어려운 밴드였다. 그 해 발표한 7년만의 스튜디오 녹음 앨범 《인 더 다크In the Dark》가 레코드 데뷔 20년 만에 첫 전미 6위의 대히트를 기록했다.

그것을 1980년대의 여피족 증가와 관련지어 분석한 미디어도 적지 않았다. 하지만 데드는 세상의 풍속 현상과는 무관하게, 자주독립의 경제 활동 기반을 만들고 제작 운영을 담담하게 계속해왔던 밴드다. 운용 이익에서 매년 기부 활동도 계속하고 있었다. 콘서트 활동에서도 관객석에 오디오 마니아가 이용할 수 있는 녹음 전용 구역을 설정하거나, 매번 플레이리스트를 미리 공표하기도 하며, 인터넷이 정비되기 이전부터 팬들의 관심을 보전하는 활동을 밴드 측에서 먼저 제공했던 선구적 존재였다.

무대가 일상이었고 모든 음악 활동의 중심이던 그레이트풀 데드의 존재 방식은 그 후 밥에게 적지 않은 영향을 주었다고

《Dylan & the Dead》 1989년

생각된다.

데드와 밥의 쇼트 투어 음원 중 7곡이 뽑혀, 투어로부터 약 1년 반 후인 1989년 2월 9일 《딜런 & 더 데드Dylan & the Dead》라는 앨범으로 발표되었다. 그 앨범이 발표된 직후인 2월 12일, 밥은 잉글우드Inglewood에서 열린 데드의 콘서트에 기습 참가한다. 무대에 올라간 직후, 밥은 데드의 곡만 노래하겠다고 우겨댔다. 강경한 자세에 어쩔 수 없이 데드의 구성원들은 함께 해주었다. 그러나 밥은 데드의 곡 가사를 거의 몰랐고, 결과적으로 최악의 무대가 되어버렸다. 모두가 겨우 설득해서 결국 밥의 곡을 노래했다는 '사건'이 있었다.

하지만 정작 당사자인 밥은 매우 기분이 좋은 모양이었다. 라이브 다음 날 데드의 오피스로 전화를 걸어 "그레이트풀 데드에 나를 좀 넣어줬으면 하는데"라고 밴드 가입을 청한다. 본인은 진심이었다. 그것을 강조하고 있었다고 한다. 데드는 그 전화를 받고 긴급회의를 시작했고 밴드 내부적으로 투표가 이루어졌다. 그들의 결의는 만장일치가 원칙이었다. 한 사람이 반대표를 던져 밥의 데드 가입은 기각되었다.

음악을 '살아가기 위해 꼭 필요한 양식'으로 삼아 모자라지도 넘치지도 않게 끊임없이 계속 활동해온 그레이트풀 데드 같은 밴드, 그런 존재에게 밥은 강한 선망의 마음을 품었다. 그 마음은 각별했던 모양이다. 좀처럼 친구 장례식에 참석하거나 조문사를 보내는 일조차 드물었던 밥이 1995년 8월 데드의 멤버였던 제르 가르시아Jerry Garcia가 세상을 떠날 때에는 장례식에 참석했고, 공식적으로 추도 코멘트까지 발표하고 있다.

"그는 친구일 뿐 아니라 형제 같은 존재였습니다"

라고.

1987년 가을, 톰 패티 등과 함께 한 유럽 투어에서 밥은 레퍼토리를 대폭 확장했다. 무려 110곡에 이른다. 노래 부르는 것의 고통은 제거되었고, 오히려 얼마만큼이나 할 수 있는지 스스로를 시험해보겠다는 목적의식이 생겨났다. 하지만 투어 활동 그 자체는 바야흐로 밥에게 지루하게 느껴지고 있었다. 은퇴를 남몰래 결심하고 있었기 때문에 마음은 편했다고 한다.

그런데 투어 후반인 1987년 10월 5일, 스위스 로카르노Locarno의 야외무대에서 새로운 사고에 직면한다. 3만 명의 관객들 앞에서 노래를 하려고 하는데 갑자기 목소리가 나오지 않게 된 것이다. 원인은 알 수 없었다. 순간적으로 밥은 패닉에 빠진다. 하지만 거기서 일단 멈췄다.

> "잃어버릴 것은 아무것도 없다. 신중해질 필요도 없다"

고 밥은 생각했다. 이미 은퇴까지 결심했던 몸이다. 그래서 무의식적으로 또 다른 방법으로 임해보았다. 그것이 생각지도 못한, 다시 태어난 듯한 에너지를 밥에게 불러일으켰던 것이다.『자서전』에 의하면

> "나는 완전히 새로운, 진정한 의미에서 이제껏 알려지지 않은 퍼포머가 된 기분이 들었다"

라는 말까지 할 수 있게 된 사건이었다.

이 날을 경계로 밥은 은퇴에 대한 생각을 접었을 뿐만 아니라 "처음부터 다시 시작해 대중의 기대에 부응하는 것도 재미있을지" 모른다고 생각할 수 있을 정도로 의욕 충만한 몸이 된다. 전환의 스위치는 의식 영역에는 없었다는 말이 될 것이다. 자정 작용은 고뇌가 깊어질수록 강하고 크다는 가르침일까.

트래블링 윌버리스_Traveling Wilburys

새로운 표현 방법에 대한 실감을 느낄 수 있는 동안, 어떻게든 그 느낌을 갈고 다듬어보고 싶다고 생각한 밥은 패티와의 투어 종료 후, 바로 그 자리에서 투어 매니저에게 다음 해인 1988년의 투어를 요청한다. 밥은 연간 200회의 콘서트를 희망했다. 그 무렵 밥은 1960년대 초엽(아마도 뉴욕에서) 로니 존슨에게 직접 배웠던 기타 연주법을 떠올렸고 그것을 응용해보고자 했다. 로니 존슨은 재즈와 블루스의 명인으로 1930년대부터 활약했던 최고의 기타리스트다. 관습에 의거하지 않는, 노래를 활성화시키는 존재감 있는 연주법이라고, 밥은 말하고 있다. 보컬 스타일뿐만 아니라 그것을 도입함으로써 노래에 힘을 부여할 수 있었다. 기타주법에 대한 개혁은 "자신이 연주하고 있는 것의 골격에 얽매이지 않고 노래하고 싶다"고 생각했기 때문이었다.

그러나 곡을 만드는 것에 대한 욕구는 여전히 솟구치지 않았다.

1988년 4월의 어느 날, 조지 해리슨이 프로듀서 겸 뮤지션인 제프 린Jeffrey Lynne을 동반해서 밥의 집에 찾아왔다. 조지의 앨범 《클라우드 나인Cloud Nine》의 프로모션용 12인치 싱글의 B

면에 넣기 위한 곡을 녹음하고 싶으니, 밥의 홈 스튜디오를 빌려달라는 것이었다. 조지와 린은 작곡을 개시했고 거기에 린의 프로듀스로 앨범을 제작 중이었던 로이 오비슨Roy Orbison도 어쩌다 보니 자리를 함께 하게 되었다. 우연한 일이지만, 빌렸던 기타를 밥에게 돌려주기 위해 톰 패티도 집에 왔다.

"모처럼 이 정도의 멤버들이 모였으니 한 곡 함께 해보자"라고 밥도 가세하여 만들어진 것이 〈핸들 위드 케어Handle With Care〉다. 이 곡은 스매시 히트Smash Hits하여 곧바로 앨범 제작으로 발전한다. 모처럼 이렇게 된 마당에 밴드 이름까지 붙여보자는 이야기가 나와 이 5인조에 '트래블링 윌버리스'라는 이름을 붙이게 되었다.

밥은 오랫동안 동경해왔던 로이 오비슨과 함께, 이 기획 밴드를 맘껏 즐겼다. 데뷔 앨범 《트래블링 윌버리스 Vol.1Traveling Wilburys Vol.1》는 1988년 10월 18일 발매되었다. 다행히 호평을 얻어 전미 차트 3위까지 올라갔다.

시가 찾아오는 것을 기다린다

1년에 200회까지는 아니더라도, 밥은 1988년 6월 7일부터

10월 중순까지 미국 전역을 도는 투어에 나선다. 드럼, 베이스, 기타 그리고 밥이라는 4인 편성의 밴드였다. 이 해부터 현재에 이르기까지 밥은 1년에 80~120회의 무대를 매년 계속해오고 있다. 투어에는 각 회마다 명칭이 붙여지기 마련인데 밥의 팬들은 이 해부터 시작되어 지금까지 이어지고 있는 콘서트 활동 전체를 '네버 엔딩 투어'라고 부르고 있다.

밥은 여행을 생활의 중심에 놓기로 마음을 굳혔다. 여행 무대에서 과거를 다시금 더듬어 올라가보거나 새로운 곡을 시도해보거나 옛 친구를 대동하거나 여러 가지 아이디어를 실현시켜간다. 밴드 편성은 몇 년인가 흐르면 변경사항이 추가된다. 회장도 1,000명 정도가 들어갈 수 있는 소규모 공간부터 2만 명 규모의 스타디움까지 실로 다양했다. 리코딩 아티스트라는 사실로부터 회피할 작정이 아니라, 관객과의 대면을 통해 노래하는 것이, 자신의 음악에 가장 적합한 존재양식이라는 생각을 굳힌 결과다.

정기적인 앨범 제작 스케줄에 얽매이는 생활에서 벗어나려는 생각이 있었을 것으로 보인다. 1980년대 중반 무렵부터 밥은 곡을 만드는 것에 대한 욕구가 감퇴하고 있다는 사실을 자각하고 있었다. 억지로 비틀어 짜내는 것이 아니라, 시가 어느 날 문득 '찾아오길' 기다리는 자세로 바뀐 것이 아니었을까.

1988년의 어느 날 밤, 밥은 자택 키친에서 창밖의 언덕 경사면이 달빛으로 물들어 있는 것을 바라보고 있었다. 그때 느닷없이 심신에 변화가 일어나며 〈정치적 세계Political World〉라는 제목의 곡 가사를 스무 소절까지 단숨에 다 써버렸다. 이것이 계기가 되어 밥은 한 달 만에 20곡을 쓴다.

곡을 만드는 것은 우선 가사에서 시작된다. 밥의 경우 언어가 없는 데서 곡은 태어나지 않는다. 갑자기 용솟음쳐 온다고 한다. 이때는 그러한 상태가 일정 기간 연속되고 있었던 것이다.

가사들이 정리되어 완성된 상태에 있었으면서도, 이러한 것들이 리코딩되기에 이른 것은 약 1년 후의 일이었다. 그 무렵 깊은 교류를 나눴던 U2의 보노Bono가 밥의 집에 놀러 왔던 것이 계기가 되었다. 잡담을 하다가 우연히 보노가 "새로운 곡은 있는 겁니까?"라고 묻는다. 밥은 옛날에 썼던 그대로 서랍 속에 넣어두었던 곡 다발들을 보노에게 보여주었다.

보노에게 등을 떠밀리듯, 프로듀서로 다니엘 라노아Daniel Lanois를 추천받은 밥은, 1989년 3월, 그 무렵 라노아가 본거지로 삼고 있던 뉴올리언스로 향한다. 그리고는 1개월 남짓 하는 체재를 통해 앨범 《오 자비를Oh Mercy》를 완성시켰다. 보노의 한마디가 없었다면, 곡들은 그 후 몇 년이나 밥의 서랍 속에서 잠들고 있었을지도 모른다.

밥이 라노아에게 의뢰를 맡긴 이유 중 하나에, 밥이 좋아하는 네빌 브라더스The Neville Brothers의 앨범 《옐로우 문Yellow Moon》을 라노아가 프로듀스했었다는 사실이 있다. 그 앨범에서는 밥의 〈신이 우리와 함께하시기에With God on Our Side〉와 〈홀리스 브라운의 발라드Ballad of Hollis Brown〉가 커버되고 있다. 노래하고 있는 것은 양쪽 모두 아론 네빌Aaron Neville이다.

> "아론 네빌의 노래는 미쳐버린 세계에 다시 제정신을 불러줄 수 있을 정도로, 우리들의 깊은 정신에게 이야기를 건다"

라고 밥은 지적한다.

뉴올리언스 민가 하나 전체를 빌려 기자재를 가지고 들어와 《오 자비를Oh Mercy》이 리코딩되었다. 해당 지역의 분위기, 느낌 그 자체까지 곡의 배경이나 기반에 반영시키는 것이 라노아의 방식이었다. 창작 활동상 하나의 벽을 뛰어넘어 새로운 영역을 탐색하고 있던 밥은, 뉴올리언스라는 지역에서 라노아 같은 인물과 작품을 만들 수 있다는 사실에 감개무량한 심정이 되었다. 그것은 『자서전』 제1장 전체를 《오 자비를Oh Mercy》 제작에 대한 이야기에 할애하고 있다는 사실에도 드러나 있다.

뉴올리언스에 대해 밥은 이렇게 말한다.

"과거의 마법이 사라져 버린 다른 많은 도시들과 달리, 뉴올리언스에는 아직 많은 마법이 남아 있었다. 밤은 사람들을 완전히 뒤덮어 버렸고 결코 사람들을 슬프게 만들지 않는다. 어떤 길모퉁이에도 새롭고 근사한 가능성이 존재했으며 이미 그것이 진행 중이다."

《Oh Mercy》 1989년

밥이 뉴올리언스의 녹음 현장에 왔을 때의 첫인상을 라노아는 이렇게 적는다.

"바야흐로 더 이상 각광받을 일이 없어진 복서가 컴백해서 왕좌를 탈환하려는 듯한 분위기였다"(『SOUL MINING』 다니엘 라노아 저).

라노아는 밥에 대해 "함께 일했던 사람들 중에서도 가장 집중력이 뛰어난 인간 중 한 사람"이었다고 말한다.

라노아가 만들어낸 깊이 있는 음향 공간의 중심에 밥이 있었다. 밥의 노래와 언어를 비트와 감응시키는 일에 매진했던 것이 《오 자비를Oh Mercy》였던 것이다. 애매모호한 목소리는 단 한 소절도 없었다. 하지만 밥은 이전처럼 자신의 목소리가 힘차다는 것을 과시하고 있지 않다.

이 앨범은 생명력을 느끼게 해준다. 하지만 그것은 살아 있는 사람뿐만 아니라 '죽은 자의 에너지'라고도 부르고 싶어지는, 인간이 선조들로부터 계승해왔던 생명의 비밀스런 힘을 포함하고 있다. 뉴올리언스의 뮤지션들을 중심으로 라노아나 말콤 번Malcolm Burn이 가세한 연주도 음영에 가득 차 있다.

《오 자비를Oh Mercy》은 1989년 9월 12일 발표되었다. 높은 평가를 얻었지만, 전미 차트에서는 30위에 머물렀다. 하지만 영국에서는 6위라는 좋은 성적을 남기고 있다.

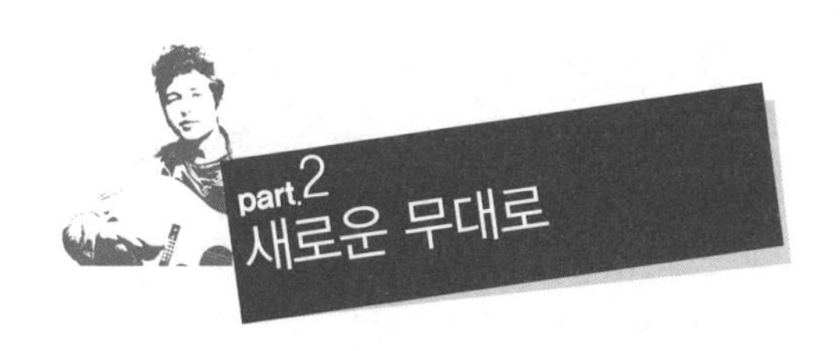

붉은 하늘 아래_Under the Red Sky

투어 중심의 활동을 보냄으로써 밥은 음악 생활의 중요한 지주를 얻는다. 1990년 초에는 신작 앨범 리코딩에 착수한다. 프로듀서는 돈 워즈Don Was와 데이비드 워즈David Was, 통칭 워즈 형제(혈연관계는 아니다)였다. 그들이 직접 프로듀스를 하겠노라고 나섰다고 한다. "현재의 밥의 내면에 계속 살아 있는, 과거의 밥으로 통하는 숨결을 끄집어내고 싶다." 그러한 소망을 가지고 워즈 형제는 리코딩에 임했다고 생각된다.

이 세션을 통해 태어난 앨범 《붉은 하늘 아래Under the Red Sky》에는 악곡은 새롭지만 일부러 구식 접근 방식으로 완성시켜본다는 타입의 작품들이 다수 존재한다. 밥 딜런이 지금까지 걸어온 길에 대한 경의를 현재진행형의 밥의 음악에 비춰 본다.

특히 1960년대의 밥을 상징하고 있을 가능성이 있다.

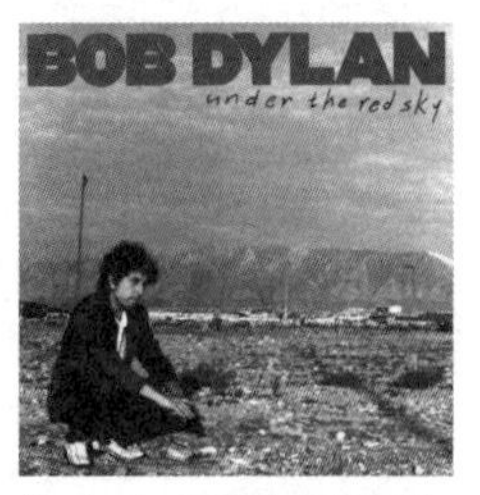

《Under the Red Sky》 1990년

워즈 형제는 《오 자비를Oh Mercy》에서의 라노아의 성과를 상당히 의식하고 있었다. 라노아는 밥의 노래가 울려 퍼지는 공간이 얼마나 풍요로운지를 전하고자 노력했다. 이에 대해 녹음 실무를 담당하는 돈 워즈는 밥과 세상 간의 관계성, 록/팝스 역사상 밥의 위치를 다시금 정립하는 것에 대해 온 지혜를 짜냈다. 그것은 활동 30년째를 맞이하려고 하고 있던 밥에 대한 용기 있는 시도였다.

악곡 각각의 매력을 끄집어내는 것에 관해서는 어려움도 느껴졌다. 스티비 레이 본Stevie Ray Vaughan이나 데이비드 린들리David Lindley, 와디 와치텔Waddy Wachtel, 슬래쉬Slash, 알 쿠퍼, 조지 해리슨에 엘튼 존, 데이비드 크로스비David Crosby 등 화려한 참가 멤버로 주변을 다지고 '긍정적으로 과거를 돌이켜 본다'는 워즈의 방식은, 과거 작품들도 신곡도 마찬가지로 무대에서 계속 노래하고 있는 밥의 입장에서 위화감이 적지 않았던 것 같다.

"매일 서로 다른 밴드와 함께 연주하고 있는 듯한 느낌이었다. 사람들이 너무 많았고 에코가 너무 많아 힘들었다."

훗날 밥은 이렇게 말하고 있다.

심지어 이 앨범 제작과 트래블링 윌버리스의 신작 리코딩이 동시에 진행되고 있었다. 낮에는 조지 해리슨, 제프 린과 공동 작업을 하고 밤부터 새벽녘까지 워즈의 지휘하에 가사에 멜로디를 넣어 노래하고 잠깐 눈을 붙였다가 일어나 다시 조지, 제프가 있는 곳으로 돌아간다는 생활의 연속이었다.

하지만 《붉은 하늘 아래Under the Red Sky》에는 〈신께선 아셔God Knows〉, 〈고양이는 우물 안에 있어Cat's in the Well〉처럼 그 후 무대의 주요 레퍼토리로 활용되는 아름다운 곡들도 포함되어 있었다. 사회에 대한 불안과 그에 대한 기도라고 할 만한 것이 느껴진다는 점에서는 《오 자비를Oh Mercy》과 공통된 지향도 엿보인다.

《붉은 하늘 아래Under the Red Sky》는 1990년 9월 11일 발매되었다. 전미 38위로 판매는 부진했다. 판매수입이라는 측면에서는 《오 자비를Oh Mercy》 쪽도 그다지 좋은 성적은 아니었지만 비평가들의 평가는 높았다. 그런데 《붉은 하늘 아래Under the Red

Sky》의 경우 평론가들의 반응마저 시원치 않았다.

윌버리스의 신작에는 《트래블링 윌버리스 Vol.3Traveling Wilburys Vol.3》라는 타이틀이 붙여졌다. 윌버리스 멤버였던 로이 오비슨이 1988년 12월에 서거하여, 후임으로 델 섀넌Del Shannon을 넣어 시험 녹음이 행해진 바 있다. 그것을 《트래블링 윌버리스 Vol.2》라 부르고 싶다는 멤버들의 의향이 있었는데, 그 후 갑자기 섀넌까지 타계해버렸기 때문에 결국 《트래블링 윌버리스 Vol.2》는 실제로는 존재하지 않게 된다. 《트래블링 윌버리스 Vol.3》은 1990년 10월 23일 발매되었다. 《트래블링 윌버리스 Vol.1》만큼 판매되지는 않았지만 전미 11위를 기록했다. 조지는 윌버리스에 참가하고 있던 밥이 "완전히 빠져 있었고 유머가 넘쳤다"고 말한다. 자신은 절대적으로 열렬한 딜런 팬이기에, 그가 아무리 엉망인 레코드를 내놔도 계속 좋아할 수 있다고도 말하고 있다.

다시금, 전쟁의 귀재들_Masters of War

1년 가운데 3분의 1 가까운 시간을 노래 여행으로 보내게 되며 밥과 아내 캐롤린 사이도 점차 식어갔다. 1990년 8월 그녀는 이혼소송을 일으킨다.

같은 해 10월 밥은 뉴욕 주 웨스트포인트의 미육군사관학교에 초청받아 콘서트를 개최했다. 거기서 사관후보생들에게 〈전쟁의 귀재들Masters of War〉을 들려주었다. 그 3개월 후인 1991년 1월 17일, 다국적군 일원으로 미군은 이라크를 공중폭격한다. 걸프 전쟁이 발발한 것이다.

당시 닐 영은 신작 《상처뿐인 영광Ragged Glory》의 발매에 맞춘 전미 투어를 목전에 두고 있었다. 전쟁이 시작되자 곧바로 무대 구성을 변경, 지미 헨드릭스가 일렉트릭 기타로 흐느적거리며 연주했던 미국의 국가 〈성조기여 영원하라The star spangled banner〉의 녹음을 굉음으로 흘려보내며 콘서트를 시작, 중간에 밥의 〈바람만이 아는 대답Blowin' in the Wind〉을 긴급 레퍼토리로 삽입하고 동시에 시종일관 대음량으로 일관하는 콘서트 형태로 이후의 투어를 감행했다. 이때의 투어는 라이브 앨범 《웰드Weld》로 나와 있다.

걸프 전쟁이 한창 진행되는 가운데 밥은 1991년 1월 28일부터 2월 17일까지 유럽을 순회공연했다. 2월 20일 귀국 즉시, 그래미상에서 생애공로자로 특별공로상Lifetime Achievement Award을 수상한다. 밥은 수상식에 참석, 증정식 전 기념 라이브에서 〈전쟁의 귀재들Masters of War〉을 격한 연주와 경전을 외우는 듯 쥐어짜내는 목소리로 선보였다. 그 모습과 노래와 연주는 전쟁 지지에 대한 기운이 고양되던 미국 전체로 방영되었다.

밥의 이런 무대에는 찬반 의견이 엇갈렸다. 증정 후 스피치에서 밥은

> "아버지는 여러 가지를 가르쳐 주었습니다. 아버지는 이렇게 말했습니다. 어머니와 아버지가 언젠가 너를 남기고 사라져갈 이 세계에서는 나쁜 것들이 쉽사리 너를 해할지도 모른다. 하지만 설령 그렇게 되어도 너는 스스로의 잘못을 참회하고 다시금 시작할 힘을 가지고 있다. 하느님은 그렇게 믿어주시므로"

라고 말했다. 경청하고 있던 장내는 이내 숙연해져 있었다. 〈전쟁의 귀재들Masters of War〉은 그 식이 행해지기 전인 유럽 투어에서 이미 레퍼토리에 포함되어 있었다.

새로운 청중들에게

밥에게는 과거에 녹음했던 대량의 미발표 음원이 남겨져 있

《THE BOOTLEG SERIES 제1-3 집》 1991년

었다. 그것을 발굴한 '더 부틀렉 시리즈'가 컬럼비아 레코드사를 매수한 소니 뮤직에 의해 스타트한다. 우선은 1991년 3월 26일 3종 1세트로 《더 부틀렉 시리즈THE BOOTLEG SERIES 제1-3집》이 발매되었다. 1961년부터 1991년까지의 전 58곡이 수록되어 있다. 그 가운데 미발표곡은 45곡이나 되었다. 실로 놀라운 발견이 가득 넘쳤다.

고정 멤버들과 함께 수없이 많은 무대를 소화하는 한편, 밥은 밴드 편성에 의한 앨범 리코딩에 흥미를 잃어간다. 매일같이 대면하는 관객들이 최고의 청취자라는 의식이 높아진 상태였다.

투어 사이사이로 밥은 자택에 설치된 스튜디오에서 기타를 치면서 노래 부르는 트레디셔널송 작품을 두 편 녹음한다. 스스로의 기본으로 되돌아간 '스스로를 다시 듣기 위한' 목적도 있었던 게 아닐까. 밥은 감정을 억제하면서도 곡을 깊이 있게 음미하여 다시금 전달하고자 노래한다. 기타도 섬세한 여운을 남긴다. 멜랑꼴리하거나 드물게 기타 테크닉을 선보이기도 한다.

첫 번째 작품은 1992년 11월 3일 발표된 《갓 애즈 아이 빈

투유Good as I Been to You》, 또 하나는 1993년 10월 26일 발표된 《기묘한 세계로World Gone Wrong》다. 《기묘한 세계로World Gone Wrong》 쪽에 블루스가 다수 수록되어 있다. 밥 스스로 해설을 쓰고 있는 점을 보면 기타를 직접 치면서 노래하는 이번 작업은 생각 외로 즐거웠던 모양이다.

《Good as I Been to You》 1992년

《World Gone Wrong》 1993년

밥은 옛날 곡들, 자신이 1960년대 초반에 배웠던 곡들, 조사했던 곡들을 새로운 청취자들에게 소개하는 기쁨을 느끼게 되었던 게 아닐까. 그런 상상이 가능하다. 이전에는 자작곡 중에 그것을 집어넣거나 차용하는 형태로 전달되고 있었는데, 이 두 작품에서는 가사나 곡 모두 옛날 형태를 답습하고 밥의 해석도 소박함 그 자체다.

'소개하는 기쁨'이라는 측면에서 이 두 작품은 그 후의 밥의 라디오 DJ 프로그램 「테마 타임 라디오 아워Theme Time Radio Hour」에 직결되는 중요 작품이다. 《자화상Self Portrait》 무렵과는 전혀 별개의, 카오틱한 장치가 없는, 커버집이라기보다는 '애청자

애가집'이다. 차트는 《갓 애즈 아이 빈 투유Good as I Been to You》가 전미 51위, 《기묘한 세계로World Gone Wrong》가 전미 70위였다.

30주년

1992년은 밥의 레코드 데뷔 30주년에 해당되는 해였다. 그것을 축하하는 음악이벤트가 뉴욕의 매디슨 스퀘어 가든에서 10월 16일 개최되었다. 음악가 밥 딜런의 공적을 기리기 위해 수많은 뮤지션들이 모여 밥의 노래를 불렀다. 음악 감독은 과거 딜런 밴드의 기타리스트 G · E · 스미스였다. 대부분의 반주를 맡는 '하우스 밴드'에 부커티 앤 엠지스Booker T. & the M.G.'s, 짐 켈트너Jim Keltner, 안톤 피그Anton Fig 등의 이름이 보인다. 밥이 데뷔하게 된 계기 중 하나를 만들었던 캐롤린 헤스터, 더 클랜시 브라더스, 토니 메이컴, 로비 오코넬Robbie O'Connell, 리치 헤이븐스Richie Havens, 조니 캐시 & 준 카터 캐시June Carter Cash, 윌리 넬슨, 스티비 원더, 존 멜렌캠프John Mellencamp, 루 리드Lou Reed, 에디 베더Eddie Vedder, 시니드 오코너Sinead O'connor, 닐 영, 에릭 클랩튼, 더 밴드, 조니 윈터Johnny Winter, 로저 맥귄, 조지 해리슨에 오제이스The O'Jays 등등 엄청난 인물들이 대거 출연했다. 이 모습은 전 세계로 발신되어 일본에서도 NHK 텔레비전에서 방영되었다.

《The 30th Anniversary Concert Celebration》 1993년

밥은 네 시간에 걸친 이 콘서트 마지막에 등장해 직접 기타를 치면서 두 곡을 부른다. 이 자리에 가장 어울리는, 없어서는 안 될 '실질적 데뷔곡'인 〈우디에게 바치는 노래Song to Woody〉와 〈괜찮아요, 엄마It's Alright, Ma'〉를 불렀고, 〈나의 이면My Back Pages〉을 닐 영과 에릭 클랩튼 등이 릴레이로 선보였다.

전원이 부른 〈천국의 문을 두드려요Knockin' on Heaven's Door〉에서 밥은 숨어 있는 것처럼 눈에 보이지 않았다. 텔레비전 방송 시간 틀 안에 다 수록할 수 없어서 중계방송에서는 볼 수 없던 앙콜 장면에서도 밥은 혼자 직접 기타를 치면서 〈북쪽 나라의 소녀Girl from the North Country〉를 불렀다. 〈우디에게 바치는 노래Song to Woody〉는 표정이 무뚝뚝하게 경직되어 있어서 천하의 밥도 긴장하고 있는 것처럼 보였다. 하지만 이벤트는 매우 성황리에 개최되었고 '이런 사내는 없다'라는 강한 인상을 심어주는 축제의 장이 되었다. 밥도 매우 감격했다고 전해진다. 이 날의 영상은 CD와 VTR로 시판되기도 했다.

살아 있는 인간으로서의 밥과

이 무렵 밥은 캐롤린과 이혼하게 된다. 밥은 오로지 여행을 계속했다. 1994년 2월에는 일본 방문 투어도 개최되었다. 이 해에는 5월 20일 나라奈良 도다이지東大寺 경내에서 개최된 '더 그레이트 뮤직 익스피어리언스 94 AONIYOSHIThe Great Music Experience 94 AONIYOSHI'에도 출연해 도쿄 뉴필하모닉 관현악단과의 공연 형식으로 〈세찬 비가 쏟아질 거예요A Hard Rain's A-Gonna Fal〉, 〈난 해방될 거야I Shaii Be Released〉, 〈종소리를 울려라Ring Them Bells〉를 불렀다. 이 콘서트는 전 세계로 위성 중계되었다. 밥의 노래는 그의 무거운 존재감과 엄숙함을 체현해주는 것이었다.

나아가 1994년 8월 14일에는 25주년을 기념하여 열린 '우드스톡 94'에도 출연했다. 평소의 콘서트 관객과는 전혀 다른, 그런지Grunge하고 얼터너티브한 록을 열광적으로 즐기는 젊은 관객들에게 다소 위축되어 있었다. 반응을 전혀 예측할 수 없었다. 약간 긴 시간적 간격을 두고 웨스턴 정장 차림의 밥이, 밥의 입장에서 본다면 아들 뻘 되는, 그보다 더 젊은 사람들 앞에 등장했다.

순식간에 장내에 환희가 끓어올랐다. 문자 그대로 모두 춤추

듯 기뻐했다. 밥 딜런이, 이름과 녹음자료와 소문과 여러 가지 평판으로밖에는 알지 못했던, 살아 움직이는 바로 그 밥 딜런이 거기에 있다는 사실을 느낀 것만으로도 우드스톡 94의 관객들은 역사의 산 증인이 되었다.

전혀 예상할 수 없는 '미지의 청중들' 앞에 서게 된 것이 도대체 몇 년 만일까. 하지만 그들에게 밥은 '미지'의 존재가 아니었다. 밥이 긴 세월 동안 끊임없이 노래해왔으며 수많은 '젊은 뮤지션들'의 존경을 한 몸에 모으고 있다는 사실을 '미지의 청중들'은 알고 있었다. 밥은 그날, 그 해 가장 뜨거운 연주를 선보였다. 밥이 원하고 있던, 새로운 청중들과 직접 교감했던 소중한 날이었다.

이 해 11월에는 MTV의 《언프러그드Unplugged》에 언제나 투어를 함께 하는 딜런 밴드로 출연했다. 밥은 왕년의 커다란 물방울 문양 셔츠에 진한 선글라스 차림으로 등장했다. 브랜든 오브라이언Brendan O'Brien이 해먼드 오르간Hammond Organ으로 연주를 보조했다.

《MTV Unplugged》 1995년

밥은 오래된 전통적인 포크송을 선보이고 싶어 했지만 제작 측으로부터 제지가 있어 어쩔 수 없이 히트곡 모음 무대로 변경할 수밖에 없었다. 그래도 반전가 〈존 브라운John Brown〉이나 《오 자비를Oh Mercy》 당시의 미수록곡 〈품위Dignity〉를 집어넣어 변화를 주었다. 밥을 듣는 사람들이 더 다양해져 갔다.

그림을 그리다

수지 로톨로의 영향으로 일상적으로 그림을 그리기 시작한 밥은 콘서트 투어 중심의 생활이 되고 나서 이전보다 더더욱 스케치나 드로잉에 친숙해져 갔다. 여행지에서 기분이 고조되면 한꺼번에 몇 장씩 단숨에 완성시켜버리는 경우도 있었다. 연필이나 펜으로 모노크롬 작품을 완성시켰다. 밥의 경우, 그린다는 행위를 통해 '뭔가를 볼 때 쓸데없는 요소를 제거하는' 것이 가능해짐을 느낀다고 한다.

가사나 시, 산문을 쓴다는 것과 그림을 그린다는 것. 양자 사이에는 창작상의 직접적인 관련성이 없으며 연관성은 어디까지나 상호 간접적인 듯하다. 2013년 가을, 이미 출판된 초상화들만을 모아 출판한 화집 『Face Value』(National Portrait Gallery)

밥 딜런 화집 『Face Value』 2013년

에 수록된 인터뷰에서, 밥은 "곡은 그림을 그리는 것에 영감을 주지는 않는다"라고 말하고 있다. 하지만 밥의 가사에서 회화적 창조성을 느끼는 경우는 자주 있다. 그림이 곡에 영감을 부여하는 일은 자주 있는 것 같다. 1972년 출판된 밥의 첫 가사집에는 밥 자필의 드로잉이 몇 개나 게재되고 있었다. 일본에서 이 책은 『밥 딜런 전 시집ボブ·ディラン全詩集』이라는 제목이었는데 원제는 『Writings and Drawings』이었다. 이 중에는 가사와 적지 않은 관련성을 유추해볼 수 있는 그림이 몇 개나 되었다.

1994년 11월에는 밥의 첫 번째 드로잉집 『Drawn Blank』가 출판되었다. 화집 데뷔작이었다. 모노크롬의 선묘화 화집으로 풍경이나 인물 등 그림의 대상은 실로 다양했다. 선으로 그려진 이런 그림들에 색깔을 칠해 하나의 작품을 가지고 몇 가지 패턴을 만들어내는 시리즈 "Drawn Blank Series"도 2007년부터 몇 번인가 그 전람회가 개최되고 있다.

그 외에 브라질을 그린 시리즈, 아시아를 제재로 한 연작들, 뉴올리언스에서 그린 것들 등, 2010년 이후 코펜하겐, 뉴욕, 밀라노 등에서 개인전이 열리고 있다. 밥은 선묘화뿐 아니라

유채화 타블로도 다수 그리고 있다.

어떤 지역에 도착하면 우선 회장 주변을 산책하고 그림을 그린다. 그리고 무대 공연을 마친 후 또 다른 곳으로 이동한다. 그런 생활에 밥의 탐구심 자체가 편안한 안식을 취하고 있었던 것일지도 모른다.

다시금 라노아와 함께

레이블 측은 밥이 투어에 너무 정성을 쏟은 나머지 스튜디오 녹음에 흥미를 잃게 된 시기에도, 곡들을 손보고 이렇게 저렇게 서로 순서를 바꿔가며 다양한 특별 음반들을 발매하고 있었다. 1994년 11월 15일 《밥 딜런 베스트 앨범 제3집Bob Dylan's Greatest Hits Volume 3》, 1995년 2월 7일 CD-ROM 《61번 고속도로 인터렉티브Highway 61 Interactive》(그리니치 빌리지를 탐방하고 밥의 목소리를 들을 수 있으며 관련 데이터를 열람할 수 있다), 1997년 6월 2일 《더 베스트 오브 밥 딜런The Best of Bob Dylan》이 각각 발매되었다.

새롭게 곡을 쓰는 일에 질려버렸을까? 신곡 리코딩을 위해 뮤지션들에 대해 알아보거나 프로듀서를 찾아내 의견 조율을 하는 것이 귀찮아졌을까? 라이브를 계속하는 것만으로도 이미 음악과의 관계는 충족되었다는 말일까? 여러 가지 상상이 가능하겠지만 결과적으로 1991년부터 1996년까지 밥은 신곡을 발표하지 않는다. 1996년에는 레이블 측의 '의무방어전적인 음반'마저 나오지 않게 되었다. 밥은 계약이 갱신되지 않을 거라고 막연히 생각하고 있었던 모양이다. 하지만 컬럼비아 레코드사/소니 뮤직은 밥과 관계를 끊을 생각이 전혀 없었다.

뉴욕의 한 호텔 객실에서 밥은 다니엘 라노아에게 새로운 가사를 읽어주고 있었다. 1996년 가을의 일이라고 생각된다. 라노아의 자서전 『SOUL MINING』에 의하면 라노아가 가사를 다 읽자, 밥은 "레코드로 만들 가치가 있다고 생각하는가?"라고 물었다고 한다. 그 가사에는 라노아가 여태까지 한 번도 느껴본 적이 없는 파워가 담겨 있었다. 여태껏 일찍이 그 누구도 써본 적이 없는 관점이라는 생각이 들었다고 한다.

> "몇십 년에 걸친 인생 경험과 고백이 적힌 페이지가 내 눈 앞에 있었다. 로큰롤은 젊은이들만의 전유물이라는 신화가 이 사내의 강철처럼 냉철한, 새파란 눈에 의해 분쇄되었다"(전게서)

라고 라노아는 적고 있다. 라노아는 밥의 새로운 가사 안에 들어 있는 비트와 멜로디에 대한 이미지의 조각들을 이미 간파하고 있었다.

밥은 그때 리코딩에 참고하라며 로큰롤, 블루스의 추천 레코드 리스트를 라노아에게 건넸다. 거기에는 찰리 패튼Charley Patton, 리틀 월터Little Walter, 아서 알렉산더Arthur Alexander 등의 작품들이 적혀 있었다. 그 작품들에 공통되는 사운드 특성, 주로 1940년대부터 1960년대까지의 작품들이 가지는 황량함, 녹음 기자재의 한계점을 음악의 파워가 능가함으로써 발생하는 비틀림, 『SOUL MINING』에서 과대 입력(오버 드라이브)이라고 적고 있는 현상에 의해 생기는 사운드, 바로 이것이 밥이 갈망하고 있는 것이라고 라노아는 추측한다. 《오 자비를Oh Mercy》을 함께 제작하고 나서 7년의 세월이 흘렀다. 몸 안에 축적된 경험들을 완전 연소할 때가 왔다고 라노아는 생각했다. 특히 블루스에 대해 한층 심화된 이해가 작품에 큰 도움을 줄 거라는 생각도 들었다.

밥은 캘리포니아 옥스퍼드에 있는 라노아의 스튜디오(오랜 영화관을 전용한 곳)에서 라노아와 그 파트너 마크 하워드와 함께 데모 테이프를 만들기도 한다. 밥은 피아노를 치면서 노래를 불렀다. 작업은 멜로디와 리듬을 찾아가는 동시에 사운드의 이미지를 형성해가는 작용을 동반하고 있었다. 기존의 리코딩 작업에서는 그다지 보이지 않았던 공정이다. 스튜디오에서 사운드를 구축해가는 것이 아니라, 곡을 만드는 작업과 동시 진행으로 감각적으로 파악해간다. 음의 전체상을 몸의 감각으로 짚어간다. 라노아가 아니면 불가능한 작업이었다.

노래와 가사가 긴밀히 결속해 있다는 것, 비트는 가창 속에서 갈고 다듬어진 후 이끌려진다는 것, 곡을 만들 때의 밥의 특징을 너무나 잘 알고 있기 때문에 가능했던 탐구였다.

흥미로운 것은 밥이 라노아에게 건넨 추천 음반 리스트 가운데 링크 레이가 1971년 발표한 《링크 레이Link Wray》란 앨범이 있었고, 그 사운드에 강하게 매료되어 큰 영향을 받았다고 라노아가 자서전 안에서 특별히 쓰고 있다는 사실이다. 링크 레이의 앨범은 거의 알려지지 않은 채 묻혀 버린 작품이었다. 1996년 당시 이를 돌아보는 사람은 전혀 없었다.

《링크 레이Link Wray》는 1958년 반주곡 〈럼블Rumble〉의 대히트로 알려진 기타리스트 링크 레이의 작품이다. 1960년대 말 메릴랜드 주 어코킥Accokeek의 한 양계장을 세 개의 트랙을 가진 레코드로 스튜디오화(통칭, Wray's Three Track Shack)한 후 녹음한 앨범이다. 그 특수한 리코딩 환경 때문에 사운드는 더할 나위 없이 독특했다. 몇 개인가의 기타, 피아노, 만돌린, 오르간, 퍼커션, 드럼스가 몇 겹의 층을 이룬 상태에서 베이스가 굵직한 목소리로 낮게 으르렁대고 있었다. 라노아는 여기에 수록된 〈파이어 앤 브림스톤Fire and Brimstone〉이란 곡에 특히 감명을 받았다고 한다. 리듬 안에 플레이어들의 상호작용이 복잡하게 중첩되고 있었기 때문이었다.

이 앨범에는 생명력이 넘치는 거친 시적 정취가 가득했다. 음악의 가장 밑바닥에서, 낮은 목소리로 계속 짖어대는 악마 같은 것의 존재를 끊임없이 확인할 수 있었다. 굳이 말하자면 1950년대 중엽의 보 디들리Bo Diddley의 몇몇 작품들과 통하는 것을 느끼게 해준다. 이 자연발생적인 묘출력描出力은 분명 독자적인 설득력을 가진다.

밥의 새로운 앨범의 본격 리코딩 작업은 마이애미의 크라이테리아 스튜디오Criteria Studios에서 악전고투 속에 진행되었다. 드러머 4명, 기타 2명, 페달 스틸 기타 1명, 슬라이드 기타 1명, 키보드 1명, 오르간 겸 아코디언 1명, 퍼커션 1명, 그리고 라노아 자신이 몇 종류나 되는 기타를 가지고 참가했다. 대식구가 된 멤버들이 한 자리에 모여 밥의 노래가 시작되길 기다린다는 스튜디오 라이브 형식이 기본이 되고 있었다.

사운드의 특색을 담당하는 것은 키보드의 제임스 딕킨슨James Dickinson과 오르간의 명수인 오기 메이어스Augie Meyers다. 허공에 떠 있는 듯한 느낌과 묵직한 중량감 양쪽 모두를 두 명의

건반주자가 자아내고 있었다. 포크, 블루스, 로큰롤이 교회음악으로 접착되고 있다는 감각을 느끼게 해주었다. 11일 정도의 녹음 작업 후, 캘리포니아로 돌아와 믹스한 후 완성 작업이 진행되었다. 밥은 완성 단계에서도 가사나 코드를 추가적으로 변경했다.

도합 11곡이 수록되었고 앨범에는 《아득한 옛날Time Out of Mind》이라는 제목이 붙여졌다. 1997년 9월 27일 발매되었다.

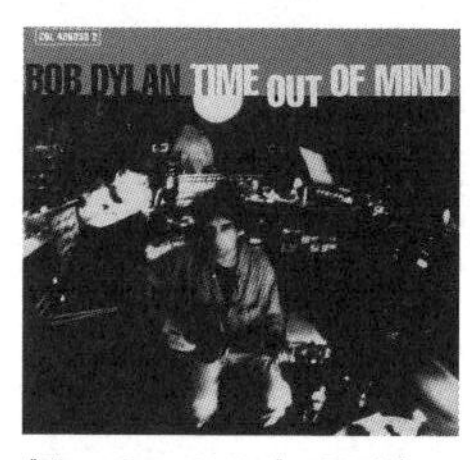

《Time Out of Mind》 1997년

아마도 《아득한 옛날Time Out of Mind》은 20세기 음악사에 길이 남을 만한 걸작으로 후세에 전해질 것이다. 반드시 전해져야 할 작품이다. 실연, 방황, 고독, 좌절, 체념, 죽음을 아름답고 때로는 잔혹하게 노래하고 있다. 심플한 러브송도 있는가 하면 정열적인 애정 표현도 있었다. 마지막에는 기나긴 서사시 〈하이랜즈Highlands〉로 통합되어간다. 이 곡에서 과거 밥이 특히 능숙했던 토킹블루스의 발전 형태를 발견할 사람도 있을 것이다. 35년간의 밥의 발자취를 배후에서, 혹은 밑바닥에서 느끼게 해주면서도, 그와 동시에 밥에게는 바야흐로 현재마저 과거에 불과하다는 생각이 들게 만드는 각오가 의미심장하게 아로새겨져 있다. 아울러 밥의 정념은 구름처럼 감돌고 있다. 기분 좋은 포용력과 준엄한 통찰력을 겸비하고 있다. 앨범이 하나의 드라마 같다.

수록곡 가운데 〈당신이 내 사랑 느낄 수 있도록Make You Feel My Love〉은 밥이 녹음하기 전 빌리 조엘Billy Joel이 부른 버전이 널리 알려져 있다(빌리 조엘 《Greatest Hits Vol.3》에 수록됨). 나아가 이 곡은 1998년 가스 브룩스Garth Brooks가 커버하여 전미 컨트리 차트 1위의 대히트를 기록했다.

오랜만에 수많은 사람들로부터 밥에 대한 찬사가 쏟아졌다. 앨범 판매 성적도 매우 양호하여 《아득한 옛날Time Out of Mind》은 전미, 전영 양쪽 모두에서 10위를 기록했다. 이 앨범은 1998년 그래미상에서 최우수앨범상, 최우수콘텐포러리포크앨범상을, 밥 자신은 앨범 중 〈차가운 족쇄에 묶여Cold Irons Bound〉로 남성록보컬상을 각각 수상했다.

밥은 훗날 이 앨범을 만들 당시에 대해, 과거의 컨디션을 회복하려던 와중이었다고 말하고 있다. 궁지에서 벗어나고자 발버둥 치던 스스로의 모습이 투영되어 있다는 것이다.

《아득한 옛날Time Out of Mind》의 공적은 앨범을 만들 때마다 항상 고통스러워했던 밥이 마침내 조금이나마 편안해졌다는 점일 것이다. 녹음의 기본적 방법을 프로듀서에게 의존하지 않고 감각적으로 포착할 수 있게 된 것 같다. 라노아가 자신의 방식—곡의 중심인 밥의 노래의 존재감을 어떻게 드러낼지—에 대해 밥과 항상 공동 작업을 통해 모색해갔던 것이 중요한 의미를 가지고 있었다. 그 과정에서 밥은 라노아의 수법이나 시점을 어느 정도 '훔쳤던' 것이 아닐까. 기술적인 문제나 감각적인 기이함을 해결하는 방법, 혹은 융화하는 수법을 밥은 가까스로 조금씩이나마 터득할 수 있게 된 것이라고 생각한다.

《오 자비를Oh Mercy》을 통해 공동 작업을 해봤던 경험이 있었다는 것도 서로의 기분을 통하게 하는 데 매우 긍정적인 작용을 했을 것이다. 밥이 고정 멤버들로 구성된 밴드로 투어를 계속 해왔기 때문에 멤버들이 그대로 리코딩에 도움을 줄 수 있었다는 영향도 컸다.

밥이 곡을 만들 때는 언제나, 불현듯 뭔가가 '다가와 주는' 듯한, 시가 하늘에서 내려오는 듯한 감각이라고 한다. 그것은 받아들이는 입장에서 일상적인 괴로움이 마침내 조금은 줄어들었다는 말일지도 모른다. 이미 투어는 신작 발매 프로모션 활동과 연동하지 않았다. 밥은 스스로 만들고 싶을 때 음악을 만드는 것이 일상적인 일이 되어가고 있었다.

예견

1997년 5월 24일, 56세 생일을 딸 마리아 일가와 보낸 밥은 가슴에 급작스러운 통증을 느낀다. 다음 날 진행된 검사 결과 입원이 결정된다. 히스토플라즈마균 감염에 의한 심낭염이었다. '치사율이 발견되는 상태'라고 보도되었다. 다행스럽게도 투약만으로 회복할 수 있었지만 투어는 불가피하게 취소할 수밖에 없었다. 생각지도 못하게 밥은 두 달간 몸을 보양할 시간을 얻었다. 오랜만에 얻게 된 장기 휴가였다.

레이블 측에서는 발매 스케줄로 밥을 구속하는 일이 없어졌(던 것 같)다. 하지만 과거 미발표 음원 발굴은 이 이후로 더더욱 왕성해진다. 팬들 입장에서는 비밀로 가득 차 있던 밥의 역사적 공간을 메꾸는 일이었기 때문에 환영하지 않을 리 없었다.

1998년 10월에는 《로열 앨버트 홀The "Royal Albert Hall" Concert》(The Bootleg Series Vol. 4: Bob Dylan Live 1966)이, 2002년 11월에는 그 편린밖에 알 수 없었던 1975년 투어 모습을 수록한 《더 롤링 썬더 레뷰The Rolling Thunder Revue》(The Bootleg Series Vol. 5: Bob Dylan Live 1975)가, 2004년 3월에는 1964년 포크 가수 시절의 무대에서의 원숙한 모습을 만끽할 수 있는 《콘서트 앳 필하모닉 홀Concert at

《Bob Dylan Live! 1961-2000》
2001년

Philharmonic Hall》(The Bootleg Series Vol. 6: Bob Dylan Live 1964)이 각각 부틀렉 시리즈 한 장씩으로 발매되어 호평을 모았다.

일본에서는 2001년 3월에 있을 다섯 번째 일본 방문 공연에 맞추어 같은 해 2월, 독자 기획으로 1961년부터 2000년까지의 밥의 발자취를 라이브 음원으로 거슬러 올라간다는, 과거에 분명 있었을 것 같으면서 단 한 번도 없었던 귀중한 편집 음반 《밥 딜런 라이브! 1961-2000 : Thirty-Nine Years of Great Concert Performances》가 발매되고 있었다. 이 앨범에 수록된 16곡 가운데 6곡이 미발표곡, 5곡이 앨범 미수록곡이었다. 라이브 퍼포머로서의 활동이 최우선이었던 밥의 특질이 어떻게 변했고, 동시에 변하지 않는 근간은 어디에 있는지, 유추하고 실감해본다는 측면에서 매우 의의가 있는 음반이다.

영화를 좋아하는 밥은 1990년 이후 몇몇 영화나 텔레비전 드라마에 악곡을 제공하고 있었다. 단, 그런 것들은 이미 발표된 곡들이나 그 재연 버전이 대부분이었다. 하지만 2000년 커티스 핸슨Curtis Hanson 감독의 《원더 보이즈Wonder Boys》에 밥은 미발표 신곡들을 직접 만들어 제공했다. 핸슨 감독이 밥의 열렬한 팬이었기 때문에 실현되었다고 하는데, 한 세기가 가고 새로운 또 한 세기가 오는 밀레니엄의 해였다는 이유도 있었던 게 아닐까. 그 곡의 제목은 〈상황이 변했다Things Have Changed〉였다. 후렴은 이러했다.

"사람들은 미쳤고 역사는 기묘하다
나는 굳게 유폐되어 사정거리 밖에 있다
이전에는 걱정했지만
……상황은 변해버렸다."

그리고 이 곡은 이렇게 노래하고 있다.

"성서의 가르침이 옳다면 세상은 파열되어버릴 것이다
나는 가능한 한 스스로로부터 멀어지려고 노력하고 있다……이 세상의 모든 진실이 결국은 하나의 거대한 거짓말이 되는 것이다."

이 곡이 예견했던 것의 중대함을 미합중국 국민들은 다음 해 뼈저리게 느끼게 된다.

종장
평생 함께

Together Through Life

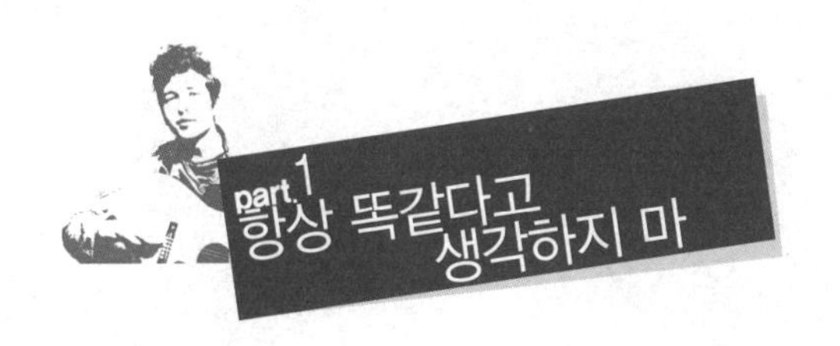

열려가는 밥

"노래를 부르기 시작했을 무렵 동물들만이 나의 음악을 좋아해주었다. 이번엔 그 은혜를 갚을 차례다."

2001년 5월 24일 세계자연보호기금WWF의 공익 광고를 위해 자작곡 〈폭풍우 피해 쉴 곳Shelter from the Storm〉을 무상으로 제공할 것을 분명히 했던 밥은 공적으로 이런 코멘트를 남겼다. 온 세상에 있는 동물들(인간을 포함해서)이 기뻐할 한마디였다. 이 날 밥은 만 60세가 된다.

이 무렵 밥은 새로운 앨범 리코딩 작업 중이었다. 투어 밴드 구성원들, 래리 캠벨Larry Campbell, 찰리 색스톤Charlie Sexton, 토니 가르니에Tony Garnier, 데이비드 켐퍼David Kemper가 중심이 되었다.

거기에 《아득한 옛날Time Out of Mind》에도 참가했던 키보드 주자 오기 메이어스가 다시금 가세했다.

메이어스는 밥의 맹우 더그 샘Doug Sahm과 오랜 세월 함께 연주를 해왔던 유능한 오르간 주자다. 밥은 메이어스의 연주에 심취해 있었다. 텍사스류 멕시코 음악과 텍사스류 블루스나 컨트리가 융합된 음악, 이른바 텍스멕스 뮤직Tex-Mex music의 진한 맛이 몸에 깊이 배어 있는 인물이다. 밥에게 메이어스는 특별한 존재감을 잉태시킬 수 있는 사내였다.

밥은 텍사스와 멕시코 국경 주변 음악에서 어떤 독립된 파워를 느낀다고 말하고 있다. 그것은 텍사스 출신인 버디 홀리의 음악에도 존재했다. 《아득한 옛날Time Out of Mind》 제작 중, 밥은 항상 버디 홀리가 곁에 있는 것처럼 느끼고 있었다. 메이어스가 밥과 홀리를 이어주는 가교 역할이었을지도 모른다. 밥은 그 '메이어스 마술'에 계속 걸린 상태로 있길 원했을 것이다.

그 무렵 제작하고 있던 앨범의 프로듀서가 바로 잭 프로스트Jack Frost다. 잭 프로스트는 다름 아닌 밥의 또 다른 이름이다. 밥은 그때 태어나 처음으로 '또 한 사람의 자신에 의한 셀프 프로듀스' 앨범에 착수하고 있었다. '뭔가 특별한 힘', 《아득한 옛날Time Out of Mind》에서 포착한 새로운 감촉, 여태까지 없었던 창작에 대한 의지, 그것을 끝내버리고 싶지 않다는 마음이 메이어스의 재등장으로 이어진 것일지도 모른다. 그 앨범에서의 '발견과 확신'을 더더욱 명확히 하고 싶었던 것이다.

리코딩에 대해 항상 뭔가 주저하고 있었다. 하지만 콘서트를 활동의 중심에 놓고부터 밥은 분명히 자신의 음악에 대해 열린 의욕을 나타내게 되었다. 새로운 작품을 쓸 수 있는가의 여부에 연연해하지 않고 과거의 자신과 현재의 자신을 긍정적으로 연결시켜 활동하고 있다. 그것은 전승가나 포크, 블루스 커버 앨범 제작이나 30주년 기념 콘서트 개최로 구현되고 있다. 대중음악의 모드 변화에 대해 시류를 의식하는 것이 아니라, 음악 안에서 결코 바뀌지 않는 흐름에 대해 이전보다 훨씬 깊이 고민하게 된 것이 아닐까.

수많은 무대를 경험해가는 가운데 1960년대부터 계속 노래해온 곡들과 《오 자비를Oh Mercy》이나 《아득한 옛날Time Out of Mind》을 위해 만든 곡 모두가 관객들에게 받아들여지고 있다는 것을 피부로 느낄 수 있었다. 새로운 곡들이 평가되고 있다는 것을 콘서트를 통해 직접 확인할 수 있다는 기쁨, 그것은 1980년대 이전의 밥에게는 좀처럼 있을 수 없었던 것이다. 관객들과의 교감을 몇 년간이나 계속해왔다는 사실로 인해 밥은 스스로를 이전보다 훨씬 더 열린 존재로 의식하게 되었다. 그것은 창작에도 긍정적인 자극이 되었다.

사랑과 절도_Love and Theft

잭 프로스트 첫 프로듀스 앨범은 《사랑과 절도Love and Theft》라는 제목이었다. '사랑과 절도.' 자신의 창작 자세를 가감 없이 노출시킨 타이틀이라고 생각된다. 또한 그것은 '자기 이외의 사람이 되고 싶은 욕망'과 '그 결과로서 비슷하게 꾸민 겉모습'을 나타내고 있는 것 같기도 하다.

로버트 짐머맨은 일찍이 '밥 딜런'이라고 하는 '현재 상태의 자신 이외의 자신'이 될 것을 강렬히 염원하며 밥 딜런을 탄생시켰다. 밥은 비슷하게 꾸민 겉모습, 즉 '의장擬裝'에 의해 태어났다. 그것은 강한 욕망, 지금과는 다른 그 누군가가 될 것에 대한 '사랑'이 작용하고 있다.

밥의 《사랑과 절도Love and Theft》는 1993년 간행된 영문학자 에릭 로트Eric Lott의 저서 『사랑과 절도: 블랙 페이스 민스트렐시와 미국 노동자 계급Love and Theft: Blackface Minstrelsy and the American Working Class』(옥스포드 유니버시티 프레스Oxford University Press)에 의거하고 있다고 한다. 이 책은 19세기의 미국 민스트럴 쇼Minstrel Shows에 관한 연구서다.

백인 예능인들이 얼굴을 새카맣게 칠하고 흑인들 흉내를 내며 노래하고 춤추는 무대 예능인 민스트럴 쇼는 비슷하게 꾸민 겉모습, 즉 의장에 의해 성립되고 있다. 백인이 흑인들의 생태를 관찰하고 재현하는 것이 아니라 백인 관객들 내면에 있는 이미지로서의 흑인풍 태도나 동작, 가창법 등을 과장함으로써 웃음을 이끌어낸다. 보는 측도 연기하는 측도 그것이 현실 속에 실제로 존재하는 흑인들과는 이질적이라는 것을 너무나 잘 알고 있다. 하지만 그런 전제로 쇼를 즐긴다. 백인의 흑인 지배와 차별구조가 잉태시킨 문화다. 남북 전쟁 후에는 그 무대에 검게 칠한 백인들 사이에 섞여 흑인 예능인들도 출연하게 되어, 백인들이 흉내 낸 흑인들을 흑인들이 다시금 흉내 낸다는 착각을 일으키는 상태도 다수 보이게 되었다고 한다. 미국 예능, 문화의 '사랑과 절도'는 깊고도 넓다. 그것은 포크나 록에서도 농후하게 나타나고 있다. 역사적으로 어느 시대에나 그런 의식은 내재되어 있다고 밥이 시사하고 있는 것 같다.

이미 알고 있던 말, 일찍이 노래로 즐기던 가사, 소설 중의 일절이나 어떤 한 문장, 이 세상에 방출된 다양한 종류의 다채로운 말들을 밥은 수용하고 전용하고 바꿔가며 자신의 곡에 편입시켜왔다. 그것을 통해 미지의 이미지를 탄생시켜왔다. 《사랑과 절도Love and Theft》에서는 영역된 일본의 사가 준이치佐賀純一의 글 『아사쿠사 노름꾼 일대기浅草博徒一代』에서 인용한 가사가 보인다는 지적도 있다. 밥은 루트 음악에 대한 경의를, 과거의 음악이나 문학 작품을 거듭 본뜨고 모방하며 차용하고 해체함으로써 표현해왔다.

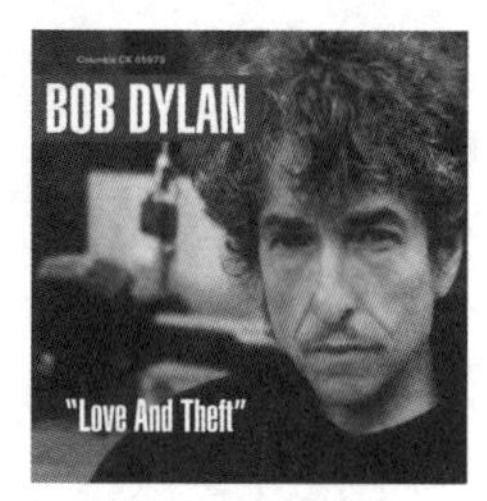

《Love and Theft》 2001년

《사랑과 절도Love and Theft》도 그런 작품 중 하나임에 틀림없다. 그러나 이 앨범에서 들리는 밥의 목소리에는 전혀 그늘이 없다. 감정 표현도 섬세하고 풍부하다. 과거로부터 이어진 방대한 음악의 숲 가운데 자작곡도 다시 어딘가에 심어놓았으며 거기에서 자신의 '욕망=사랑'으로 뽑아낸 노래를 현재진행형의 가창 표현, 즉 현재 살아 있는 밥의 방식으로 세상에 계속 발신해간다. 그 실천 결과로 무대가 존재하며 음반이 태어난다는 각오가 《사랑과 절도Love and Theft》에서 강렬히 느껴진다. 진지한 표정의 곡들만 있는 것은 아니다. 오히려 가벼운 곡들이나 로맨틱한 취향의 곡에서 그런 점이 보다 맑고 기분 좋게 엿보인다. 명랑하고 경쾌하고 즐거운 듯한, 그러면서도 침착하게 자리 잡은 로큰롤을 들려주는 새로운 밥의 모습이 발견된다. 안쪽 재킷에 보이는 팔자수염의 '고의적으로 수상쩍게 보이는 밥'이 우리에게 말을 걸어온다. "항상 똑같다고 생각하지 마"라고.

앨범 마지막에 담담하게 표현된 아름다운 사랑과 충고의 발라드 〈슈거 베이비Sugar Baby〉에서 밥은 이렇게 고한다.

"사랑은 유쾌하다
사랑은 귀찮다
하지만 사랑은 사악한 것은 아니다
……살아가는 모든 순간이 더러운 책략 같다
행복은 갑자기 찾아와
눈 깜짝할 사이에 사라져 간다
어느새 거품은 사라져버리는 것이다."

《사랑과 절도Love and Theft》는 2001년 9월 11일, 미국이 동시다발 테러를 당했던 바로 그날 발매되었다. 전미 5위, 전영 3위를 기록하는 히트 앨범이 되었고 그래미의 베스트콘템포러리포크앨범상을 수상했다.

영화의 감정

2002년 7월 밥이 주연한 극영화 「가장과 익명Masked And

Anoymous」이 촬영되었다. 감독은 래리 찰스Larry Charles였고 함께 출연한 배우들은 존 굿맨, 제시카 랭, 페넬로페 크루즈 등이었다. 내전과 내란이 계속되는 어느 나라의 자선 콘서트에 초청된 왕년의 록 스타 잭 페이트(밥 딜런), 그가 그 나라에서 발생되는 온갖 트러블 속에서 결과적으로 웃음거리가 되는 이야기다.

미국 대륙 안의 또 다른 이국에서 페이트는 스스로의 인생을 돌이켜 생각해본다. 옛날에는 컬트적인 히어로였지만 지금은 이미 한물간 가수이며 감옥과 사바세계를 오가는 생활. 그런 페이트는 마치 현실의 밥을 상징하고 있는 것 같다. 실제로 페이트는 무뢰한 저널리스트에 의해 록 역사에 의거한 질문공세를 당한다. 입을 꾹 다문 채 침묵하는 밥. 마치 1960년대 후반의 은둔생활에 반성이 더해지는 듯한 장면도 있다. 밥이 투어 밴드를 끌고 다니며 연주하는 장면도 많다.

밥은 신곡도 부르고 있다. 밥의 음악 안에서 나온 커버곡도 다수 사용되고 있다. 오프닝은 일본의 록밴드 마고코로 브라더즈真心ブラザーズ가 부른 〈나의 이면My Back Pages〉이 장식한다. 중간에 〈구르는 돌처럼Like a Rolling Stone〉의 이탈리아어 랩에 의한 커버나 터키어로 된 〈커피 한 잔 더One More Cup of Coffee〉 등을 들을 수 있다. 전편에 걸쳐 밥의 음악이 사용되고 있다.

밥의 독백 장면은 현실 속 활동과 영화 속 시간이 중첩되고 있는 것처럼 느껴지게 만드는 형태를 취한다. 밥이지만 역시 밥은 아니다. 하지만 밥이라면 충분히 그렇게 말할 수도 있을 것 같은 대사를 듣고 있노라면, 이것은 밥이 감독을 맡은 자전 영화인 것 같다는 생각이 설핏 마음속을 스쳐지나간다.

"때로는 사물이 의미를 이루지 않는 경우도 있다는 사실을 이해해야 한다"

라고 페이트는 영화 속에서 말한다.

밥이 출연하고 있음을 인지하는 것만으로도 현실과 영화 속 시간이 비틀어져 하나가 되어버린 듯한 착각에 빠진다. 「레날드 & 클라라Renald & Clara」는 특히 그런 경향이 심하다. 이 작품은 요나스 메카스Jonas Mekas의 개인 영화의 걸작 「리투아니아 여행의 추억Reminiscences of a Journey to Lithuania」에서 많은 발상을 얻고 있다. 평범한 여행 장면들이 계속 이어지는 것이 멋지다는 공통점도 있다. 사소설적인 픽션, 다큐멘터리 같은 극영화, 그 중간적인 성격의 접근도 보이지만, 영상은 지극히 아름다운 것이었다. 밥의 색채가 너무 강하기 때문에 밥이 출연하는 것만으로 픽션의 틀이 녹아버리는 것이다. 그것은 결점이 아니라 밥 딜런이란 존재의 강렬함과 창작상의 미점을 나타내는 증거이기도 하다. 「레날드 & 클라라Renald & Clara」는 혹평에 그대로 노출되었다. 하지만 영화가 공개된 1978년 당시 이나가와 마사토稲川方人[1]는 이 영화(단축판)에 대해 이렇게 평하고 있다.

"영화의 숨결을 지탱하는 창작자의 생리가 방법론이나 주제를 뛰어넘을 때 그 영화는 '영화의 감정'이라고밖에는 말할 수 없는 표류물이 되어간다. 바로 그것이 모름지기 영화가 진정으로 바라는 바일 거라고 생각한다. 딜런의 이 영화에는 그것이 있었다. (중략) 시나리오는 어디까지나 하나의 조건으로 기능하고 있음에 불과하다. 대사나 상황에 정신이 팔리면 이 영화의 숨결은 순식간에 황폐해져 버릴 것이다. 딜런의 일상적 생리의 리드미컬한 표출, 그것을 잘 이해하는 것이 무엇보다 중요하다고 생각한다. 거기에 이 영화의 살아 있는 빛깔이 있으며 생명이 있다."(『반감장치反感装置』 시초샤思潮社)

「레날드 & 클라라Renald & Clara」뿐만이 아니다. 밥의 영상 작품에 대한 '시각'으로서 이 이상 적확한 지침은 달리 없다. 영화도 음악처럼 듣는 것처럼 본다. 그것이 밥을 상대하는 '정도'

---

1 일본의 시인, 영화감독, 영화평론가

라고 할 수 있다. 그런 자세로 임하면 「가장과 익명Masked And Anoymous」도 다시 한 발자국 깊이 들어갈 수 있지 않을까.

이나가와의 지적은 밥의 음악에도 들어맞는 때가 있다.

"창작자의 생리가 방법론이나 주제를 뛰어 넘는다."

그것이야말로 밥이 21세기를 맞이하고 나서 했던 활동을 통해 종종 달성된 일이기 때문이다. 특히 라이브에서는 자주 일어난다. 관객들과 밥의 상호작용과 그날 그 자리만의 분위기를 통해 그 누구도 예상하지 못한 감동을 얻는 경우가 있다. 녹음된 노래를 듣고 있노라면 종종 기억이 기록된다. 스튜디오 녹음 앨범 역시 다큐멘터리와 픽션의 중간적 지점에 존재한다고 말할 수 있다. 무의식이 작가나 보컬이나 프로듀서의 의식을 종종 뛰어 넘어버리기 때문이다.

「가장과 익명Masked And Anoymous」은 뉴욕과 로스앤젤레스에서 2003년 7월 25일부터 단기간 상영되었다.

자신에 대해 이야기하는 밥

콘서트 투어가 여전한 가운데, 밥은 2004년 10월 『자서전 Chronicles: Volume One』을 출판한다. 밥의 입을 통해 한 번도 나온 적 없는 말들이 적혀 있었다. 이 책 역시 밥의 방식에 따른 픽션일 거라는 목소리가 있다. 하지만 밥은 자신이 생각한 모든 것들을 적은 듯하다. 밥이 "한때 은퇴를 고려했다"는 사실 따위 그 누구도 알 수 있을 리 만무했다. 문장의 유려한 부분과 거친 부분의 극렬한 대비도 밥의 특성을 잘 전해주었다. 밥은 스스로 감출 필요가 없어진 게 아니라, 꾸밈없이 온통 다 드러내는 것, 자기 자신에 대해 모조리 이야기하는 것이 즐거워졌을 뿐일 것이다. 진실에 대한 탐구나 가십의 진위에 대한 모색보다는 밥의 문장이 가진 리듬이나 열정적인 양상을 느끼는 쾌감이 무엇보다 소중하다. 밥의 '자세'는 『자서전』 안의 다음과 같은 한 문장에 잘 드러나 있다.

> "노래 안에서는 설령 그다지 진실성이 없다 해도 굳이 그것에 대해 말하는 경우가 있다. 자신이 전하고 싶은 진실로부터 거리가 먼 것에 대해 말하는 경우도 있

고 모든 사람들이 진실이라 알고 있는 것들에 대해 말하는 경우도 있다. 아울러 지상에서 유일한 진실은 진실이 없다는 것이라고 생각하는 경우도 있다."

2005년 9월 26일부터 27일까지 미국 전역에서 밥의 텔레비전용 다큐멘터리 영화 「노 디렉션 홈: 밥 딜런No Direction Home: Bob Dylan」이 방영되었다. 감독은 마틴 스콜세지. 방영시간 3시간 28분의 장편이었다. 1966년에 있었던 오토바이 사고까지의 밥 딜런의 발자취를 관계자들의 증언들과 기록 영상을 섞어가며 전하고 있다. 무엇보다 밥 스스로가 자신에 대해 상세히 이야기하고 있다는 사실에 모두가 놀랐다. 적극적으로 이야기를 이어가는 밥은 분명 스콜세지 감독을 향해 말하고 있을 거라고만 생각했는데, 놀랍게도 영화 제작 중 두 사람은 단 한 번도 대화를 나누지 않았고 심지어 만난 적조차 없다고 한다. 그 점에서 오히려 '밥의 밥다운 연유'를 새삼 느끼는 사람들도 많았다. 레어 음원으로 가득 찬 '사운드트랙 음반'(The Bootleg Series Vol. 7)이 방영 전인 8월 30일 발매되었다.

2006년이 되자 곧바로 밥은 신작 제작에 착수한다. 그것은 《모던 타임스Modern Times》라는 타이틀의 음반이 되어 같은 해 8월 29일 발매되었다.

『자서전』이나 다큐멘터리로 인해 많은 사람들에게 친숙한 존재가 된 것일까. 아니면 테러 공격 이후의 세상이 구제되길 바란 결과일까. 《모던 타임스Modern Times》의 판매 상황은 그 어느 때보다 호조를 보였다. 미국에서는 차트 정상의 자리에 빛났고 영국에서도 3위를 기록했다. 판매는 250만장을 넘었다.

《Modern Times》 2006년

녹음은 게스트를 넣지 않고 투어 밴드 구성원들만으로 이루어졌다. 일찍이 엘비스 프레슬리나 칼 퍼킨스Carl Perkins가 녹음한 바 있던 멤피스의 선 스튜디오의 작업을 하나의 이상으로 삼아왔던 밥이지만 《모던 타임스Modern Times》는 그런 이상에 또한 걸음 다가간 것 같았다. "최고를 녹음했다"며 밥은 굳이 코멘트를 남기고 있다.

인간의 죽음, 사라져 가는 자, 숙명과 그것을 받아들이는 사람들에 대해 언급하는 시는 만인이 기뻐할 만한 내용은 아닐지도 모른다. 하지만 그 시의 묘출력, 원근의 깊이, 색채의 풍요로움은 비견할 바가 없었다. 밥은 그늘 옆에서 빛을 그리기 시작하는 것에 능수능란하다. 담담한 음들이 흐르는 수면의 빛이 모여 하나의 생명처럼 느껴지게 되는 광경을 상상하게 만드는 경우도 있다. 밥의 언어가 그려내는 인물들이나 풍경은 아름답고 냉철하며 유머를 잊지 않고 있다. 사운드와 언어와 연주가 쾌활한 비트를 각인시키며 항상 결속하고 있다. 분위기에 아주 잘 녹아들어간다. 앨범 프로듀스는 이번에도 잭 프로스트였다.

《모던 타임스Modern Times》는 그래미상 콘텐포러리포크/아메리카나상을 수상했고 밥은 수록곡 〈언젠가는 그대여Someday Baby〉로 베스트솔로록보컬상을 수상했다.

라디오DJ 밥

2006년 5월 3일, 밥을 아는 대부분의 사람들이 경탄할 만한 '사건'이 발생했다. XM 위성 FM을 통해, 밥이 퍼스널리티를 담당하는 라디오 프로그램 방송이 개시된 것이다. "그, 바로 그 밥 딜런이 매주 수다를 떠는" 라디오 프로그램이란? 대단한 화젯거리가 되었다. 프로그램 타이틀은 「테마 타임 라디오 아워Theme Time Radio Hour」라고 한다. 날씨, 물, 어머니, 운세, 부자와 가난한 사람, 결혼, 이혼, 고양이, 개, 새 등, 매주 특정 테마를 따라 선택된 곡들로 구성된다. 밥은 그 한 곡 한 곡

《Theme Time Radio Hour》(시즌 1-3) 2008-2010년

을 소개하고 각각에 코멘트도 달았다. 해당 곡의 역사적 혹은 지리적, 문화적 배경에 대해 말해주는 경우도 있는가 하면, 연주하고 있는 뮤지션에 대해 해설하는 경우도 있었고, 경우에 따라서는 테마와 관련된 고찰을 선보이는 경우도 있었다.

밥의 이야기는 종종 노래하듯 자연스러웠다. 풍부한 지식에 뒷받침되고 있다는 사실을, 이야기하는 함의를, 여러 각도에서 느끼게 해주었다. 무엇보다 마이크를 향해 홀로 이야기하는 것을 너무나 즐기는 밥의 모습이 여실히 전해져 왔기 때문에 듣는 사람들로서는 무척 기쁘다.

선곡 스태프는 팀을 만들어 대응하고 있었는데, 매주 방송을 탄 곡들은 블루스, 컨트리, 포크, 재즈, 로큰롤, R&B, 라틴 등 광범위하게 분포되어 있었다. 밥이 어린 시절 들었을 곡, 혹은 그보다 더더욱 오래된 녹음들도 많았다. 뿐만 아니라 펑크나 힙합, 하드록에 극히 최근 악곡도 뽑히고 있다. 밥의 이야기를 통해 들으면 어떤 곡이든 테마에 따라 납득이 가는 분위기로 들리기 때문에 흥미롭다. 밥의 활동을 알면 그 음악적 도량이 얼마나 넓은지 절로 납득이 간다.

1986년 그룹 런 디엠시RUN-DMC의 〈워크 디스 웨이Walk This Way〉의 대히트로 힙합 장르가 메인 스트림에서 그 인지를 결정지은 해, 밥은 랩 여명기의 스타, 커티스 블로우Kurtis Blow의 〈스트리트 록Street Rock〉(앨범 《킹덤 블로우Kingdom Blow》에 수록됨)에서 객원 연주로 참가했고 스스로 랩까지 선보였다. 블로우와 교류하며 랩이나 힙합을 즐겨 듣게 되었다고 밥은 『자서전』에서 말하고 있다. 《오 자비를Oh Mercy》의 녹음 당시, 최근 누구의 음악을 듣고 있느냐는 라노아의 질문에 대해 밥이 "아이스 티Ice-T[1]다"라고 답변하자 라노아는 무척 놀랐다고 한다.

> "놀라는 쪽이 웃겼다. (중략) 그(커티스 블로우) 덕분에 아이스 티, 퍼블릭 에너미Public Enemy, 엔더블유에이NWA, 런 디엠시 등의 음악과 친숙해졌다. 녀석들은 그저 우뚝 버티고 서서 아우성만 치고 있는 것은 아니었다. 그들은 드럼을 때려 부수고, 절벽 위에서 말을 내던져 버린다. 그들 전원이 시인이며 세상에서 일어나는 일들을 올바르게 이해하고 있다. 언제가 되었건 반드시 또 다

---

1 미국의 래퍼이자 배우

른 누군가가 나타난다. 세상을 알고 그 안에서 태어나 그 안에서 자라고 그 세계 그 자체인, 혹은 그 이상의 존재인 누군가가 나타난다"

라고 밥은 말한다.

밥의 「테마 타임 라디오 아워Theme Time Radio Hour」는 약간의 간격을 두면서 두 번째 시리즈까지 도합 100회가 방송되었고 2009년 4월까지 계속되었다. 밥이 라디오를 사랑했고 라디오에 의해 성장했다는 것에 대해 마치 그 은혜를 갚고 있는 것 같다는 생각을 떨쳐버릴 수 없는 귀중한 프로그램이었다(프로그램을 통해 방송을 탄 곡들을 묶은 옴니버스 음반이 발매되고 있다).

기타를 멘 이상한 아저씨

2007년 3월경, 기타를 든 밥이 손자(제이콥의 아들)가 다니는 캘리포니아 주 칼라바사스Calabasas의 유치원을 느닷없이 방문했다. 그런 장면은 몇 번인가 계속되었다. 밥은 유치원 아이들에게 노래를 불러주었다. 귀가한 아이들은 부모들에게 "기타를 멘 이상한 아저씨가 노래를 불러주러 와"라고 전했다고 한다.

어느 날 갑자기 밥이 가게에 나타나 몇 시간 기타를 치면서 노래를 부르다 갔다거나, 리버풀에서 비틀즈와 인연이 깊었던 장소를 순회하는 버스 투어에 참가했다거나, 콘서트 날 리허설 후 혼자 통행 버스도 없이 빈손으로 외출해버려 회장 경비원에게 재입장을 거부당해 하마터면 공연 시간에 늦을 뻔했다는 등의 사건들이 있었다. 밥은 방황을 즐긴다. 이유는 분명치 않다.

유치원 방문은 손자의 모습을 보고 싶었기 때문이라고 충분히 상상이 간다. 밥은 아이들을 좋아하고 가족들을 소중히 하는 이른바 마이 홈 파파다. 크리스마스나 여름 바캉스, 생일 등은 당연한 습관처럼 아이들과 지낸다고 한다. 단 애처가인지 아닌지는 지극히 의심스럽다. 이른바 세간에서 말하는 '바람둥이'임에는 틀림없다.

바비 인형만을 사용한 카펜터스Carpenters의 전기 영화나, 글램록을 테마로 한 영화 「벨벳 골드마인Velvet Goldmine」을 찍은 토드 헤인즈Todd Haynes란 영화감독이 있다. 그가 만든 「아임 낫 데어I'm Not There」란 영화가 2007년 11월 하순 미국에서 공개되었다. 밥 딜런을 이미지했다고밖에는 생각할 수 없는 인물이 주인공으로 나오는 영화다.

그러나 그 영화의 주인공은 시대와 연령이 제각각인 7명의 인물로 나누어 묘사되고 있다. 6명의 배우(1인2역을 소화하는 경우가 하나 있음)가 한 사람의 주인공을 연기한 것이었다. 그중에는 흑인 소년이나 여성도 있었다. 심지어 하나의 인격임에도 불구하고 일곱 가지 역할은 제각각 그 이름이 다른 사람들이었다. 밥 딜런이라고 간주되는 일곱 명이 밥 딜런이 걸어온 발자취나 에피소드를 시간 축을 무시하고 연기해간다. 극이 끝나면 변용의 인간 밥 딜런이라는 일곱 가지 이미지가 평행하게 지금도 계속 살아가고 있는 듯한 착각마저 일으킨다. 분명 잡았다고 생각했는데, 다시 보면 어느새 거기에는 없다는, 어떤 하나의 인간상이 제시되어 있는 것 같았다.

하지만 실은 그 각각의 일곱 가지 이미지들은 듣는 측, 받아들이는 사람, 정보를 중개하는 자들이 제멋대로 품었고, 만들었고, 공유를 촉진시켜왔던 것에 불과할지도 모른다는 생각을 떨쳐버릴 수 없었다. 밥 딜런의 변용, 변신이란 밥의 변덕스러움이나 양동 작전[1]에 쩔쩔매며 대응해올 수밖에 없었던 매스미디어의 고심에 의해 어쩔 수 없이 '태어나 만들어져 버린' 것에 불과할지도 모른다고 이 영화는 말하고 있다.

그렇게 말하면서도 사람들을 소란스럽게 만드는 밥의 행동,

1 작전 의도를 숨기고 적의 판단을 혼란시키기 위해 본 작전과 무관한 행동을 눈에 띄게 드러내는 전술

그 근간에 있는 것이 과연 무엇인지 고민하게 한다. 다니엘 라노아는 자전에서 이렇게 말한다.

> "밥은 어떤 종류의 재즈맨이다. 그 순간 자신이 느낀 것을 표현하길 좋아한다."

밥은 자신이 전설이 되는 것을 계속 거부하고 있다. 자신에 관한 신화를 무로 되돌리며 분석을 방치한다. 자신의 작품들에 대해 간혹 이야기하는 경우가 있긴 하지만 그것은 현재 상황을 간략하게나마 파악해두기 위해서인 것 같다. 항상 앞으로 나아가길 바라고 있기 때문이다. 누군가가 제멋대로 만들어놓은 연대기 안에 갇히지 않기 위해 거짓말을 한다. 그를 위해 먼 길을 돌아오기도 했지만, 결국 『자서전』이 최고의 약이었다. 주위의 이해관계에 대한 문제도 어느 정도 『자서전』을 통해 판단할 수 있게 되었다.

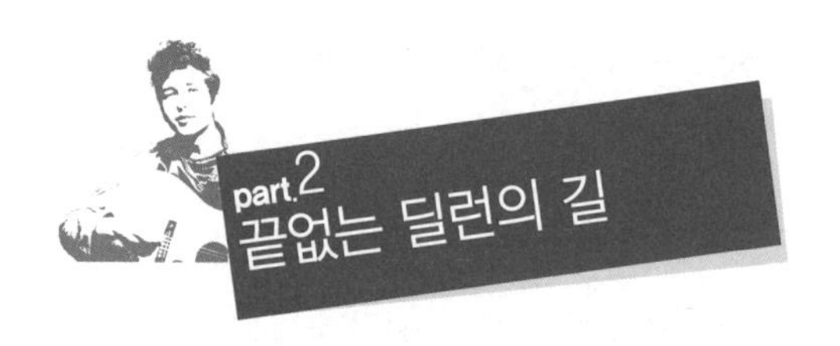

음악과 함께

2008년 4월, 비교 불가한 시의 힘을 가진 수많은 서정적인 작품들을 통해 포퓰러 뮤직과 미국 문화에 중대한 영향을 끼쳤다는 이유로 퓰리처상 특별상을 수상한다. 2001년에는 〈상황이 변했다Things Have Changed〉로 아카데미 주제가상을, 같은 곡으로 골든 글로브상 오리지널 주제가상을 수상했다. 1988년에는 로큰롤 명예의 전당에 들어갔다. 2012년에는 미국 국민으로서는 최고 위치에 해당하는 대통령 자유훈장도 수상했다. 1996년 이후 매년 노벨문학상 하마평에 이름이 올라가는데 아직 수상에는 이르지 않고 있다[1].

매년 콘서트 투어도 무난히 소화하고 있다. 21세기에 들어

1 이 책의 원서 출판 이후인 2016년 마침내 노벨문학상을 수상한다

오고 나서 밥이 다시금 활동의 황금기에 들어선 게 아니냐는 목소리가 높다.

2008년 10월 7일에는 1989년부터 2006년까지의 미발표 음원 27곡을 수록한 더 부틀렉 시리즈 제8집 《텔 테일 사인즈Tell Tale Signs》를 발표했다. 《오 자비를Oh Mercy》 이후의 미발표 신곡들의 근사함에 감동하며 동시에 밥의 창조력이 여전히 건재하다는 사실에 전율하게 되는 작품집이다.

2009년 4월 28일 33번째의 스튜디오 녹음 앨범 《평생 함께Together Through Life》가 발표된다. 앨범 제작의 계기가 된 것은 프랑스 영화감독 올리비에 다한Olivier Dahan(작품에 에디트 피아프Edith Piaf의 반생을 그린 2007년 영화 「라 비앙 로즈LA VIE EN ROSE」가 있다)이 자신의 신작 영화용으로 밥에게 새로운 곡을 의뢰했기 때문이었다. 그 영화 「마이 원 러브송My Own Love Song」은 사고로 다리를 잃고 어쩔 수 없이 휠체어 신세를 지고 있는 한 전직 여성 가수가 캔자스에서 뉴올리언스까지 여행을 한다는 로드 무비다. "미국 남부를 느끼게 해주는 노래를 원하고 있다"고 다한은 말했다. 그는 밥에게 느닷없이 10~12곡의 신곡을 요구했다. 그 곡 모두를 영화 본편에서 사용할 것이며 제각각의 곡들에 의미를 부가할 작정이라는 것이다. 이례적인 요청에 다소 어이없어 하면서도 밥은 그것을 호의적으로 받아들이기로 했다.

의뢰에 따라 맨 처음 쓴 것이 〈삶은 힘들어Life Is Hard〉였다. 이 곡이 완성됨으로써 영화용과는 별도의 곡들이 계속 만들어졌고 문득 정신을 차려보니 앨범까지 나왔다는 상황인 것 같다.

《Together Through Life》
2009년

텍사스에서 멕시코로 도피행을 떠나는 감각의 앨범으로 만들고 싶었다고 밥은 말한다. 그런 상상 탓인지, 밥은 작사에 관해서는 옛 친구이자 멕시코 주변과 인연이 남다른 로버트 헌터에게 공동 작업을 의뢰했다. 둘이 함께 9곡을 만들었다.

작품의 주된 무대는 휴스톤과 멕시코 국경 지역이다. 국도 77호선을 타고 남하한 선 베니토San Benito 근처까지의 분위기가 이미지로 떠올려진다. 접경지대의 텍사스풍 멕시칸, 이른바 텍스-멕스와 50년대 시카고 블루스에서 그 원형을 찾을 수 있는 곡들이 특히 귓가에 맴돈다. 잔혹한 시선, 무겁게 짓누르는 적료함과 초연한 심정이 배어나온다. 스산한 바람이 불고 있다. 1973년 밥이 착수했던 사운드 트랙 앨범 《빌리 더 키드Pat Garrett and Billy the Kid》와 일맥상통하는 감촉도 다소 발견된다. 탱고풍 블루스가 끈적끈적 달라붙는 땀방울을 느끼게 해준다. 러브송은 하나같이 어딘가 고통스럽다. 영화용 음악에 대한 의뢰를 통해 밥의 내면에서 또 다른 새로운 영화 하나가 태어나버렸다는 상상을 가능하게 해주는 앨범이다.

이 앨범에는 밥의 키보드가 사운드의 핵심이 되고 있는 곡들이 적지 않다. 아울러 중책을 담당하고 있는 것은 로스 로보스Los Lobos 밴드 데이비드 히달고David Hidalgo의 아코디언이다. 로스 로보스는 1992년 밥의 멕시코 투어에서 오프닝 아웃을 담당했다. 「가장과 익명Masked And Anoymous」이나 「아임 낫 데어I'm Not There」에도 참가하고 있다. 《평생 함께Together Through Life》는 전미, 전영 외에도 5개국에서 차트 첫등장 1위를 기록했다. 아직도 온 세상에서 수많은 밥 딜런 팬들이 《평생 함께Together Through Life》를 계속 애청하고 있었을 2009년 10월 13일, 밥은 이 해 두 번째 앨범을 발표한다. 《크리스마스 인 더 하트Christmas in the Heart》라는 제목의 크리스마스 앨범이었다. 유대계 미국인 음악가 대부분이 크리스마스송 명작 앨범을 내놓았고 크리스마스 앨범 명품을 다수 제작해왔다. 밥도 이 대열에 합류한 것이다.

수록곡은 모두 크리스마스의 스탠다드 곡뿐이다. 전작 연주진들과 함께 기타의 필 업처치Phil Upchurch와 크리스마스 앨범에는 빼놓을 수 없는 코러스 부대가 7인 편성으로 가세하고 있다. 눌러 찌부러진 듯한 밥의 목소리로 듣는 크리스마스송은 인생의 연륜을 절로 느끼게 해준다. 아울러 생동감 넘치는 연주 실력은 각별한 것이었다. 밥이 크리스마스 앨범 걸작까지 만들어 낸 것이다.

《Christmas in the Heart》 2009년

이 앨범은 레코드 회사 주도가 아니라 밥 개인의 프로젝트로 추진되었다. 밥은 이 앨범 수익을 통해 발생되는 인세 전부를 영구히 기부할 것을 공언했다. 미국 국내분은 식량지원기관 피딩아메리카Feeding America로, 미국 이외의 수익은 유엔 세계식량계획WFP과 영국 홈리스 지원 단체 크라이시스Crisis에게 돌아갈 것이다.

이 앨범 제작 이전인 2006년 12월,「테마 타임 라디오 아워Theme Time Radio Hour」가 방송 시간을 2시간으로 확대한 크리스마스 특집으로 전파를 탔을 때의 일이다. 밥은 프로그램 맨 마지막에 옷깃을 가다듬고 불우한 사람들에 대한 지원과 원조를 청취자들에게 호소하고 있었다.

크리스마스란 가족들에게 가장 기본적이고 소중한 이벤트라고 밥이 소박하게 인식하고 있었음을 확신할 수 있다.

크리스마스 노래집을 만드는 것은 포크 가수, 로큰롤러, 블루스맨, 컨트리 가수, 팝 아티스트, 심지어 랩퍼인 밥 딜런에게 결코 특별한 일은 아닐 것이다. 미국 대중음악 역사상 특별한 전쟁을 펼쳐왔고, 달리 그 비슷한 예를 찾아볼 수 없을 만큼 엄청난 혐오와 비난, 혹평, 비방, 중상모략을 견뎌왔던 한 남자가, 60대가 끝나려고 할 즈음에 가까스로 도달하게 된 안식과 환희의 결정체이지 않았을까.

죽음과 삶 사이에서

타인에 대해 마음대로 이름표를 붙이고 분류하고 그 인물 자체를 규정하려 드는 인간들, 그런 사람들을 밥은 항상 혐오해왔다. 자신의 잣대만으로 상대방을 판단해버리고 제 맘대로 납득해버리는 인간들도 마찬가지로 거부하고자 노력했다.

밥은 음악가이며 때로는 화가이기도 하다. 그의 발자취에는 여태까지 언급해왔던 것처럼 모순과 불명확한 흔적들이 무수히 많다. 미국 음악 역사상 존명하는 인물로서는 가장 수위를 다투는 '공인'임에도 불구하고 여전히 그렇다. '공인'이기 때문에 수많은 사람들이 그 실체를 알고 싶어 하는 까닭도 있을 것이다. 그러나 아마도 밥은 이렇게 말할 것이다. 음악을 들어준다면 그것으로 충분하다고. 음악에 대해 말하는 것이라면 어떤 말이든 불평 없이 다 들어주겠노라고.

록은 일찍이 이데올로기와 관련된 음악이라고 간주되고 있었다. 물론 지금도 그렇게 믿고 있는 사람들은 있다. 로큰롤은 연장자에게 부여받은 음악을 능가하는 파워를 체감시키는 것으로, 음악으로 현 상황을 구체적으로 타개하는 감각을 알게 해주었다. 그것을 '자신이 가지고 있던 그때까지의 감각을 의심하라'란 계시로 간주한 사람들도 있었다. 그래서 반항보다도 변용이 중요하다고 생각하는 사람들도 있었다.

밥을 세상에 내보냈던 사람 중 한 사람이었던 존 해먼드는 활동 초기의 밥에 대해 이렇게 적고 있다.

> "밥 딜런은 최고의 아티스트이며 무척 이해하기 힘든 인물이었다. 그가 공상 속의 세계에 살고 있기 때문이다. 그리고 그 세계는 우리들이 사는 현실 세계를 뒤덮어 버린다. 그 정도로 그는 강렬한 뭔가를 가지고 있었다. 그는 스스로의 가면을 만들어냈고 그것을 자신의 음악에 유용한 것으로 만들고 있었다. 그의 음악과 그 가면과의 밸런스에는 뭐라 말할 수 없는 힘이 있었다."(『John Hammond on record: an autobiography』 존 해먼드 저)

이런 자세는 그 후에도 이어지고 있었다고 생각된다. 수지

로톨로는 밥이 데이브 반 롱크에게 "포크 뮤지션은 외부 세계나 장래의 팬들을 향해 이미지를 확립하지 않으면 안 된다"는 충고를 받고 그것을 상당히 심각하게 받아들였다고 말한다.

> "(밥은) 오랫동안 거울 앞에 서서 지금 막 자리에서 일어나 근처에 있던 것을 그저 걸치기만 한 것처럼 보일 때까지 주름투성이의 옷을 '벗었다 입었다'를 반복했다. 이미지가 모든 것이었다."(『A Freewheelin' Time: A Memoir of Greenwich Village in the Sixties』 수지 로톨로 저)

수지 앞에서도 밥은 상의를 어떤 식으로 입어야 할지 납득이 갈 때까지 연습했다. 자기 스타일로 옷을 입는 이미지를 익히고자 여념이 없었다. 그것도 뮤지션 활동을 심화시키기 위해 필요하다고 믿고 있었다.

밥은 납득이 갈 때까지 오로지 하나만을 파고드는 집착이 매우 강했다. 일렉트릭 기타로 이행했을 때 받았던 폭풍 같은 야유 세례에도, 기독교로 전향을 했을 무렵 받았던 거센 비판에 대해서도 귀 기울일 생각이 전혀 없는 사람처럼 보였다. 오로지 자신이 추구하고자 하는 대상만을 계속 쫓을 뿐이었다. 계속 실행해갔다. 그 때문에 문득 정신을 차리고 보면 자신이 어디로 가야 할지, 갈 곳을 잃어버린 경우도 있지 않았을까.

망설임을 망설임 그대로, 불만을 불만 그대로, 분노를 분노 그대로, 그냥 그렇게 노래한다는 것이 밥에게는 거의 불가능했다. 어딘가에 자신 이외의 눈이나 시점을 둔 시 창작이 의식적, 때로는 무의식적으로 행해지고 있다. 그것이 가사의 특이성으로 표출된다. 밥은 자신의 작품에 대해 이렇게 자기 분석한다.

> "내가 만드는 작품은 언제든 자전적인 곳에서 만들어지고 있다."(『자서전』)

이것을 단순히 '심정 토로' 등과 간단히 연결시켜버려서는 안 될 것이다. 가수로서의 밥의 분별력이 그것을 허락하지 않는다. 그것은 이미 아득한 이전부터 행해져 왔다. '자전적'이란 것은 '실록적'이란 것과는 상이하다. 노래하는 것, 음악으로 만드는 것이란, 듣는 사람과 '자전적인 곳'을 적지 않게 공유한다는 말이다. 거기에서 밥은 고전적 글쓰기 방법을 사용한다. 자기 자신의 체험이나 고찰을 앞선 자들의 시점이나 발언으로 바꾸어 옮겨놓는다. 일찍이 노래가 되었거나 이야기로 전해져 온 어떤 일절에 자신의 이야기를 순식간에 깊숙이 집어넣는다. 오랜 기간, 과거와 현재(때때로 미래)를 몇만 번이나 오갔기 때문에 비로소 가능한 일이다. 일찍이 음악에 아직 인위적인 장르 구별이 없었던 무렵의 음악이나, 레코드 음반을 본 적이 없는 사람들이 훨씬 많았던 무렵의 가수를, 밥의 노래는 쉽게 상상하게 만든다.

자신을 얽매고 있는 모든 것들을 모조리 뿌리치며 계속해서 노래한다는 것은, 어디에 있든 어울릴 곳이 없고, 누구를 만나든 어딘지 모르게 위화감을 갖게 된다는 말이기도 하다. 얽매이게 하는 제약 가운데 이해관계가 아무래도 포함되는 것이 대중음악의 숙명이기 때문이다. 일찍이 록은 반사회적 · 반상업주의적 명제를 음악으로 전하는 것이라고 생각되고 있었지만, 그것을 사회성 있는 상업 제품으로 성립시킨다는 이율배반적인 미디어이기도 했다. 체제적인 산업구조 안에서 반체제적 가치관을 표현해야 하는 음악이었다. 밥은 아마도 일찍부터 그런 모순에 대해 눈치 채고 있었을 것이다. 그렇기 때문에 '체제 내 반체제'라는 것에 무자각적인 저널리즘을 혐오하고, 겉으로 꾸며낸 인위적인 모습까지 해가며 공격하길 서슴지 않았던 것이다. 체제로부터 빠져나와 자주 독립할 것인가, 내부에 머무르며 구조를 자기편으로 바꿀 것인가. 모순의 극복을 위해 밥은 후자의 입장을 계속 취해왔다. 그 입장 그대로였기 때문에 여전히 이해하기 어려웠던 것일지도 모른다. 록을 소리 높여 부르짖지 않는 것이 반대로 엄청나게 파괴적인 작용을 초래해버리는 경우도 있다. 예를 들어 사이키델릭 절정기에 발표된 《존 웨슬리 하딩John Wesley Harding》이나 《내슈빌 스카이라인Nashville Skyline》의 예가 그러했다. 그런 식으로 밥은 종종 투쟁해왔다. 밥에게는 마치 요괴 연구 같은 '지하실 테이프들Basement Tapes' 시대의, 과거 음악 세계나 민속적 시정과의 대화기도 있었다(그레일 마커스는 '지하실 테이프들'을 '유령 공동체와의 교신 기록'이라 불렀다). 그것은 결과적으로 21세기에 들어오고 나서의 밥의 음악성에 진하게 그림자를 드리우고 있다. 체제 가운데 계속 있음으로써 언제부터인가 밥이 불온한 존재로 간주되어버린 점도 있었다.

노래하는 것에 대해 밥이 보다 순수하게 생각할 수 있게 된 것은 50세 무렵부터일까. 무대를 활동의 중심에 둠으로써, 오로지 탐구에 전념한다는 밥의 호기심이 비약적으로 그 생명력을 늘려갔다. 매일매일이 또 다른 '대면'이기 때문이었다. 노래를 영위해가는 가운데 밥은, 매일매일 다시 태어나고 있었다. 요컨대 매일매일이 죽음인 것이다. 그렇기 때문에 관객들과의 대면에서 그 신선함이 유지될 수 있는 것이다. 어제를 되돌아보는 일은 적어졌다. 오히려 되돌아본 것은 '자신이 직접 본 적 없는 아주 아득한 옛날'이나 혹은 기억이 어렴풋할 무렵의 자기 자신에 대해서이지 않을까. 너무나 먼 과거는 오히려 미지의 미래와 어딘가에서 이어지고 있는 것처럼도 생각된다. 과거와 미래를 같은 평면상에 둔다면 죽은 자와 산 자의 구별도 사라질 것이다. 밥에게는 과거의 곡들과 새로운 곡들이 뒤범벅이 된 상태야말로 중립적으로 노래와 대면할 수 있는 길일 것이다. 그것이 바로 노래와, 음악과, 인간의 영위로서의 음악의 역사에 대한 탐색에, 진정으로 자신의 온 몸을 바친 음악의 사도, 밥 딜런의 바람직한 자세이지 않을까.

어떤 목소리로 노래할 수 있을지, 자신의 가창법에도 상극이 발생된다. 밥은 기존과는 다른 창법을 스스로에게 묻고 있는 것 같다. 자작곡의 가능성을 매일매일 시험해본다. 관객들에게 묻는다. 그렇게 해서 자신의 작품에 빨간 글씨로 수정을 가한다. 음악은 매일매일 변용해가는 것이 건전한 거라고, 밥은 말이 아니라 몸으로 직접 드러낸다. 음악은 어디까지나 음악이다. 록도 어디까지나 음악이다. 음악이기 때문에 감정이나 육체에 직접 작용한다. 하지만 그 작용이 미리 의도된 것이라면 아무 소용도 없다. 작품 깊숙이에 과연 무엇이 있을지, 그것을 함께 탐색해가자고 밥은 말하는 것이다. 노래하고 연주해보지 않으면 무엇이 태어나고 무엇이 죽어갈지 알 수 없는 법이다.

음악은 교신이다. 밥은 자신이 태어나기 전에 활약하던 음악가와 자주 교신한다. 교신에는 의례 환상이 있기 마련이다. 환상은 시간을 오가는 데에 필요한 연료 같은 것이다. 예를 들어 행크 윌리엄스를 노래하면 행크가 느끼고 있던 것의 아주 조금이나마 이해할 수 있을지 모른다고 생각하는 것이다. 죽은 자가 음악에게 이야기를 하게 한다. 밥은 죽은 자를 노래하게 만든다.

《Tempest》 2012년

2012년 9월 발매된 앨범 《폭풍우Tempest》는 죽음에 대해 노래한 곡이 다수 포함되어 있다. 이 앨범에서 밥은 존 레논을 격려하고 있다. 타이타닉호의 승객들을 노래한 긴 서사시는 부유하는 힘을 가진다. 밥은 이 앨범을 위해 "종교적인 곡을 좀 더 만들고 싶었다"고 말한다. 그것은 구제일까 공양일까.

"종교란 긍정적인 행복을 사람들에게 가져다주기 위한 힘일 것이다",

라고 밥은 2007년 인터뷰에서 답변하고 있었다.

밥은 인간의 모습을 하고 있긴 하지만 실은 인간이 아닌 게 아닐까. 문득 그런 생각이 드는 순간이 종종 있다. 뭔가 한 번도 본 적 없는 생명, 노래가 변할 때마다 모습이 바뀌는 그 무언가일 것만 같다. 이게 바로 밥 딜런이라 여기는 바로 그 순간, 그는 이미 거기에는 없다. 혹은 거기에 없는데도, 실은 존재했다. 밥 딜런은 포착하기 어려운 자유자재의 존재가 되어버린 걸까. 종종 그런 생각이 들게 만든다. 그것은 자유로운 영혼 같은 것일지도 모른다. 실체는 분명 있다. 실체는 있지만 유체 이탈의 유체와 같은, 실체가 있는 유체다. 듣는 사람 안으로, 그 자리에 있는 모든 인간들의 내면으로 밥은 들어와 버릴 수 있다. 휘청거리며 방황하는 것은 영혼이 되기 때문이다. 이런 영혼은 보이지 않는 경우도 많다. 사람에 따라서는 일종의 망령의 하나라고 착각하는 경우도 있을 것이다.

밥은 자신이 존경하는 위인에게 경의를 표하기 위한 레이블, 에집션 레코드사Egyptian Records를 운영하고 있다. 지금까지 두 작품을 발매하고 있다. 1997년의《지미 로저스 헌정 앨범THE SONGS OF JIMMY ROGERS: A TRIBUTE ALBUM》, 2011년의《로스트 노트북스 오브 행크 윌리엄스LOST NOTEBOOKS OF HANK WILLIAMS》등이다. 양쪽 모두 그윽한 고인의 향기가 난다. 밥이 주도적 입장에 서서 만든 작품들이다. '노래하는 철도 차장'이라 불린 컨트리 음악의 아버지 지미 로저스 음반의 라이너 노츠에서, 밥은 로저스에 대해 다음과 같은 찬사를 보내고 있다.

"그는 너무 많은 것들을 말하지 않는다. 그런데도 어쩐지 삶과 죽음 사이에 있는 미스터리 속으로 들어가버리는 것이 가능하다. 그리고 그것을 우리들을 위해 번역해주는 초인적 힘을 가지고 있었다. 말하자면 그는 꽃의 향기 같은 인간이었던 것이다."

이것은 아주 멋지게 밥 딜런, 바로 그 사람을 표현한 말이 아닐까. 밥에게 자각이 있는지 없는지의 여부는 명확하지 않지만, 이 문장은 밥과 지미 두 사람에 대해 동시에 우리에게 표현해주고 있다. 그것은 이렇게 매듭짓고 있다.

"그의 목소리는 우리들의 머릿속에 있는 황야다…… 그 목소리의 볼륨을 높이는 것에 의해서만 사람은 자신의 운명을 정할 수 있는 것이다."

영혼 같은 존재인 밥이 내일도 모레도 말을 건다.

"나는 항상 음악 속에 있노라"고.

후기

하워드 진Howard Zinn의 명저『민중의 미국사』영상판의 사운드 트랙 앨범《미국 민중사를 만든 목소리들The People Speak》(Verve B-0013762-2)의 첫머리에 들어 있는 밥 딜런이 노래하는〈도 · 레 · 미〉를 듣고 있노라니, 이 곡을 만든 우디 거스리보다 다카다 와타루高田渡 쪽이 먼저 머릿속에 떠올라 버렸다.〈도 · 레 · 미〉의 가장 주목해야 할 부분인 'If you ain't got the do-re-mi' 라는 일절을 듣고 와타루 씨가〈돈이 없다면銭がなけりゃ〉을 만든 이유를 잘 이해할 수 있었기 때문이다. 앞선 사람들을 패러디하는 것에 있어서 밥과 와타루 씨는 동지다.

우디 본인의 가창이나 시스코 휴스톤 버전 쪽이 멜로디는 명료하다. 하지만 이 곡에 존재하는, 세상의 부조리에 대한 반문을 보다 농밀하게 드러내고 있는 것은 역시 밥의 목소리라고 생각한다.〈도 · 레 · 미〉를 밥과 함께 연주하고 있는 것은 반 다이크 파크스Van Dyke Parks와 라이 쿠다Ry Cooder다. 밥은 어쩐지 즐거운 듯하다. 이 곡은 이른바《모레 폭풍 발라드Dust Bowl

Ballads》 중 하나다. 서부를 향해 모래바람 속을 이동하고 있는 농민이 "도 · 레 · 미 · 도 · 레 · 미" 하고 읊조리며 노래함으로써 가족이나 서로를 격려하는 모습을 전하고 있다고 한다. 괴로울 때에는 웃어버리라는 말이다.

"이런 저런 일들이 많았지
아마 앞으로도 그럴 거야
하지만 뭐, '도 · 레 · 미'지"

라고 밥 딜런은 노래하고 있는 것이다. 그런 생각을 떨쳐버릴 수 없다.

밥 딜런은 어떤 활동을 해왔던 것일까. 그것은 왜일까. 그것을 알 수 있게 하고 싶었다. 그런 마음으로 쓴 책이다. 밥 딜런이 없었다면 록은 지금의 모습과는 사뭇 달랐을 것이다. 그것은 분명하다. 키스 리차드는 자서전 『라이프LIFE』에서 다음과 같이 적고 있다.

"비틀즈와 밥 딜런은 송라이팅을 엄청나게 바꾸어놓았다. 목소리에 대한 사고방식을 바꾼 것이다. 딜런은 딱히 좋은 목소리는 아니었지만 표현력이 풍부했고 어디에 집어넣으면 될지 알고 있었다. 그것은 목소리의 기술적인 아름다움보다 더 중요한 것이었다."

아직 써야 할 것은 많다. 그러나.

본서의 재킷 사진은 거의 자체조달에 의거했지만, 《다시 찾은 61번 고속도로Highway 61 Revisited》는 뜻대로 되지 않아 다쓰미 신이치로立見伸一郎 씨에게 빌렸고 뮤직 매거진의 협력을 얻었다. 대단히 감사하다. 그리고 특히 감사의 마음을 전하고 싶은 것은 스가노 헷켈 씨다. 밥의 『자서전』 외에 헷켈 씨의 수많은 번역서, 각 일본 음반 라이너 노츠가 없었다면 이 책은 세상에 나올 수 없었을 것이다. 특히 『자서전』은 본서를 이루는 가장 중요한 뼈대의 일부를 이루고 있다. 새삼 경의를 표하는 바이다. 또한 본문에 실린 밥의 가사는 필자가 직접 번역한 것이다.

이 세상에 존재하면서 이미, 저 세상에 있을 스스로를 이겨버린 남자, 밥 딜런은 분명 오늘도 그 누군가에게 노래하고 있을 것이다.

유아사 마나부

역자 후기

아, 밥 딜런! 최근 했던 여러 번역 작업 중, 이 책은 가장 그 진척이 느렸다. 새로운 가수명, 곡명이 나올 때마다 제법 시간을 들여 자료 조사를 해야 했고, 한 곡 한 곡 듣다 보면, 어느새 번역이 아니라 음악에 빠지기 일쑤였다. 문학도 그렇지만 음악은 정말 치명적인 것 같다. 일단 빠지면 헤어 나올 수 없다는 얘기다. 인간적으로 그렇지 아니한가. 밥 딜런, 빌리 홀리데이, 조니 캐시, 레너드 코헨, 지미 헨드릭스, 존 바에즈, 비틀즈, 에릭 클랩튼, 다니엘 라노아 등등의 음악을 듣고 어찌 계속 번역 작업에만 골몰할 수 있겠는가. 술잔을 기울이거나 춤을 추거나 노래를 부르다 보면 또 하루해가 저문다.

관련하여 이 책을 번역하며 두 가지 생각이 들었다. 우선 학창 시절 음악에 빠지지 않아 정말 다행이라는 생각이었다. 성격상 음악에 빠졌다면 학업은 뒷전이었을 것이다. 아마 공부를 전혀 하지 않았을 것 같다. 그러나 한편으로 이와 정반대의 생각도 들었다. 지금 이 나이에라도 음악에 대해 조금이나마 알게 되어 천만다행이라는 생각이었다. 한 번이라도 음악에 빠져보지 못한 채 세상을 떠난다면 그 얼마나 쓸쓸할까.

돌이켜 생각해보면 학창 시절에는 친구들끼리 비밀스럽게 테이프를 주고받으며 나름 열심히 음악을 들었던 것 같다. 그 시절 좋아하는 음악을 은밀히 주고받는 행위란 음악 자체를 떠나 타인에게 내 마음을 보여주는 성스러운 행위였다. 공허한 마음을 토로하거나 애틋한 마음을 전하며 타인과 소통하는 수단 중 하나였다. 조용히 타인의 내면에 노크하는 행위. 똑똑… 너도 힘들어? 나도 아파… 때문에 음악을 통한 교류는 그 교류만으로 이미 심적으로 충족되어 음악 자체가 진정으로 나에게 위로가 된 적은 없었던 것 같다. 충분히 나이를 먹고 다시 음악이라는 것을 들어보니, 정말로 음악은 사람의 마음에 큰 위안을 준다. 나이가 들어감에 따라 상처가 더 커진 탓일까.

번역을 하거나 여러 가수들의 노래를 들으며 가장 생각이 난 사람은 영화 「죽은 시인의 사회Dead Poets Society」의 '키팅' 선생님이었다. 음악이 위안과 기쁨을 준다는 생각이 자주 들었기 때문이다. 아무렴! '키팅' 선생님 말씀이 백번 지당해! 음악은 삶의 목적인 거야! 삶의 기쁨인 거지!

그런데 어느 날 문득 다른 일 때문에 「죽은 시인의 사회」의

해당 구절과 다시금 접하게 되었다. 정확하게 '키팅' 선생님은 이렇게 말하고 있었다.

> "의학, 법률, 경제, 기술 따위는 삶을 유지하는 데 필요해. 하지만 시와 미, 낭만, 사랑은 삶의 목적인 거야!"

어머나! 세상에! 삶의 목적에 음악은 빠져 있다니, 그럴 리가! 도저히 납득이 가지 않았다. 이제는 고인이 되어버린 '키팅' 역의 로빈 윌리엄스처럼, 어쩌면 나이 들어 이 세상 사람이 아닐지도 모를 '키팅' 선생님의 관 뚜껑을 열고서라도 물어보고 싶어 미칠 지경이 되었다. 음악은 왜 삶의 목적이 아니지요? 대답해주셔요! 캡틴! 오 마이 캡틴!

음악가로는 처음으로 노벨문학상을 수상한 밥 딜런. 그를 표현할 때 '음유시인'이라는 용어가 종종 사용된다. 아울러 밥 딜런의 경우, 시를 쓰고 있으면 음악이 들려오기 시작하며 멜로디가 떠오른다고 한다. 밥 딜런에게 시가 없다면 음악도 존재하지 않는 것이다. 그런 의미에서 논쟁은 있었지만 노벨문학상이 결코 아깝지 않을 것이다. 하지만 역시 밥 딜런은 음악에 목숨을 건 가수다. 아마도 밥 딜런에게 음악은 시처럼 삶의 목적이었을 것이다. 그건 '키팅' 선생님 역시 마찬가지이지 않았을까. 다만 직접적으로 거론하지 않았던 것은, 시와 미, 낭만과 사랑 모두에 음악은 이미 존재하고 있기 때문이었을 것이다. 음악은 시와 미, 낭만과 사랑에 항상 흐르는 것이므로. 그렇지요? 캡틴?

오늘도 나는 밥 딜런과 함께 밤을 맞이한다.

2017년 3월 1일
옮긴이 김수희

참고문헌

- 『밥 딜런 자서전ボブ·ディラン自伝』(Chronicles:Vol.One) Bob Dylan, 스가노 헷켈菅野ヘッケル 역, SoftBank publishing, 2005
- 『타란툴라タランチュラ』(Tarantula) Bob Dylan, 가타오카 요시오片岡義男 역, 가도카와쇼텐角川書店, 1973
- 『미국음악사—민스트럴 쇼, 블루스에서 힙합까지アメリカ音楽史ーミンストレル·ショウ、ブルースからヒップホップまで』 오와다 도시유키大和田俊之, 고단샤講談社, 2011
- 『밥 딜런의 전향은 왜 사건이었을까ボブ·ディランの転向は、なぜ事件だったのか』 오타 무쓰미太田睦, 론소샤論創社, 2011
- 『완전 보존판 밥 딜런 전 년대 인터뷰집完全保存版 ボブ·ディラン 全年代インタビュー集』 Rolling Stone, INFOREST, 2010
- 『그리니치 빌리지의 청춘グリニッチヴィレッジの青春』(A Freewheelin' Time: A Memoir of Greenwich Village in the Sixties) Suze Rotolo, 스가노 헷켈菅野ヘッケル 역, 가와데쇼보신샤河出書房新社, 2010
- 『밥 딜런 디스크 가이드(레코드 컬렉터즈 증간)』 뮤직 매거진ミュージック·マガジン, 2010
- 『현대사상 5월 임시증간호 총 특집 밥 딜런現代思想5月臨時増刊号 総特集 ボブ·ディラン』 세이도샤青土社, 2010
- 『미우라 준 매거진 vol.1 딜런이 록みうらじゅんマガジン vol.1 ディランがロック』 미우라 준みうらじゅん 편저, 뱌쿠야쇼보白夜書房, 2006
- 『라이크 어 롤링 스톤ライク·ア·ローリング·ストーン』(Like a Rolling Stone) Greil Marcus, 스가노 헷켈菅野ヘッケル 역, 뱌쿠야쇼보白夜書房, 2006

- 『밥 딜런 전 시집ボブ·ディラン全詩集 1962-2001』(Lyrics: 1962-2001) 나카가와 고로中川五郎 역, 소프트뱅크 크리에이티브SBクリエイティブ, 2005
- 『다운 더 하이웨이—밥 딜런의 생애ダウン·ザ·ハイウェイ—ボブ·ディランの生涯』(Down The Highway: The Life of Bob Dylan) Howard Sounes, 스가노 헷켈菅野ヘッケル 역, 가와데쇼보신샤河出書房新社, 2002
- 『노래가 시대를 바꾼 10년/밥 딜런의 60년대歌が時代を変えた10年/ボブ·ディランの60年代』(Classic Bob Dylan 1962-69) Andy Gill, 이가라시 다다시五十嵐正 역, 신코 뮤직シンコー·ミュージック, 2001
- 『밥 딜런 지명수배—33의 증언을 바탕으로 진짜 밥 딜런을 찾는다ボブ·ディラン指名手配—33の証言をもとに真実のボブ·ディランを探る』(Wanted Man: In Search of Bob Dylan) John Bauldie, 스가노 헷켈菅野ヘッケル 역, 신코 뮤직シンコー·ミュージック, 1993
- 『Bob Dylan: In His Own Words』 Chris Williams, 스가노 헷켈菅野ヘッケル 역, 키네마준포샤キネマ旬報社, 1994
- 『밥 딜런 순간의 행적1, 2ボブ·ディラン 瞬間の轍 1, 2』(Bob Dylan, Performing Artist) Paul Williams, 스가노 헷켈菅野ヘッケル 감수, 스가노 아키코菅野彰子 역, 온가쿠노토모샤音楽之友社, 1993
- 『밥 딜런 대백과BOB DYLAN大百科』(Bob Dylan: stolen moments) Clinton Heylin, 스가노 헷켈菅野ヘッケル 역, CBS소니슛판CBSソニー出版, 1990
- 『밥 딜런 시의 연구ボブ·ディラン詩の研究』(Bob Dylan's Lyrics and their Background) John Herdman, 미우라 히사시三浦久 역, CBS소니슛판CBSソニー出版, 1983
- 『재즈 프로듀서의 반생기 존 해먼드 자서전ジャズ·プロデューサーの半生記—ジョン·ハモンド自伝』(John Hammond on record) John Hammond, 모리사와 마리森沢麻里 역, 스윙저널사Swing Journal社, 1983
- 『밥 딜런』 Anthony Scaduto, 고바야시 히로아키小林宏明 역, 후타미쇼보二見書房, 1973
- 『딜런 토마스 전 시집ディラン·トマス全詩集』 Dylan Thomas, 다나카 세이타로田中清太郎, 하야 겐이치羽矢謙一 역, 고쿠분샤国文社, 1967

- 『모던 포크의 큰 별 밥 딜런モダン·フォークの巨星 ボブ·ディラン』 Sy&Barbara Ribakove, 스즈키 미치코鈴木道子 역, 도아온가쿠샤東亜音楽社, 1966
- 『밥 딜런 모던 포크 앨범 제1집, 제2집』 니혼온가쿠슛판日本音楽出版, 1966
- 레코드 컬렉터즈 지의 특집호 각책
- Rolling Stone 일본판 2012년 11월호
- 각 앨범 라이너 노츠
- Face Value, Bob Dylan, National Portrait Gallery, 2013
- The Bob Dylan Encyclopedia, Michael Grey, Continuum International Pub., 2006
- Bob Dylan The Essential Interviews, Jonathan Cott, Wenner Books, 2006
- Bob Dylan The Recording Sessions 1960-1994, Clinton Heylin, St. Martin's Press, 1995
- 《DONT LOOK BACK》 소니뮤직, 2007
- 《Dylan Speaks》 비디오 팩 일본, 2006
- 《No Direction Home: Bob Dylan》 파라마운트 홈 엔터테인먼트 재팬, 2005
- 《밥 딜런의 머릿속ボブ·ディランの頭のなか》 쇼치쿠 홈비디오松竹ホームビデオ, 2003
- Bob Dylan's Theme Time Radio Hour (InterFM 76.1 MHz)

밥 딜런 록의 영혼

초판 1쇄 인쇄 2017년 4월 20일
초판 1쇄 발행 2017년 4월 25일

저자 : 유아사 마나부
번역 : 김수희

펴낸이 : 이동섭
편집 : 이민규, 오세찬, 서찬웅
디자인 : 조세연, 백승주
영업 · 마케팅 : 송정환
e-BOOK : 홍인표, 안진우, 김영빈
관리 : 이윤미

㈜에이케이커뮤니케이션즈
등록 1996년 7월 9일(제302-1996-00026호)
주소 : 04002 서울 마포구 동교로 17안길 28, 2층
TEL : 02-702-7963~5 FAX : 02-702-7988
http://www.amusementkorea.co.kr

ISBN 979-11-274-0642-4 03800

이 도서의 국립중앙도서관 출판예정도서목록(CIP)은 서지정보유통지원시스템 홈페이지
(http://seoji.nl.go.kr)와 국가자료공동목록시스템(http://www.nl.go.kr/kolisnet)에서
이용하실 수 있습니다. (CIP제어번호: CIP2017007597)